CITÉ 19

L'auteur

Né le 17 octobre 1974 à Paris, **Stéphane Michaka** a étudié la littérature et le théâtre à Cambridge (Royaume-Uni) avant de partir enseigner le français en Afrique du Sud.

Passionné par le XIXe siècle, il a signé des adaptations remarquées d'*Alice au pays des merveilles*, de *Dracula* et d'*Au cœur des ténèbres* mises en musique par l'Orchestre national de France et diffusées sur France Culture.

Auteur de romans (*La Fille de Carnegie*, *Elvis sur Seine*, *Ciseaux*) et de pièces de théâtre (*Le Cinquième Archet*, *Les Enfants du docteur Mistletoe*), il entame avec *Cité 19* une série qui mêle thriller, science-fiction et Histoire.

Site de l'auteur : www.stephanemichaka.com

STÉPHANE MICHAKA

CITÉ 19

LIVRE 1. VILLE NOIRE

POCKET JEUNESSE
PKJ·

Directeur de collection :
Xavier d'Almeida

Loi n° 49 956 du 16 juillet 1949 sur les publications destinées à la jeunesse : octobre 2015

ISBN : 978-2-266-24141-0

PREMIÈRE PARTIE

CHAPITRE 1

L'homme enjamba la barrière du square et marcha vers la tour.

C'était là qu'on lui avait donné rendez-vous.

Il était près de minuit. Ce mois de mai n'avait rien de printanier. Quiconque se serait trouvé au côté de cet homme aurait frissonné avec lui.

Pas seulement parce que l'air était frais, mais parce qu'à cette heure, un homme qui enjambe la barrière d'un square et marche vers une tour crépusculaire pourrait bien marcher vers sa mort.

Il secoua cette pensée et leva les yeux vers l'édifice.

La tour Saint-Jacques, clocher gothique planté au cœur de la capitale, est un de ces vestiges de l'ancien Paris qui semblent sortis de nulle part.

Comme si le temps, par endroits, s'était arrêté.

Que venait-il faire ici à une heure pareille ? Lui-même n'en était pas bien sûr. Il crut percevoir un bruissement de feuilles. Le square était-il habité ? Il se rassura en imaginant un clochard allongé sur un banc près du bac à sable.

Il regarda autour de lui et ne vit personne.

Ses yeux furent à nouveau attirés par la tour. Elle s'élevait à soixante mètres du sol. Au sommet, les gargouilles étiraient leurs cous démesurés au-dessus du vide.

Les faisceaux des projecteurs placés au pied de la tour accentuaient les reliefs, épaississaient les ombres.

Les pensées de l'homme glissèrent du Moyen-Âge, quand les cloches résonnaient encore dans la tour, à la Révolution, durant laquelle on avait mis le feu à l'église, pour aboutir à aujourd'hui, où il ne restait plus qu'un ornement dans le ciel noir.

Le rendez-vous qu'on lui avait fixé devait être un canular. L'homme tourna les talons pour repartir.

C'est alors qu'ils sortirent des taillis.

Trois silhouettes convergeaient vers lui depuis trois points différents du square. Il se sentit cerné.

Il hocha la tête et dit :

— Vous êtes les Illuministes ?

Les autres s'approchaient.

Il poussa un rire, plus nerveux qu'il ne l'aurait voulu, avant d'ajouter :

— Les Illuminés, plutôt ! Ça vous arrive souvent de fixer un rendez-vous à une heure pareille ?

— L'heure est une chose toute relative…

La voix le fit tressaillir : elle venait de derrière. Pareils à des chiens à l'affût, les autres semblaient flairer sa peur.

Il reprit contenance et se tourna vers la voix.

À quelques pas de lui, entre deux faisceaux de lumière, se tenait un grand type maigre dont on ne pouvait distinguer les traits.

L'homme s'avança pour mieux voir. Il entra dans l'axe d'un projecteur et cligna des yeux comme si on venait de le gifler. En se penchant hors du faisceau, il demanda :

— Où commence le parcours ?

— En haut de la tour, répondit une voix rauque.

— Et il se termine en bas.

Cette précision, qu'il n'avait pas demandée, fut donnée par le grand type maigre. Sa voix avait un accent nasillard.

Moins ébloui à présent, l'homme put distinguer un menton relevé, des cheveux blonds frisés et des yeux clairs dont l'un restait curieusement fixe.

— En bas ? Que voulez-vous dire ? Je croyais qu'on allait faire un tour.

— *Tu* vas faire un tour, dit la voix rauque.

— Peut-être même plusieurs, ajouta la voix nasillarde.

La peur le saisit à la gorge. Pas de doute, on lui tendait un piège. Il fit une embardée vers la clôture du square.

Le grand type maigre brandit une lame. Elle étincela dans le faisceau. D'un seul mouvement, les quatre silhouettes s'avancèrent.

L'homme renonça à enjamber la clôture et se précipita vers la tour.

La porte était entrebâillée. Il s'engouffra dans l'embrasure et poussa le battant en bois. Il se mit à gravir les premières marches.

L'escalier, sous une lueur tamisée par des vitraux, se devinait plus qu'il ne se voyait.

Au bas des marches résonnaient les pas de ses poursuivants.

Fuir par le haut était son seul recours.

Il entendit la voix nasillarde.

— Allez me le chercher !

La voix rauque répondit :

— T'en fais pas, il va tomber sur…

Sur qui allait-il tomber ?

À cet instant, une volée d'ailes lui fouetta le visage : des pigeons déguerpissaient brusquement. Il se débattit, grimpa dans le noir.

Lorsqu'il parvint au sommet, les bruissements d'ailes se perdaient dans la nuit. Il voulut se précipiter dehors pour hurler au secours. Sa voix portait loin, on l'entendrait depuis la rue.

Oui, tôt ou tard on lui viendrait en aide !

Mais il ne put mettre un pied sur la plateforme. Deux mains l'avaient arrêté dans sa course.

Au-dessous des gargouilles, son cri fut à peine audible.

Aux premières lueurs du jour, le square Saint-Jacques grouillait de policiers. Prenant son service à sept heures, Basile, le gardien, avait découvert un cadavre au pied de la tour.

Basile était maintenant l'hôte débordé d'une trentaine d'agents en uniforme et de plusieurs inspecteurs en civil.

Les policiers ne faisaient pas attention à lui. La plupart se rapprochaient d'un homme aux cheveux grisonnants qui venait d'entrer dans le square.

— On a trouvé ceci, commissaire. Dans la poche du mort.

— Qu'est-ce que c'est ?

— Un badge professionnel. Au nom de : « Treussart Louis, Gardien-chef au musée d'Orsay ».

Le commissaire baissa les yeux. Le corps disloqué baignait dans une mare de sang.

— Le musée d'Orsay ? s'enquit un agent.

— C'est celui avec la grosse horloge, indiqua un autre.

Leur supérieur s'impatientait. Il hocha la tête.

— Des témoins ?

— Aucun, commissaire.

Basile, à ces mots, fit un signe de la main. Personne ne s'en aperçut. D'ailleurs, les agents avaient déjà pris sa déposition.

Il n'avait pas vu grand-chose. Il avait seulement buté sur un cadavre. Le visage était si écrabouillé qu'on ne pouvait pas distinguer ses traits.

Le pauvre homme avait dû se jeter du haut de la tour.

Mais c'était curieux, tout de même : la tour n'était pas ouverte au public.

Basile en détenait les clés. Il se rappelait distinctement l'avoir fermée à double tour. Le gardien l'avait signalé aux agents qui ne l'avaient pas interrogé outre mesure.

Alors, comme il ne se sentait ni témoin, ni suspect, ni même gardien dans l'immédiat, Basile tourna les talons et marcha vers sa guérite.

Pour y faire quoi ? Peu importe. Il ne fait que passer dans ce récit. On ne le reverra plus.

CHAPITRE 2

Elle entrait ici comme dans sa propre chambre. Personne ne songeait à lui barrer le passage. Ceux qui ne la connaissaient pas levaient les yeux de leur tâche et les y replongeaient aussitôt, persuadés qu'elle était de la maison.

Mais la plupart savaient qui était Faustine, la demoiselle aux mitaines en dentelle, la fille du gardien-chef.

Elle avait le même sourire en coin que son père, Louis Treussart.

L'atelier de restauration se trouvait dans une rue perpendiculaire au musée. Sous une immense verrière qui filtrait la lumière du jour, des employés en blouse blanche se penchaient sur les sculptures comme sur des patients qu'il fallait aider à se mouvoir.

Ce n'était pas vers eux que Faustine se dirigeait.

Nullement incommodée par la poussière que soulevaient les marteaux et les pointes, elle marchait à grandes enjambées vers le fond de la salle.

Là, dans un angle éclairé par des spots, travaillait une femme aux cheveux châtains mouchetés de particules blanches. Elle faisait entendre des petits bruits secs ponctués d'un fracas définitif.

Marie détruisait les contrefaçons.

— Salut Marie !

L'experte tourna son visage et sourit. Faustine se pencha sur l'établi. Impatiente de découvrir ce que le marteau n'avait pas mis en pièces.

Attardons-nous un instant, comme Marie, sur le visage de Faustine.

Elle ressemblait à un garçon. La douceur de ses traits, ses pommettes rondes, les fossettes délicates aux coins de ses lèvres, tout ce qu'elle avait de féminin restait caché sous une poignée de mèches brunes. Quand elle les écartait d'un geste timide, les mèches se remettaient en place comme une aile qui se replie.

Seuls ses yeux ressortaient. On aurait dit qu'ils passaient au travers de sa chevelure. D'un gris tantôt clair et tantôt foncé, ils semblaient refléter la lumière ambiante. Puis on s'apercevait que c'était d'eux que la lumière provenait, comme d'une source intérieure.

Cette source était la curiosité insatiable de Faustine.

On prenait sa vivacité pour de la brusquerie. Elle était seulement pressée de se faufiler partout, de voir et de sentir avant que les portes ne se referment, avant que les lampes ne s'éteignent ou qu'on ne lui enlève ce qu'elle était en train d'examiner.

D'où lui venait cette crainte ? On le saura plus tard.

Pour l'instant, Faustine soulevait la moitié brisée d'une statuette en bronze.

— Faux bronze, lâcha Marie comme pour s'excuser de l'avoir fendu.

— Je peux le prendre ?

Elle avait empoigné l'autre moitié.

— Tu sais bien que c'est interdit, gronda Marie.

Faustine jeta un coup d'œil autour d'elle. Personne ne l'épiait. Pourquoi ne pas empocher la statuette ? C'était une jeune femme à genoux dans une posture implorante.

Cette statuette était si belle ! Faustine voulait en recoller les morceaux et l'ajouter à sa collection. Une collection entièrement constituée de faux.

— J'attends que tu me rendes les autres, dit Marie.

Faustine tressaillit en imaginant sa chambre vidée de toutes les contrefaçons qu'elle y entassait.

— Tu veux aller en prison pour recel ?

— Je ne revends rien, protesta Faustine. Je les garde pour moi !

Elle disait vrai. Faustine posait les sculptures sur ses étagères et, allongée dans la pénombre, s'endormait en voyant danser les statuettes.

Marie le savait bien et interrompait vite ses reproches à Faustine. Après s'être assurée que personne n'observait leur manège, elle incita la chapardeuse, d'un geste discret, à glisser les fragments dans son sac et à filer sans demander son reste.

Faustine s'exécuta.

Voyant la jeune femme s'éloigner parmi les sculptures à taille humaine qui semblaient former une haie d'honneur, Marie lui lança :

— Si tu ne décroches pas vingt en Histoire de l'art, c'est à désespérer du bac !

Faustine eut un sursaut.

Elle avait oublié que dans une semaine, elle passait son bac.

*

Faustine se destinait à être conservatrice de musée.

Son père était une de ses seules attaches dans le présent. La jeune femme passait le plus clair de son temps à flâner dans le passé.

Jusqu'ici, cela lui avait profité. Faustine aimait la solitude. Et puis elle n'était pas vraiment seule. Des foules de peintures, de chansons et de poèmes tapissaient sa mémoire. Le musée était son refuge. Pour elle, ce n'était pas un musée mais une ville dont les images s'animaient dans sa tête.

Dans les grandes allées du musée, qui était autrefois une gare, Faustine voyageait sans attendre personne.

Et quand elle en ressortait, quand elle revenait dans le présent, c'était par une porte dérobée qu'elle trouvait bien étroite.

Elle évitait l'entrée principale pour ne pas avoir à entendre :

— Je cherche quelqu'un, c'est infernal ! Je l'ai complètement perdu de vue !

Elle n'aimait pas entendre cela, comme elle n'aimait pas les portes qui claquent et les lampes qui s'éteignent, le soir, sans personne pour souffler bonne nuit.

Elle n'aimait pas se rappeler que l'année de ses cinq ans sa mère avait disparu, comme ça, sans crier gare.

Tout ce qu'elle savait c'est que sa mère n'était pas venue la chercher à l'école, un après-midi à cinq heures, quand elle avait cinq ans, cinq mois et cinq jours.

Le chiffre cinq, depuis, s'était fiché en elle comme une flèche empoisonnée.

Le destin avait joué un mauvais tour à Faustine. Depuis, rien n'avait pu combler l'absence.

Rien à part les fantômes de ce musée qui semblaient lui chuchoter le nom de sa mère : Sylvia Sutton.

Elle était la première conservatrice du musée à venir d'Angleterre. Elle avait apporté sa connaissance de l'art anglais à ce temple du XIXe siècle, qui cherchait toujours à élargir ses collections. Sylvia connaissait sur le bout des doigts Paris et son histoire, avait écrit sur la capitale une quantité d'ouvrages richement illustrés. Privée de sa mère, Faustine avait cherché à la retrouver dans ses livres. Et le virus s'était transmis de mère en fille : Faustine voulut tout savoir sur Paris. Elle espérait même, à force d'arpenter la ville, croiser sa mère au détour d'une ruelle.

Mais la rencontre tardait à se produire. Après avoir exploré la capitale dans ses moindres recoins, Faustine, au fil des ans, croyait de moins en moins à ces retrouvailles.

Jusqu'à l'âge de quinze ans, elle habita avec son père dans une loge donnant sur la Seine. Le musée était son vestibule.

Puis, un beau matin :

— Papa, et si je me trouvais une chambre dans le quartier ?

Louis Treussart s'était étonné en entendant sa fille dire sa préférence pour une chambre solitaire, près du musée où elle pourrait aller et venir.

Elle avait envie de vivre ailleurs que chez son père. Non pas parce qu'elle ne l'aimait plus, mais pour prendre son essor.

Comme un oiseau de nuit.

Faustine garda ses mitaines en dentelle et les compléta d'une paire de jeans et d'un piercing au-dessus du sourcil droit.

Elle venait d'avoir seize ans.

CHAPITRE 3

À la même époque, elle rejoignit une bande qui traînait sur les quais de la Seine, aux abords de Notre-Dame.

Elle avait rencontré Kriss, le chef de cette bande, dans une sandwicherie des Halles. Elle y travaillait après le lycée pour payer la partie de son loyer que son père ne pouvait prendre en charge.

Le jour, Kriss courbait l'échine, il trimait à plein temps dans la sandwicherie. C'était lui qui avait appris à Faustine le fonctionnement du tiroir-caisse.

Il avait les cheveux en brosse et des cernes violets comme un manteau de nuit. Un sourire moqueur errait sur ses lèvres.

En voyant le prénom sur son badge, elle demanda :

— Kriss, c'est ton vrai nom ?

— Nan, fit-il en embrochant son dernier ticket sur une pique. Si tu veux que je te le dise, il faut me fréquenter le soir.

Elle eut son sourire en coin.

— Et toi ? lui adressa-t-il en enfilant son blouson. C'est pas Jo, ton prénom. T'as pas une tête à t'appeler Jo.

Le gérant lui avait conseillé de ne pas utiliser « Faustine ». Trop vieillot, selon lui.

Kriss la toisait en remontant sa fermeture éclair.

— Alors ?

La sandwicherie venait de fermer. Faustine devait encore passer la serpillière. Elle glissa à Kriss qui s'en allait :

— T'as qu'à me fréquenter le soir.

Le sourire de Kriss lui parut moins moqueur.

Il la laissa seule avec le gérant qui comptait les billets.

Comme si elle s'adressait à son père, Faustine murmura :

— Je fais ce que je veux. J'ai seize ans.

Elle finit par rejoindre la bande. Des ados qui se prenaient pour des durs. Pourquoi Kriss les fascinait-il tous à ce point ? Faustine ne voulait pas s'avouer qu'il la fascinait elle aussi.

La vie, les filles, les flics, tout ça était pour lui sans mystère. Comme le tiroir-caisse de la sandwicherie. Kriss était de ceux qui lisent le mode d'emploi et agissent ensuite comme s'ils l'avaient rédigé.

Bien sûr, ce n'était que du bluff. Elle le sentait. Mais ce bluff l'impressionnait. La mère de Faustine n'avait pas eu le temps de l'avertir contre les faux durs. Et son père pestait contre les modes d'emploi qui semblaient toujours lui compliquer la tâche.

Un soir, Faustine révéla son prénom. Elle insista pour qu'il donne le sien. En retour, Kriss lui proposa de perdre sa virginité sous l'arche d'un pont.

En tournant ça moins joliment :

— Tu l'as déjà fait sous le Pont-Neuf ?

Elle ne répondit pas. Le sourire moqueur devint un rictus.

— Tu l'as déjà fait tout court ?

Elle ne l'avait jamais fait, pourquoi le lui avouer ?

— Eh, Kriss, fit-elle après un silence.

— Ouais ?

Il frétillait, comme à l'instant de fermer le tiroir-caisse.

— Va te faire foutre, lui lança Faustine.

Alors il la respecta un peu plus. Mais elle se doutait qu'il attendait son heure.

Pendant la même période, Faustine eut l'impression qu'on l'épiait.

Cette sensation s'amplifiait la nuit. Il lui semblait qu'un grand type maigre lui collait au train. Plusieurs fois, en se retournant, elle avait vu passer près d'elle une silhouette à l'allure de dandy, aux cheveux blonds frisés. Que lui voulait-il ? Mais elle n'était pas sûre qu'il s'agissait de la même personne. Elle essaya de ne plus y penser, mais la sensation était tenace.

Elle passait ses soirées dehors et, sous l'influence de Kriss, apprit à boire, à prendre l'air mauvais et à se battre pour un rien.

Les gars de la bande n'avaient que ça en tête : chercher les coups, se donner des frissons.

Kriss expliqua :

— Quand quelqu'un te cherche, tu ne dis pas : « Excuse-moi de vivre. » Parce que c'est ce que tu as fait, l'autre soir. Je me trompe ?

Elle gloussa, l'air gênée.

— C'est ce que je pensais, enchaîna-t-il, de plus en plus persuadé qu'il avait le mode d'emploi de Faustine. Quand un type te cherche, tu lui rentres dedans, et plutôt deux fois qu'une…

— Comment ?

— Comme ça !

Il lui décocha deux coups de poing dans le ventre. Faustine tomba à genoux.

Kriss ricana en la voyant se tenir l'estomac.

Il fallait bien qu'elle paie pour ne pas l'avoir suivi sous le Pont-Neuf.

— Bref, tu les fais morfler, dit-il en agrippant sa main pour la remettre debout.

Les jours suivants, en bonne élève de Kriss, Faustine en fit morfler quelques-uns.

Elle ne se contenta pas de dérouiller des filles qui avaient osé jeter des cannettes à ses pieds. Elle s'en prenait aussi aux garçons, sans craindre les grands gabarits.

Pour gagner en hargne, elle imaginait mettre la main sur le type maigre qui la suivait partout. Peu importe qu'il soit le fruit de son imagination. C'était une façon de se donner du cran. Elle serrait les poings, assenait de furieux crochets du droit, courait plus vite que n'importe qui. Kriss et les autres petits durs furent impressionnés. Ils la surnommèrent « L'Eau qui dort ».

Elle glissa sur cette pente où la violence sert de défouloir. Faustine devenait cruelle. Sa physionomie se modifiait. Comme elle se nourrissait moins, les rondeurs de ses pommettes faisaient place à des traits anguleux. Fuyant le registre aigu, sa voix partait dans le rauque. Elle fixait les gens avec un rictus moqueur.

Kriss la trouvait de moins en moins féminine. Il sembla renoncer à la séduire. On le vit emmener d'autres filles sous le Pont-Neuf, et à ceux qui la taquinaient elle répondit :

— Il fait ce qu'il veut, je suis pas sa meuf !

Plusieurs membres de la bande se surprirent à lui parler comme à un mec. Elle n'était plus L'Eau qui dort mais quelque chose de bouillant, et ils craignaient d'être éclaboussés.

On se disait qu'elle réglait ses comptes avec quelqu'un, sans se douter que ce quelqu'un était sa peur.

Quand elle rentrait à l'aube elle se sentait apaisée, redoutait moins les portes claquées par ceux qui s'en vont, ou d'être laissée seule dans le noir.

L'obscurité ne lui faisait plus peur maintenant qu'elle expédiait dans la nuit son double féroce, une sorte de Kriss au féminin.

Mais elle oubliait les conséquences. Un double, par définition, n'obéit qu'à lui-même. Ses actes, ses pulsions nous échappent. Comme un mauvais génie qui se sent dangereusement libre.

Un samedi, vers une heure du matin, un homme l'interpella sur le quai Saint-Michel. Faustine était accroupie à quelques mètres de ses camarades. L'homme, qui avait l'air soûl, voulait savoir si elle était une fille ou un garçon.

Elle se redressa d'un air menaçant et grogna :

— T'as qu'à venir vérifier !

L'autre répondit :

— Avec plaisir, petite lope.

En le voyant s'approcher, elle crut reconnaître son suiveur.

Plusieurs fois en se retournant, elle l'avait aperçu. C'était le même visage au menton relevé, aux cheveux blonds frisés. La même allure de dandy qu'elle revoyait maintenant. Un de ses yeux semblait de verre.

Il était venu trop près. Elle l'arrêta d'un coup de coude. En l'esquivant, il la gifla. Du sang coula de la lèvre de Faustine. Pleine de rage, elle lui assena un coup de boule.

Elle vit des étoiles et se sentit éclaboussée.

Ce n'était pas du sang, mais l'eau de la Seine.

Qu'est-ce qui lui avait pris de faire le plongeon ? Elle réalisa avec horreur que c'était elle qui venait de le pousser.

Les autres s'approchèrent, stupéfaits. Ils formèrent un demi-cercle autour de Faustine.

Comme le dandy ne remontait pas, Kriss prit les devants :

— On n'a rien vu, on s'arrache !

Ils détalèrent sans se faire prier. Kriss était resté. Il regardait Faustine comme s'il ne la reconnaissait plus.

Elle balbutia quelque chose mais il l'interrompit :

— T'es un putain de danger public, toi !

Puis il détala comme les autres.

Elle baissa les yeux vers les remous du fleuve. Elle voulut se jeter à l'eau pour secourir le type, mais elle ne savait pas où il était tombé. Elle s'élança pour retrouver Kriss et sa bande. Ils étaient déjà loin.

Le dandy s'était sans doute noyé. Les jours suivants elle tapa les mots « Seine » et « noyé » sur Internet, scruta les dépêches d'un regard anxieux… Et ne trouva rien qui se rapportait à l'incident.

Elle ne remit plus les pieds sur les quais de Seine ni à la sandwicherie. Elle ne revit jamais Kriss ni aucun membre de sa bande.

Son seul souvenir de cette période fut, à la place du piercing qu'elle jeta dans la Seine, une cicatrice en croix au-dessus de son sourcil.

Elle prit un petit job dans la carterie du musée, remisa son mauvais génie au placard et se sentit plus seule qu'auparavant.

Faustine allait avoir dix-sept ans.

C'est alors qu'elle rencontra Morgane et Vikram.

CHAPITRE 4

Ils suivaient l'option Histoire de l'art dans son lycée. Faustine, au début, s'était demandé ce que Morgane faisait là.

C'était une brune aux yeux pastel, à la peau lisse, au nez busqué piqué de taches de rousseur. Faustine la trouvait ravissante.

Mais pourquoi Morgane avait-elle choisi l'option Histoire de l'art, elle qui semblait plus préoccupée par les crèmes multi-perfection que par le sourire de la Joconde ?

— Tu prends un lunch avec moi ?

Morgane aimait se servir de l'anglais. Les mots étaient plus courts et lui demandaient moins d'effort. Son énergie, elle la gardait pour le maquillage.

Elles devinrent amies. Un jour qu'elles partageaient une salade de riz dans la cour du lycée, Morgane révéla à Faustine qu'elle suivait l'option uniquement parce que Vikram s'y était inscrit.

Faustine haussa les sourcils.

Le garçon dont parlait Morgane était celui qu'elle avait le moins remarqué. Et pour cause : il restait assis au dernier rang, le dos voûté, noircissant un carnet de croquis qu'il ne montrait à personne. Faustine aurait eu bien du mal à décrire son visage. Tout au plus se souvenait-elle que Vikram, d'origine indienne, avait la peau foncée et les cheveux très noirs.

Morgane demanda à Faustine :

— Tu pourrais me prendre une photo de ses dessins ?

Elle était devenue toute nerveuse.

Faustine comprit que son amie espérait se reconnaître dans les croquis de Vikram.

— Prendre une photo avec quoi ? Je suis pas équipée, moi.

Faustine n'avait pas terminé sa phrase que Morgane lui tendait son smartphone.

— Faut quitter le XIXe siècle !

— Pour te servir d'espionne ?

— T'es mon amie ou pas ?

*

Pendant l'intercours, Faustine s'adossa au fond de la salle et attendit que tout le monde sorte.

Elle aussi était curieuse de savoir ce que dessinait Vikram. Pourquoi ne montrait-il jamais ses croquis à personne ? Est-ce qu'il dessinait les filles dans des poses coquines ?

Elle était enfin seule dans la salle. Elle s'approcha de la table de Vikram et ouvrit le carnet.

Ses yeux s'écarquillèrent.

C'était bien une des filles de la classe qu'il dessinait sous tous les angles, mais cette camarade n'était autre que Faustine !

En classe, Vikram ne pouvait l'apercevoir que de trois quarts dos. Mais dans son carnet Faustine était vue de face, comme si elle avait posé pour lui.

Il lui donnait des airs farouches. Des expressions datant de sa période violente, qu'elle croyait avoir abandonnées.

Que savait-il d'elle pour la dessiner ainsi ?

C'était comme s'il devinait ce qu'elle cachait aux autres, comme s'il la connaissait mieux que personne.

Si Morgane voyait ça !

La sonnerie retentit. Faustine, qui n'avait pas pris de photo, ferma le carnet d'un geste précipité.

Elle regagna sa place. Vikram apparut dans l'encadrement de la porte. Bientôt suivi de Morgane, plus nerveuse que jamais.

Le cours reprit. La prof éteignit la lumière et se mit à commenter un champ de coquelicots qu'elle projetait sur le tableau blanc.

Faustine tendit à Morgane le smartphone qu'elle n'avait pas sorti de son étui. Morgane l'interrogea du regard.

— J'ai pas eu le temps, il est revenu trop vite.

Morgane fronça les sourcils.

— Et puis t'as qu'à le faire toi, ajouta Faustine. Je suis pas ta bonne.

Morgane resta bouche bée mais sa voisine ne la regardait plus. Essayant de chasser Vikram de ses pensées, Faustine s'était tournée vers l'image projetée.

Il devait la fixer dans le noir. Ses yeux la déshabillaient en secret.

Pour la première fois, elle se sentit heureuse d'être désirée.

*

Les jours passaient et il devenait difficile pour Faustine de cacher son attirance envers Vikram.

Morgane avait dû remarquer que sa voisine se tournait

pour regarder du coin de l'œil le garçon penché sur ses croquis. Plus d'une fois elle lui avait adressé un sourire. Mais elle ne savait pas minauder comme Morgane.

Un matin dans le couloir, Faustine engagea la conversation avec Vikram. Il n'avait pas l'air gêné. Il ne semblait pas si timide.

Au détour d'une phrase, il lui confia qu'il avait de moins en moins de goût pour le dessin. Il voulait s'essayer à la photo.

« Quoi, pensa-t-elle, il ne s'intéresse qu'à l'apparence ? Dans ce cas, Morgane a plus d'atouts. »

Cette réflexion la surprit elle-même. Elle comprit que son amie était devenue une rivale.

Un matin, Morgane semblait plus captivée que d'habitude par son smartphone. Elle affichait un sourire de satisfaction qui intrigua Faustine.

— Qu'est-ce que tu regardes ?

Morgane tourna l'écran vers sa voisine.

— Tu me trouves comment ?

On la voyait en gros plan, dans une chemise à col ouvert. Un peu trop ouvert au goût de Faustine.

— Exquise, se força-t-elle à dire.

Morgane eut l'air contrariée.

— « Exquise » ? Je suis pas une meringue ! Tu me trouves pas sexy ?

— Si, si, bredouilla Faustine.

Sa voisine avait retrouvé le sourire. Elle fit défiler d'autres photos. On aurait dit le book d'un mannequin.

— C'est Vikram qui les a prises.

Le cœur de Faustine chavira. Elle se leva pour sortir. Elle ne voulait pas que Morgane la voie pâlir.

En s'éloignant dans l'allée elle dit entre ses dents :

— Dommage qu'il ait lâché le dessin.

CHAPITRE 5

Elle sécha le cours de gym. Faustine n'avait aucune envie de se retrouver sur le terrain de volley avec Morgane. Non seulement Morgane prenait d'autorité le rôle de capitaine, mais quand elle se plaçait pour servir elle faisait durer l'attente, bombait le torse pour qu'on devine ses seins sous son body presque transparent. Sur le terrain d'à côté, les garçons en faisaient des torticolis.

Faustine sortit et longea d'un pas lourd les grilles du lycée. Elle n'avait nulle part où aller. Comme elle était triste, elle se souvint qu'elle avait un père.

Louis Treussart laissait le champ libre à sa fille. Il pensait qu'on apprenait mieux la vie en faisant des erreurs et en les corrigeant après coup. Elle ne lui avait jamais parlé du noyé de la Seine. Faustine savait ce qu'elle représentait pour lui. Depuis la disparition de Sylvia, sa fille lui était tout. C'était même cela qui lui avait fait prendre ses distances. Elle avait besoin de respirer. Il comprenait. Qu'elle lui fasse signe de temps à autre, c'était tout ce qu'il demandait.

Elle sonna plusieurs fois, il ne vint pas ouvrir. Curieux. Le lundi était son jour de repos. Elle regarda sa montre, il n'était pas midi. Elle se décida à ouvrir avec son double.

Le grincement de la porte lui déplut. Comme l'atmosphère inerte où elle entra. Tandis qu'elle se dirigeait vers la fenêtre, son pied glissa sur un prospectus. Elle se baissa pour le ramasser. Le sol était jonché de courriers.

Elle parcourut du regard le prospectus. Le mot « amoureux », placé en tête, accrochait l'œil.

> **Amoureux du XIXe siècle ? Rejoignez nos promenades historiques. Les Illuministes vous feront voyager dans le temps ! Prochain rendez-vous vendredi 5 juin à minuit. Pour savoir où débute le parcours, appelez le numéro suivant…**

— Encore eux ? murmura Faustine.

Elle avait déjà vu un de ces tracts imprimés en caractères vieillots. Les Illuministes s'adressaient aux toqués d'histoire, à ceux dont l'œil brille dès que la conversation porte sur le XIXe siècle. Ces gens-là sont plus nombreux qu'on ne le pense. Faustine les croisait dans les salles du musée, chez les bouquinistes, aux enchères où elle se rendait pour admirer les bijoux anciens. Son obsession était tellement liée à sa mère qu'elle n'avait pas conscience de la partager avec d'autres.

Elle crut percevoir du mouvement.

— Il y a quelqu'un ? Ohé… ?

Elle mit le prospectus dans sa poche et se dirigea vers la chambre.

Les rideaux étaient tirés. Le lit était fait, les draps pliés avec la méticulosité habituelle de son père.

Elle rebroussa chemin. Il n'était pas dans les autres pièces qui sentaient la même odeur de renfermé.

Faustine se sentait de plus en plus nerveuse.

Elle poussa la porte de son ancienne chambre. Tout y était resté comme au jour de son départ. Quand elle entrait ici, dans le repaire de ses quinze ans, elle avait l'impression de se voir avec les yeux d'une autre.

Quelle adolescente pouvait vivre dans un pareil décor ?

Affiches, bijoux, breloques : tout datait d'avant 1900. La plupart de ces objets étaient défraîchis ou cassés. La perle manquait à son support. L'éventail ne s'ouvrait qu'à demi. La barrette en nacre ne fermait plus.

Elle eut un pincement au cœur en voyant que le souvenir de sa mère occupait à ce point l'espace.

Était-elle encore cette jeune fille mélancolique ? Rien ne lui était donc arrivé en deux ans pour lui faire mieux aimer son époque ?

« Pas même Vikram… », ne pouvait-elle s'empêcher de penser.

Elle fit coulisser le tiroir de la commode, glissa la main au fond et trouva ce qu'elle cherchait. Sans même la regarder, elle mit dans la poche de son jean la gourmette à l'effigie de sa mère.

Après avoir ouvert toutes les fenêtres, elle songea à passer au musée. Son père devait s'y trouver, comme certains jours de fermeture pour s'assurer que les gardiens faisaient leur ronde.

Une dernière fois, elle balaya la loge du regard et ouvrit la porte pour sortir. Elle sursauta en entendant tousser.

— Parente ? Employée ?

— « Amie » ?

On lui jetait ces mots sans autre forme de politesse. Ils étaient deux sur le palier. L'un mâchouillait un chewing-gum et avançait son pied droit sur le paillasson. L'autre, dont le front luisait dans la pénombre, arborait un sourire déplaisant. C'était lui qui avait prononcé « amie » en faisant entendre les guillemets, comme s'il avait autre chose en tête.

Faustine recula d'un pas. Le type au front luisant plaqua sa main sur la porte.

— Qu'est-ce que vous voulez ? fit-elle en fronçant les sourcils.

Elle tremblait légèrement. Ils s'en aperçurent.

— Vous devez être sa fille, dit celui qui mâchouillait.

L'autre jeta un œil dans son calepin :

— Treussart, Faustine Lisa. Née le 18/02…

Son comparse l'interrompit d'une bourrade. Faustine avait remarqué qu'ils parlaient comme des flics. Mais ils n'avaient pas sorti leur insigne.

— C'est bien vous ? insista le mâchouilleur.

— C'est moi.

Elle sentit sa salive se coincer dans sa gorge. Elle crut entendre le bruit sourd de l'homme qui tombait dans la Seine.

Étaient-ils, deux ans après, remontés jusqu'à elle ?

— Vous pouvez nous enlever un doute ?

— Vous êtes qui, au juste ? l'interrompit Faustine.

— Ah oui, fit-il en plaquant ses mains sur les poches de son pantalon.

Il en sortit un badge qui voltigea sous les yeux de Faustine. Elle n'eut que le temps de voir une diagonale bleu blanc rouge.

— Inspecteur Charrier, crut-elle entendre.

Il mâchait les mots en même temps que son chewing-gum. Il avait peut-être dit « Charnier ».

— Et mon collègue, Ferblanc.

L'autre acquiesça d'un signe de tête.

— Nous enlever un doute, je disais, au sujet de votre père… 'Pourriez nous suivre à la Morgue ?

— La *Morgue* ?

Elle sentit son cœur battre à toute allure. Les deux hommes parurent embarrassés. L'inspecteur Chewing-Gum s'arrêta de mâcher.

— On vous a pas dit qu'il est… ?

Sa phrase resta en suspens. L'autre brandit son calepin.

— Treussart, Louis Antoine, décédé le 05/06…

Charrier crut que Faustine allait s'évanouir. Il claqua des doigts pour faire taire son collègue.

Elle lâcha un « non ! » qui les fit tressaillir. Comme si elle avait voulu les rayer de la réalité.

*

Le couloir de la Morgue résonnait telle une salle de musée. Faustine crut qu'elle allait voir son père debout, en veilleur.

Une odeur de désinfectant emplissait l'atmosphère.

Les hommes en blouse blanche qu'elle croisait ne levaient pas les yeux vers elle. Ils avançaient dans le couloir comme s'ils étaient montés sur des rails. Faustine voulut en arrêter un qui semblait moins mécanique que les autres. Lui faire dire qu'il y avait erreur, que son père n'était pas mort, tout ça n'était qu'un rêve, pas vrai ?

À peine fit-elle un pas dans sa direction qu'il ouvrit une porte coupe-feu et disparut.

Les inspecteurs qui guidaient Faustine ne la laissaient pas ralentir. Ils voulaient en finir au plus vite.

« Il n'a plus vraiment de visage. »

C'est ce que lui avait expliqué Front Luisant. Samedi

dernier, à l'aube, on avait trouvé un cadavre au pied de la tour Saint-Jacques. L'homme était tombé du haut de la tour et s'était écrasé la tête la première. Ses traits étaient méconnaissables. Seul un badge professionnel au nom de Louis Treussart avait permis de l'identifier.

Pour qu'il n'y ait aucun doute sur l'identité du mort, ils étaient venus chercher Faustine.

— C'est ici, dit l'inspecteur Chewing-Gum.

Il s'était arrêté devant une porte en acier.

Sur le battant, un formulaire indiquait « Entrées-Sorties », avec un empilement de numéros qui avaient dû être des vies.

La porte s'ouvrit. Faustine s'avança dans une grande pièce sans fenêtre. Sur les cloisons, on pouvait voir des tiroirs coulissants qui faisaient penser à d'énormes frigos.

Le souffle de la climatisation bourdonnait à ses oreilles. Oubliant ceux qui l'escortaient, elle fit quelques pas vers un infirmier avec des dreadlocks. Ses petites tresses étaient si soignées que Faustine eut envie de le complimenter, comme si elle n'était pas venue identifier le cadavre de son père.

À l'approche de Faustine, l'infirmier se posta devant un tiroir qui lui arrivait à la taille et le fit coulisser vers l'extérieur.

Faustine détourna les yeux.

Elle entendit :

— Vous pouvez nous dire si…

Elle ferma les paupières.

— … ce sont ses habits ?

Elle voulait fuir hors de cette chambre froide.

— Mademoiselle… ?

Les paupières de Faustine restaient closes.

— On vous attend.

Elle n'avalait plus d'air depuis plusieurs secondes. Pas d'issue possible. Elle ouvrit les yeux sur le tiroir de morgue.

Il n'y avait pas de corps. Juste ses habits.

Son pantalon, sa veste et sa chemise. Le tout froissé, déchiré par endroits.

— Où est-il ? demanda-t-elle.

— On vous a dit qu'il est défiguré.

Elle laissa un temps.

— Je veux quand même le voir.

L'inspecteur Chewing-Gum rétorqua :

— Ce sont ses habits qu'on vous demande d'identifier.

Elle restait immobile, un bloc de volonté. Les comparses échangèrent un regard.

— Très bien, finit par dire Chewing-Gum.

Se remettant à mâcher, il pointa son index vers le tiroir voisin. L'homme aux dreadlocks s'exécuta.

Faustine crut que la panique allait la submerger. Elle serra les dents en percevant le cliquetis d'ouverture et se força à regarder.

Elle vit rouler vers elle des orteils blanchis, des jambes décharnées. Et la forme d'un corps sous un tissu râpeux qui lui donna la chair de poule.

Mais elle ne reconnaissait pas les jambes de son père.

— Alors ? entendit-elle.

Elle s'approcha et, sans laisser une seconde, posa sa main sur celle du cadavre. Les inspecteurs, l'infirmier aux dreadlocks, s'y attendaient si peu qu'ils restèrent figés.

Elle fit glisser ses doigts entre les doigts raidis qui dépassaient du drap. Leur contact était encore plus froid qu'elle ne l'imaginait.

À l'instant où elle retira sa main, Front Luisant se posta devant le tiroir et le referma en s'écriant :

— Ce n'est pas la procédure !

L'inspecteur Chewing-Gum reprit les choses en main. Il dit à Faustine :

— Vous nous confirmez qu'il s'agit de Louis Treussart ?

Il semblait la mettre au défi de dire non.

Depuis qu'elle était entrée ici, Faustine avait l'impression que tout était orchestré pour lui faire dire une seule chose : que ce corps, sans contestation possible, était celui de Louis Treussart.

Mais son contact avec les doigts du mort avait achevé de la convaincre : ce n'était pas son père.

Alors elle décida de garder sa conviction pour elle.

De ne rien livrer, surtout, à ces gens en qui elle n'avait pas confiance.

Elle dit dans un souffle :

— Ce sont bien ses habits.

— Signez là s'il vous plaît, rétorqua Front Luisant en lui présentant le formulaire.

CHAPITRE 6

— Putain, ton père, il te fait ça la semaine du bac ! Morgane jeta plus qu'elle ne posa sa tasse de café sur la soucoupe. La tasse heureusement était vide.

— Morgane ! lança Vikram d'un ton de reproche.

Elle n'avait rien de plus réconfortant à dire ? Il la foudroya du regard mais elle continuait à fixer Faustine.

Ils étaient assis dans un café à deux pas de leur lycée.

Morgane renchérit :

— Je le crois pas !

— Ils m'ont demandé de l'identifier, ce matin. À la Morgue.

Le ton factuel de Faustine la surprit elle-même. Voulait-elle dissimuler sa peine ?

Vikram dit doucement :

— On est désolés, Faustine.

Elle leva les yeux vers lui et se sentit scrutée par Morgane. Elle réprima un sourire et replongea le nez dans sa tasse.

Une succession de bips troubla le silence. Morgane pianotait sur son smartphone. Comme elle pressait de plus en plus rageusement les touches, Vikram finit par dire :

— Euh, Morgane, tu…

Mais elle, sans quitter son écran des yeux :

— C'est Yassir, il m'envoie cent textos par jour. Toutes les dix minutes je l'envoie bouler. « Fuck you… Fuck you… Fuck you », je lui réponds. Il va bien finir par comprendre…

Faustine et Vikram échangèrent un sourire, cette fois aux dépens de Morgane. Sa tactique se voyait à des kilomètres : disputer à Faustine l'attention de Vikram, ne pas laisser l'avantage à sa rivale.

Mais pas facile de rivaliser avec une fille qui venait de perdre son père et retenait vaillamment ses larmes !

Morgane finit par ranger son portable.

— Bon, mes chéris, je vous laisse. (Elle se dégagea de sa chaise.) Faustine, tu déprimes pas, hein ? Ton père, il t'aimait. C'est pas comme le mien qui s'est barré depuis des lustres…

Tassée sur la banquette, Faustine semblait accablée. Elle se souvenait de la rancœur de Morgane envers son père, parti à l'étranger sans se soucier de sa fille qu'il appelait une fois l'an.

Morgane crut que Faustine s'apitoyait sur elle-même.

— Je sais, c'est dur, fit-elle d'un ton qui se voulait consolant. Tu as grandi sans ta mère et maintenant…

« Maintenant quoi ? » pensa Faustine en sentant le sol se dérober sous elle.

Le portable de Morgane se mit à vibrer.

— Y peut pas me lâcher, lui ?

Elle partit en lançant un « salut ! » qui flotta quelques secondes en l'air avec son parfum de musc.

Faustine se retrouva seule avec Vikram.

Elle regarda la main de son ami. Pourquoi ne prenait-il

pas la sienne ? Cela l'aurait réconfortée mieux qu'aucune parole. Elle se serait enfin autorisée à fondre en larmes.

— À quoi tu penses ?

Il lui avait posé la question de but en blanc.

Sans réfléchir, elle dit d'une traite :

— Ce n'était pas lui.

Vikram eut l'air de recevoir une poussière dans l'œil.

— À la Morgue, reprit Faustine. Ce n'était pas mon père. J'aurais reconnu ses mains.

Il restait incrédule.

— Tu leur as dit, aux flics ?

— Ou peut-être que c'était lui, fit-elle d'une voix brisée. Je ne sais plus, je…

Elle enfouit son visage entre ses mains. Qu'avait-elle vu à la Morgue ? Ce contact avec les doigts du mort, cela suffisait-il pour se forger une certitude ?

— N'y pense plus, dit Vikram.

Elle glissa la main dans sa poche pour prendre un Kleenex, et en sortit le prospectus trouvé chez son père.

Elle le défroissa sur le plat de la table.

— Qu'est-ce que c'est ?

— Les Illuministes, fit-elle en se mouchant.

Il essaya de lire :

— « Amoureux du XIXe siècle… »

Elle enchaîna :

— Ils distribuent des prospectus pour des promenades historiques.

Vikram haussa les épaules. Faustine ajouta :

— Mais je soupçonne qu'il y a autre chose derrière.

— Comment ça ?

Alors, fixant Vikram dans le blanc des yeux, elle lui raconta ce qu'elle n'avait jamais confié à personne.

— C'était il y a deux mois, passage des Panoramas. J'étais devant une carterie. Celle où j'achète des illustrations et des photos du XIXe siècle. Je me penche sur des gravures de bal en plein air quand soudain, dans le reflet de la vitre, j'aperçois une silhouette étrange. Elle semble sortir du passé comme si elle avait bondi d'une de ces gravures ! La silhouette, un type, s'approche de moi. Je souris en voyant ses habits d'une autre époque. J'essaie de ne pas le fixer avec trop d'insistance, mais il m'intrigue. Je voudrais savoir où il a déniché son costume. Il a remarqué que je le dévisage et me lance : « On aimerait fuir, n'est-ce pas ? Rejoindre un de ces bals… » Je réponds : « Vous avez déjà le costume, en tout cas ! » Lui, d'un air étonné : « Pas vous ? » Je reste silencieuse. « Si j'ouvrais votre penderie, je suis sûr que j'y trouverais… — Oh non, je l'interromps. Moi, c'est plutôt jean et chandail ! » Il a deviné que je mens, avec mes mitaines en dentelle, j'ai pas l'air de m'habiller très moderne. Le type me fait un clin d'œil. De plus en plus gênée, je lui dis au revoir et je tourne les talons. Très vite, il m'emboîte le pas…

— Quoi ? s'exclama Vikram, suspendu aux lèvres de Faustine.

— Il me colle aux basques, oui. On marche sur les boulevards. Aucune raison de flipper : avec ses talons pas commodes, je peux le semer quand je veux. Il vient plus près et me lance : « Si je vous emmenais au bal Monteil ? Ou à Ménilmontant ? » Des noms de bals qui n'existent plus !

— Qu'est-ce que c'est que ce type ? grommela Vikram.

Elle reprit :

— Après un tournant, alors que je crois l'avoir semé, il fredonne derrière moi : « *Il fait noir, enfant, voleur d'étincelles…* »

— Ça veut rien dire !

— Une chanson qui date du XIXe siècle. En entendant les paroles, je me fige. Le type passe près de moi comme s'il ne me voyait plus. Il continue à fredonner. C'est là que je me suis mise à le suivre.

— Tu es dingue !

— Je ne pouvais plus détacher mes yeux de sa silhouette ! Dans les rues mal éclairées, j'avais l'impression de suivre un spectre…

Faustine observa une pause, puis :

— J'avais marché jusqu'à l'île de la Cité sans m'en rendre compte. Je l'ai vu descendre dans la bouche de métro.

— Tu es rentrée chez toi, j'espère ?

Faustine secoua la tête.

— C'était plus fort que moi. J'avais besoin de savoir où il se dirigeait. Comme si en le suivant j'allais découvrir l'existence d'un cercle d'amateurs du vieux Paris, ou bien une secte mystérieuse… En tout cas, s'il voulait piquer ma curiosité, c'était réussi ! Je pensais plus à rien d'autre. Il était minuit passé, la station allait fermer. J'ai franchi la grille malgré l'avertissement du guichetier : « Le service est terminé ! » Est-ce qu'il n'avait pas vu le dandy enjamber le tourniquet ? Je l'ai enjambé à mon tour. J'ai pris l'escalier et je me suis retrouvée sur le quai. Le dernier métro venait de passer. Le cadran lumineux indiquait la rame du lendemain. À l'orée du tunnel, le dandy a descendu les marches de service. Il allait disparaître dans le noir. J'ai crié : « Attendez ! » Le prospectus est tombé de sa poche. Au moment où je le ramassais, le guichetier m'a empoignée et m'a fait sortir de la station en grondant : « T'as de la veine que je sois pressé de rentrer ! »

Faustine se tut.

Vikram sortit quelques pièces et les jeta sur la table.

— Tout s'est bien terminé, alors !

Il ne voulait pas en savoir plus. Elle ressentit une pointe dans le cœur.

« Il me prend pour une barge. »

Lorsqu'il se leva pour partir, elle se mordit la lèvre.

— On révise, mercredi, avec Morgane. Tu te joins à nous ?

Vikram comprit que le bac n'était plus le souci premier de Faustine.

Il ajouta à voix basse :

— Je viendrai à l'enterrement. C'est demain ?

— Oui. À onze heures.

Il hocha la tête et s'éloigna.

Faustine détourna son regard et fredonna avec un sourire triste :

— Il ne t'a pas pris la main…

CHAPITRE 7

À l'enterrement de Louis Treussart au cimetière du Père-Lachaise, il n'y avait pas grand-monde. Faustine ne put s'empêcher de parcourir des yeux l'assistance en y cherchant une femme qui aurait ressemblé à sa mère.

Ne voit-on pas surgir aux obsèques les personnes les moins attendues ? Par exemple, l'épouse du défunt qu'on croyait disparue.

Dans cet espoir, Faustine avait fait insérer dans trois quotidiens un avis de décès. Mais Sylvia se trouvait peut-être à l'étranger. Ou plus probablement, puisqu'elle n'avait pas donné signe de vie, elle était morte…

Et Faustine à dix-sept ans se sentait seule au monde.

Jamais elle ne l'avait autant ressenti que durant le trajet parcouru, avec quinze personnes, depuis les portes du cimetière jusqu'au bord de la fosse où le cercueil fut enseveli.

Dans la procession se trouvaient Morgane et Vikram. Mais cela n'avait fait qu'ajouter à son sentiment de solitude : tous deux se tenaient la main comme s'ils formaient un couple.

Le ciel était gris et il pleuvait tout fin. Un rayon de soleil perça lorsque Faustine jeta une fleur dans la tombe. Elle leva au ciel ses yeux pleins de larmes et murmura un « merci ».

Merci à son père de l'avoir, depuis ses cinq ans, consolée de l'absence de sa mère…

Pour la première fois, le mot « inconsolable » correspondait à quelque chose de réel pour Faustine. Elle comprit que certains mots devaient être appris deux fois : la première avec le cerveau, la seconde avec le cœur.

*

Cinq jours après l'enterrement de son père, elle passait sa première épreuve du bac.

Elle était assise dans une salle du lycée Molière qui servait de centre d'examens. Elle pouvait voir, à travers les hautes fenêtres, l'immense cour plantée de vieux marronniers. Mais l'heure n'était pas à la rêverie. Elle devait plancher sur un sujet de philo énoncé comme on flanque une gifle : « "Science sans conscience n'est que ruine de l'âme." Commentez. »

À peine leva-t-elle le nez de cette phrase qu'elle entendit les premiers stylos courir sur des feuilles de brouillon.

Science… Conscience…

Une semaine plus tôt, elle aurait volontiers disserté là-dessus. Mais à présent, ni les grandes découvertes scientifiques, ni le sentiment de toute-puissance que celles-ci procuraient aux hommes n'avaient d'importance aux yeux de Faustine.

Le monde pouvait bien courir à sa perte ! Elle ne se sentait plus concernée. Elle n'avait que son propre chagrin en tête.

À tel point qu'au bout de vingt minutes elle rassembla ses affaires, abandonna sa copie sur la table, se leva et parcourut les quelques mètres qui la séparaient de la porte.

Pendant quelques instants, trente paires d'yeux la suivirent avec un mélange de stupéfaction et d'envie.

Elle ferma la porte sans bruit et descendit l'escalier principal.

En sortant du lycée, elle ne songeait pas au zéro pointé que lui vaudrait sa copie blanche, mais au récit qu'elle avait fait à Vikram dans le café.

Ou plus exactement : à ce qu'elle avait omis de son récit.

Par exemple, que le dandy du passage des Panoramas lui rappelait cet homme qu'elle avait poussé dans la Seine deux ans plus tôt… C'était même cette ressemblance qui avait incité Faustine à le suivre.

Au moment où il allait disparaître dans le tunnel de la station Cité, il s'était retourné pour lui lancer :

— Tu es sûre de ne pas vouloir embarquer pour le XIXe siècle ?

Son œil brillait dans la bouche noire du tunnel.

Et comme Faustine était restée tétanisée sur le quai, il avait ajouté :

— Allez, viens… *Petite lope.*

Elle avait reconnu alors la voix de son suiveur, le noyé de la Seine !

Derrière elle, les pas du guichetier résonnaient. Il allait la rattraper pour l'expulser de la station.

Qu'est-ce qui avait retenu Faustine de s'engouffrer dans le tunnel ?

Les battements de son cœur.

Des battements non de panique, mais d'excitation. Elle était tout près du but, si près qu'elle s'était sentie paralysée. Comme si la formule tentatrice « Tu es sûre de ne pas vouloir embarquer pour le XIXe siècle ? » lui avait révélé son vœu le plus cher.

C'est à ce moment-là que le prospectus était tombé de la poche du dandy.

Faustine l'avait ramassé, puis le guichetier avait déboulé. Elle avait juste eu le temps d'empocher le prospectus.

C'était un tract des Illuministes, le premier qu'elle découvrait.

> **Connaissez-vous l'autre Paris ? Celui des flâneurs éternels ? Rejoignez nos promenades historiques ! Les Illuministes vous feront voyager dans le temps. Prochain rendez-vous vendredi 3 avril à minuit. Pour savoir où débute le parcours, appelez le numéro suivant…**

Les associations de promeneurs étaient nombreuses dans la capitale mais rares étaient celles qui fixaient des rendez-vous nocturnes.

Le numéro figurant sur le prospectus était à moitié effacé. Elle avait cherché sur Internet mais aucune association ne s'appelait ainsi. Le mot « Illuministe » renvoyait à autre chose qu'à des promenades historiques.

Sa rencontre avec le dandy semblait n'avoir été qu'un rêve.

C'est ce qu'elle croyait, jusqu'à ce qu'elle tombe sur un autre prospectus des Illuministes dans le vestibule de son père. Cette fois, le numéro était lisible. Elle l'avait composé à plusieurs reprises mais il sonnait toujours occupé.

Elle n'avait pas dit son dernier mot. Elle rappellerait tous les jours jusqu'à ce qu'on lui réponde.

Les Illuministes étaient devenus l'obsession de Faustine.

CHAPITRE 8

La journée suivante, elle l'avait employée à faire des cartons.

Elle se doutait que tôt ou tard, le musée lui demanderait d'enlever les affaires de son père. Un nouveau gardien-chef allait arriver, auquel la loge reviendrait de droit. Faustine n'aurait plus son pied-à-terre dans un des plus beaux musées du monde.

Elle ne voulait pas attendre qu'on la congédie. Surtout, elle ne voulait pas que des inconnus éparpillent ce qu'elle avait laissé chez son père. Une fois ses vêtements et bibelots rangés dans une dizaine de cartons, elle se demanda où elle pourrait les entreposer. Son studio faisait dix-huit mètres carrés. Elle n'avait ni cave ni grenier. Elle éprouva un sentiment d'oppression, comme si les murs se resserraient sur elle.

Il était près de vingt-trois heures. Faustine n'avait pas dîné et se sentait gagnée par un mal de crâne. Des questions pressantes se bousculaient dans sa tête.

Son père lui avait-il laissé de quoi payer son loyer ? Avait-il rédigé un testament ? Elle était mineure pour six mois encore et n'avait pas la moindre idée des démarches que devait effectuer une orpheline de dix-sept ans.

À cet instant, on frappa trois coups à la porte.

Elle se dit que c'était peut-être la réponse à ses interrogations.

— Oui ?

Aucune réponse.

— Qui est-ce ? insista-t-elle.

— L'inspecteur...

Elle reconnut le borborygme.

Quand elle ouvrit la porte, l'inspecteur Chewing-Gum se tenait dans l'embrasure. Il n'était pas flanqué de son compère.

Son sourire semblait plus ironique que la fois précédente.

— Ah, c'est vous ? fit-elle d'un air contrarié.

— J'essaie de vous joindre depuis deux jours.

Était-ce pour cela qu'il déboulait à onze heures du soir ?

— Je ne savais pas. Il y a eu l'enterrement de mon père.

— Justement.

Faustine ne l'écoutait plus. Elle se penchait sur un carton. En montrant qu'elle était occupée, elle espérait le faire partir. Elle prit un rouleau de gros scotch et y mordit à pleines dents. Elle hocha la tête pour le dérouler.

L'inspecteur entra sans se gêner.

— Vous êtes dans les cartons...

Elle lui décocha un regard qui signifiait : « Vous êtes vraiment perspicace ! »

— L'enquête avance ?

Il eut un léger sursaut, comme si son supérieur venait aux nouvelles. Puis, mâchant son chewing-gum :

— Justement, non. On ne voit pas ce que votre père faisait à minuit en haut d'un clocher gothique. Ni pourquoi il s'est jeté du haut de la tour.

Il paraissait attendre une explication.

— Il était pas un peu… ? fit-il en dodelinant de la tête.

Au regard noir de Faustine, il s'interrompit.

— Pardon, lâcha-t-il. Je vais vous aider.

— Non, non. Laissez…

Mais déjà il soulevait le carton, voulait faciliter la pose de l'adhésif. Il se tenait à moins de dix centimètres d'elle.

Faustine portait une chemise à col ouvert. Le regard de l'inspecteur s'attarda sur son décolleté.

« Ben vas-y. Tranquille ! » s'indigna-t-elle en pensée. Elle lui barra la vue en levant son poignet.

— Jolie gourmette. C'est qui, sur la photo ?

Il fixait le portrait de Sylvia : une photo aux couleurs délavées qui tremblotait sur le poignet de Faustine.

— Ma mère, dit-elle d'un ton agacé.

Il se redressa, souriant toujours. Elle n'aimait décidément pas son air ironique.

— Vous venez pour quoi, au juste ?

Elle se rapprocha de la porte. Sa posture indiquait clairement qu'elle le priait de sortir.

Mais il semblait résolu à obtenir quelque chose de Faustine. Promenant son regard sur les murs, il dit :

— Vous êtes très seule, non ?

— Pas tant que ça, répliqua Faustine.

Il avança sur elle avec des yeux brillants.

Le dos contre la cloison, elle eut juste le temps de détourner la tête. Il colla son torse à la poitrine de Faustine et approcha ses lèvres des siennes. La morsure d'un serpent ne l'aurait pas plus horrifiée.

Un inexplicable résidu de politesse lui fit crier :

— Vous me lâchez, s'il vous plaît !

Ces mots semblèrent l'encourager. Il devait croire qu'elle n'était pas si farouche.

Tandis qu'il promenait ses doigts sur la nuque de Faustine, elle chercha un appui au mur pour le repousser. Sa main rencontra une statuette en bronze. Une petite danseuse au sourire narquois, haute de quinze centimètres.

Il respirait bruyamment dans ses cheveux. La poitrine de Faustine se gonfla, ses muscles se tendirent et un cri sortit de ses poumons à l'instant où elle abattit la statuette sur le crâne de l'inspecteur.

Il s'effondra comme une masse. Une flaque rouge s'élargit autour de sa tête. On aurait dit qu'un pot de peinture se déversait, lentement, sur le sol de l'entrée.

Cela ne cessait plus de couler, de s'étendre, et Faustine épouvantée restait dos à la cloison, ses yeux allant de la mare de sang à la statuette qu'elle serrait dans son poing.

La petite danseuse était brisée en deux. Faustine en agrippait la partie inférieure.

Elle s'élança dans le hall, hors du musée, en direction des quais.

« Aller où, prévenir qui ? Un gardien, la police ? Et s'il était mort ? »

Il l'était sans doute, sans qu'elle l'ait cherché !

« On ne me croira jamais ! »

N'avait-elle pas déjà tué ? Précipité un homme dans les eaux de la Seine ? Elle longeait le fleuve en ce moment dans sa course éperdue.

Comme si toutes ces années elle n'avait fait que tourner autour de son ancien crime, vouée à le répéter un jour, et ce jour terrifiant était venu !

Son cœur battait à tout rompre. La sueur perlait sur ses joues, sa nuque, ses bras. Elle s'aperçut qu'elle tenait toujours le fragment de bronze.

Elle le jeta dans l'eau et alla tituber sous une rangée d'arbres.

Elle était au désespoir. Personne pour la réconforter, la serrer dans des bras protecteurs…

Sous l'éclairage des lampadaires juchés au-dessus des arbres, elle pleura en pensant à son père. Elle pleura davantage qu'à l'enterrement où elle avait ravalé la moitié de ses larmes.

C'est alors qu'elle entrevit une petite lueur. Elle vit en pensée, il n'était pas loin, le studio de Vikram.

CHAPITRE 9

Il partageait un deux pièces rue Monsieur-le-Prince avec son cousin, un fêtard qui n'était jamais là.

Vikram disposait des lieux la plupart du temps, mais le capharnaüm de son studio lui faisait honte. Le linge sale était roulé en boule sur la moquette qui avait bien besoin d'être shampouinée. Les bouteilles en plastique vides et les parts de pizza entamées débordaient de la chambre du cousin.

Vikram n'avait invité Faustine qu'une fois pour lui montrer des photos du vieux Paris. Elle avait fait mine de s'émerveiller devant les façades lépreuses immortalisées par les pionniers de la photo. Elle connaissait ces clichés par cœur mais ne voulait pas paraître blasée.

Depuis que Morgane draguait ouvertement Vikram, Faustine voyait bien qu'il ne l'invitait plus. Ou seulement avec Morgane. Elle prétextait toujours un empêchement : elle n'avait aucune envie de passer une soirée chez lui, à se sentir épiée par les regards jaloux de Morgane.

Faustine aurait dû se souvenir que les absents ont toujours tort. Surtout quand ils ont une rivale aussi dégourdie que Morgane.

En montant quatre à quatre les marches de l'immeuble de la rue Monsieur-le-Prince, elle ne se demandait pas si Vikram était seul. Elle se précipitait chez lui avec l'énergie du désespoir.

Elle s'effondra plus qu'elle ne frappa contre sa porte.

On lui ouvrit. C'était Vikram : il portait une chemise rouge à carreaux, un jean délavé et une ceinture poinçonnée qui lui donnaient une vague allure de cow-boy.

— Faustine ! Je t'attendais pas... Qu'est-ce qui t'arrive ?

Elle se tenait pâle et tremblante sur le seuil. Il posa la main sur son épaule et la fit entrer, fermant la porte derrière lui.

Aussitôt, les mots se déversèrent. Il était question d'un inspecteur qui mâchait du chewing-gum, d'une danseuse brisée en deux et de sang répandu dans l'appartement de son père.

Une phrase fit sursauter Vikram :

— J'ai pris la statuette et je l'ai frappé sur le crâne !

Phrase qui l'accusait elle et non son agresseur.

Vikram écarquillait les yeux, horrifié. Jamais il n'avait vu Faustine dans un tel état.

Tandis qu'il l'emmenait dans sa chambre, il ne trouva rien d'autre à dire que :

— Il faut prévenir les flics !

Le regard qu'il lui jetait blessa Faustine.

Elle balbutia :

— Pourquoi tu me regardes... comme si je l'avais tué ?

Il entrouvrit les lèvres mais n'eut pas le temps de répondre. On tambourinait contre la porte.

Faustine tourna brusquement la tête.

— C'est qui ?

— Morgane, répondit Vikram d'un air gêné.

C'était Faustine, maintenant, qui l'accusait du regard.

Il ajouta d'un ton peu convaincant :

— Elle vient pour réviser…

— À minuit ?

Ce n'était pas une question. Elle l'avait dit sur un ton qui signifiait : « Tu te fous de ma gueule ? »

— Bon, lâcha Vikram. Je la fais entrer, quand même.

C'était bien le moment ! Dans la situation où elle se trouvait, s'encombrer de Morgane ?

— Je veux pas la voir… Tu lui dis de s'en aller !

Vikram regardait tour à tour Faustine et la porte du studio. Elle comprit qu'il était trop tard. La cloison de la penderie était entrebâillée, elle se glissa à l'intérieur. Tout plutôt que de croiser le regard de Morgane !

Tandis que Vikram se dirigeait vers l'entrée, elle fit coulisser la cloison sans parvenir à la fermer tout à fait. Un rayon de lumière lui barrait le visage.

Les cintres tintèrent en faisant danser les habits. Faustine eut un doute, renifla. Sur une chemise de Vikram, elle décela le parfum musqué de Morgane.

Elle fronça les sourcils.

Combien de fois Morgane était-elle venue se frotter à lui ?

Elle entendit leurs voix sur le seuil.

— T'as des news de Faustine ?

— Euh… Non.

Les pas s'approchèrent. Morgane précédait Vikram dans la chambre.

— Je suis sûre qu'elle t'appelle dix fois par jour. Et que tu décroches…

Elle l'avait dit sur son ton habituel de nervosité taquine.

— Ben…

Vikram s'était interrompu. Faustine crut entendre un cliquetis. Comme une boucle de ceinture qu'on défait.

Elle pencha la tête, plaça dans le ruban de lumière son œil gauche qui s'écarquilla.

Morgane se tenait debout, les mains sur la boucle de ceinture de Vikram.

Elle lâcha prise en disant :

— Pourquoi tu fais cette tête ? T'as pas envie ?

Faustine sentit son ventre se nouer. Mais elle ne pouvait s'empêcher d'observer à travers l'embrasure.

— T'es chiant ! s'écria Morgane. Je suis pas venue pour réviser, moi !

Elle s'était affalée sur le lit avec un air boudeur.

Tiraillé entre les avances de Morgane et la pensée que Faustine entendait tout, Vikram ne cessait de se tortiller.

Morgane s'en rendit compte.

— Quoi ? Tu la kiffes, c'est ça ?

Elle se redressa sur le lit et se mit à fixer le vide. Elle semblait réfléchir à voix haute.

— Je l'ai senti à l'enterrement. Elle t'a attendri avec ses joues pâles et ses mitaines en dentelle. Et puis sa façon de retenir ses larmes... On en aurait chialé avec elle !

— Tu... ne devrais pas dire ça.

— Pourquoi ? fit Morgane en se levant du lit. Elle t'a attendri, je l'ai vu. Résultat : tu fais plus attention à moi !

Elle marcha vers la porte en frottant ses yeux humides. Vikram jeta un regard inquiet vers la penderie. Faustine, bouillante de rage, venait de la faire vibrer.

Elle regrettait d'avoir laissé le champ libre à sa rivale. Morgane ne méritait pas qu'on lui cède un pouce de terrain. Ni Vikram, qu'on se dispute son attention. Il n'était qu'un beau gosse qu'une odeur de musc fait frétiller !

Elle poussa la cloison d'un coup sec. Morgane se retourna. Faustine, bille en tête, traversa la chambre en diagonale.

— Faustine ! Qu'est-ce que tu fous là ?

— Vous dérangez pas pour moi !

Elle sortit en claquant la porte.

Avant de s'engouffrer dans l'escalier, elle entendit Morgane s'écrier : « Salaud ! » Et ponctuer ce mot d'une gifle monumentale que Vikram n'avait pas volée.

CHAPITRE 10

Elle n'avait nulle part où aller.

Elle atteignit le pont Saint-Michel. Le bourdon de Notre-Dame sonnait la demie. Dans une demi-heure il serait minuit.

Cette série noire allait-elle prendre fin ? Après la mort de son père, la copie blanche au bac, l'inspecteur qui baignait dans son sang et la sensation d'être lâchée par ses amis, que lui réservait la journée à venir ?

Pourquoi ne pouvait-on pas voyager dans le temps ? Le faire dévier de sa trajectoire ? Elle serait revenue huit jours plus tôt et aurait collé aux basques de son père pour comprendre ce qui était arrivé…

Où était-il en ce moment ? Pourquoi lui avait-on montré le corps d'un autre à la Morgue ?

Perdue dans ce labyrinthe de questions, elle était parvenue sans s'en rendre compte sur l'île de la Cité.

Elle perçut un fredonnement.

« Cette chanson ! »

Elle tendit l'oreille et reconnut la voix du dandy.

« *Il fait noir, enfant, voleur d'étincelles ! Il n'est plus de nuits, il n'est plus de jours. Dors, en attendant venir toutes celles qui disaient...* Jamais ! *Qui disaient...* Toujours ! »

Elle se tourna et ne vit personne.

Ses yeux fouillèrent le parvis de la Préfecture de police, dont les épaisses façades se dressaient dans le ciel noir.

« *Entends-tu leurs voix ? Les caveaux sont sourds. Dors. Il fait noir, enfant, voleur d'étincelles !* »

Le fredonnement montait du sol. Faustine s'élança vers la bouche de métro.

Appuyée sur la rambarde de la station Cité, elle aperçut, quelques mètres plus bas, les jambes arquées du dandy qui dévalait les marches.

« Suis-le ! »

Obéissant à son instinct, Faustine suivit le dandy louche qui continuait de fredonner.

La station Cité n'avait pas de correspondance. C'était l'une des moins fréquentées à cette heure. Le guichetier étant absent, personne n'interpella Faustine quand elle enjamba le tourniquet.

Arriverait-elle, cette fois, à rattraper le dandy avant qu'il ne disparaisse ?

De folles pensées se bousculaient dans sa tête.

La première fois qu'elle l'avait suivi, un prospectus des Illuministes était tombé de sa poche... Le dandy ne pouvait ignorer ce qu'on avait fait de son père ! Il pourrait sûrement la mener jusqu'à lui !

La course de Faustine devenait plus effrénée. Ses semelles touchaient à peine les marches du grand escalier. Elle glissait, volait, dégringolait de palier en palier.

Puis ce fut le quai vide.

Ou presque. Une dame d'un certain âge, à la peau noire, aux cheveux blancs surmontés d'un chapeau rond, était assise au milieu du quai. Elle portait un imper gris très seyant, semblait aussi élégante et soignée qu'une poupée.

Faustine ralentit en parvenant à sa hauteur.

La dame tourna vers elle un regard plein de curiosité.

Faustine se courba pour reprendre haleine, les mains en appui sur ses genoux, et dit d'une voix essoufflée :

— Il n'y a plus de métro… Vous êtes au courant ?

— Bien sûr, dit la petite dame, l'œil pétillant. Je ne suis pas venue pour ça.

Elle restait immobile, tassée sur son siège.

— Vraiment ? dit Faustine en scrutant l'entrée du tunnel. (Le dandy n'était pas visible.) Pourquoi êtes-vous venue, alors ?

— Attendez, dit la dame en ouvrant un petit sac en velours muni d'un fermoir doré.

— Oui ?

La dame fouillait dans son sac comme s'il avait un double fond.

— Mais où je les ai mis ? C'est obsédant, tout de même, c'est tout à fait obsédant…

Faustine lorgna vers l'embouchure du tunnel. Elle se demandait si la petite vieille n'était pas une diversion, une complice du dandy postée là pour la freiner.

— Bon. Ils sont introuvables.

— Quoi donc ?

— Mes certificats ! s'exclama la vieille d'un ton d'évidence.

— Vos… ?

— Je peux toujours me les faire expédier. Vous avez l'adresse de l'endroit ?

— *Quel* endroit ?

Mais la vieille suivait obstinément le fil de sa pensée.

— Je me doute bien qu'ils ne m'accepteront pas sans mes certificats… Voyez-vous, je n'ai pas de diplôme. Dans mon métier on apprend sur le tas.

— Quel métier ? demanda Faustine.

Elle commençait à se demander si cette dame avait toute sa tête.

— Habilleuse. Depuis un demi-siècle. Vous comprenez, maintenant ?

Ses yeux pétillaient à nouveau. Elle semblait pleine d'espoir.

À cet instant, une rame passa en trombe. Faustine et la dame la suivirent du regard. Comme si c'était la chose la plus étrange qui soit, un métro roulant à cette heure dans la station Cité.

Quand le silence revint, Faustine se pencha pour dire :

— Il ne faut pas rester ici, madame. La station va fermer. Vous risquez de passer la nuit sur le quai.

La petite dame eut un sourire malicieux.

— Je l'ai déjà fait, vous savez.

Faustine poussa un rire incrédule. La dame parut vexée. Elle dit en hochant le menton :

— Je vous en trouverai de vraies, moi !

— Pardon ?

— Vos mitaines… Ça se voit tout de suite qu'elles ne sont pas d'époque !

Faustine regarda ses mitaines. Une pâle imitation, en effet, de gants fabriqués au XIXe siècle.

Comme Faustine restait silencieuse, une expression de dépit passa sur le visage de la dame.

— Alors vous ne pouvez rien pour moi ? Ce n'est pas vous qui décidez ?

Faustine crut comprendre. Comme tant de personnes

qui se sentent seules, la petite dame avait échoué ici. Peut-être venait-elle soir après soir, abordant les usagers du métro pour leur montrer ses certificats, leur vanter son savoir-faire, obtenir un peu d'attention. Bref, tromper la solitude.

Le cœur de Faustine se serra.

— Je suis désolée, dit-elle. J'aimerais pouvoir vous aider. Mais à vrai dire, je cours après quelqu'un. Vous ne l'avez pas vu ?

— Qui ça ?

— Le dandy louche.

Elle n'avait pas pensé à le désigner autrement.

La petite dame dit entre ses dents :

— Il ne peut rien, lui non plus. À votre place, je m'en méfierais !

Faustine resta interdite. Elle connaissait le dandy ? Que lui avait-il répondu ?

Elle voulut lui poser la question mais la dame se redressa en soupirant. Elle semblait se résigner à partir.

Faustine la regarda s'éloigner et se tourna vers le tunnel. Elle pouvait maintenant suivre le dandy à la trace.

C'est alors qu'elle entendit la petite dame, à l'autre bout du quai, lancer d'une voix furieuse qui résonna dans toute la station :

— Et pourquoi ils vous prendraient, *vous* ? Qu'est-ce que vous avez de si spécial ? J'aimerais bien le savoir !

Puis elle gravit les marches et disparut.

CHAPITRE 11

Faustine était maintenant seule sur le quai de la station Cité.

Les néons s'éteignirent. Des lampes de sécurité s'allumèrent, éclairant faiblement la station par endroits. Elle eut l'impression de se retrouver dans une grotte.

En haut des marches de service, à l'entrée du tunnel, le feu de signalisation luisait comme un gros œil rouge.

Au-delà, dans l'obscurité, on devinait la rumeur d'une plateforme d'aiguillage. Délestés de leurs passagers, les wagons cahotaient, s'ébrouaient. Le troupeau de ferraille cheminait vers son parc de nuit.

Le dandy, pour circuler aussi librement, devait être un employé du métro. Les Illuministes étaient-ils des travailleurs nocturnes amateurs du vieux Paris ?

Elle contourna la barrière de sécurité, descendit les marches et posa un pied dans le tunnel.

Elle sentit un souffle chaud passer sur son visage. On aurait dit la respiration conjuguée de centaines de dormeurs. C'était la ventilation, chargée d'escarbilles et de poussière, qui ronflait dans les conduits souterrains.

Le pouls de Faustine se mit à battre de plus en plus

fort. Ses tympans bourdonnaient comme pour l'avertir d'un danger. Mais le besoin de savoir l'emportait sur la peur. Que pouvait-il lui arriver de pire que dans les heures précédentes ?

Trop de coïncidences étranges, d'individus inquiétants, avaient surgi dans son quotidien. Elle était persuadée que l'explication de ces mystères se trouvait dans ce souterrain, sur les traces du dandy qui l'y emmenait pour la deuxième fois.

Elle s'enfonça dans le tunnel. Ses yeux ne s'habituaient pas à l'obscurité. Elle marchait d'un pas lent, s'appuyant au mur pour ne pas trébucher sur la voie.

Croyant percevoir, quelques mètres plus loin, le froissement d'un habit, elle se figea.

Elle entendit à nouveau le fredonnement :

« *Il fait noir, enfant, voleur d'étincelles !* »

Les paroles résonnaient, se perdaient dans le lointain.

Bien décidée à rattraper cet homme, elle se mit à courir, lâchant dans sa précipitation l'appui du mur. Mais sa manche était retenue par quelque chose de métallique. Un clou dans le noir, un crochet dont elle ne pouvait voir la forme…

Elle replia le coude en s'écriant :

— Ma gourmette !

La chaîne s'était rompue, détachée de son poignet.

Elle fléchit les jambes, tâta le sol pour ramasser sa gourmette.

Alors, il lui sembla que l'axe du tunnel basculait avec elle. Sa tête devint lourde. Un poids la précipitait dans le vide. Prise de panique, elle poussa un cri qui lui revint en écho, amplifié, démultiplié.

Et Faustine eut l'impression de tomber sans cesse,

toujours plus bas, sans savoir si son corps tournoyait tout seul ou si des mains le manipulaient.

Elle crut entendre chuchoter dans son oreille.

Une voix à la fois lointaine et familière parvenait à sa conscience comme à travers une paroi :

« *Faustine, ma petite chérie… Tu dors ? Tu dors, mon enfant, ma voleuse d'étincelles. Je ne serai pas là quand tu te réveilleras. Ton père prendra soin de toi. Mais je reviendrai te chercher. Un jour, je t'emmènerai dans ma cité.* »

La voix douce, à l'accent anglais, se tut. Faustine sentit la caresse d'une main sur son front.

Elle fit pivoter sa tête. L'oreiller se creusa, doux et frais comme celui où elle se blottissait à cinq ans.

Elle voulut ouvrir les paupières. Une lumière l'aveugla. Ses cils papillotaient, des éclats piquaient sa rétine et sa vue se brouilla.

Une sensation douce et chaude se répandit dans son corps. Elle n'avait plus vraiment peur.

L'espace d'un instant, il lui sembla que des bâtons lumineux imprimaient sur sa rétine :

FX 27 Plat 9 SyS

Puis ce fut le noir complet.

CHAPITRE 12

Lorsqu'elle se réveilla, la première chose qu'elle sentit fut une douleur foudroyante à la nuque.

Comme si on l'avait frappée avec une barre de fer.

Elle était au sol, ses mains tâtaient une surface dure, mélange de sable et de gravier. Elle craignait de s'être brisé quelque chose en tombant sur les rails.

Elle secoua la tête et eut encore plus mal. Quelle heure était-il ? Le premier métro n'allait-il pas déferler, la sectionner comme une poupée de chiffon ?

« Sortir d'ici… Sortir de ce tunnel au plus vite… »

Mais ses membres étaient si engourdis qu'elle ne pouvait se mettre debout.

Le sol se mit à trembler. Une vibration lointaine propageait ses ondes, des secousses amorties par la distance. Puis elle entendit des petits coups secs, comme si des gens trépignaient autour.

Elle se frotta les paupières en prenant soin de ne pas brusquer ses pupilles.

Les bruits de pas devenaient plus nombreux. Était-ce les employés du métro qui se bousculaient dans le tunnel ? Venaient-ils la chercher ?

— J'ai perdu ma gourmette, balbutia-t-elle. J'ai trébuché dans le tunnel…

Elle allait enfin pouvoir s'expliquer. Oui, il suffisait de tout dire et les choses s'arrangeraient : l'inspecteur Chewing-Gum qu'elle avait frappé pour se défendre, le désespoir qui l'avait saisie en sortant de chez Vikram, la tentation de fuir le plus loin possible et le dandy louche qu'elle avait eu tort de suivre dans ce tunnel…

Elle s'en repentait maintenant. Ils pouvaient lui coller une amende s'ils voulaient, mais qu'ils la sortent d'ici.

— S'il vous plaît, ne me laissez pas dans ce tunnel…

Sauf qu'elle n'était pas dans un tunnel.

Ses yeux venaient de s'ouvrir et lui faisaient voir tout autre chose.

Une salle ronde éclairée par un plafond en verrière. Une lumière blanche, pleine comme le jour, qui ruisselait sur des silhouettes étranges.

Les silhouettes lui rappelaient ces figurines qu'elle découpait, enfant, dans les livres d'histoire.

Mais ces figurines-là étaient douées de parole.

Faustine les voyait s'animer comme si elle était accroupie dans un théâtre d'ombres.

En même temps qu'elles se donnaient des coups de coude, les silhouettes s'écriaient :

— Sacrédié, elle est jolie !

— T'en va pas l'accoster, cette p'tite est de la haute…

— C'est plus extraordinaire que tout ce qu'on peut dire !

— Je veux voir ! Je veux voir !

Elle restait accroupie, hébétée, ne sachant pas si elle devait applaudir ou se précipiter vers la sortie. Elle en oubliait même sa douleur à la nuque.

« Qui sont ces gens ? »

Elle retira la main qu'elle appuyait au sol. À une seconde près, un talon l'écrasait. Il appartenait à une bottine comme on en fabriquait il y a très longtemps. Si cette bottine était fausse, c'était vraiment bien imité !

Faustine se mit à quatre pattes, encerclée par d'autres silhouettes qui trépignaient sous ses yeux. Les bottines se mêlaient aux cuissardes, les escarpins aux sabots. Il lui semblait assister à un défilé réunissant militaires, paysans et femmes du monde.

Dans cette foule qui lui tournait le dos, elle crut percevoir un mouvement circulaire. Tout en marchant dans le sens inverse des aiguilles d'une montre, ils contemplaient un spectacle qui leur faisait pousser des « oh ! » et des « ah ! ».

— Un calicot comme ça, tu peux te gratter !

— Pousse-le pas, c'est un sergent de ville !

Fascinée par l'allure des marcheurs, leurs silhouettes à chapeaux, à bonnets, elle n'essaya pas de se frayer un chemin parmi eux. Ses yeux étaient aimantés par les nuques des femmes, recouvertes de ces étoffes à mille raies qu'on appelait des indiennes.

Quelques-unes, emprisonnées dans des corsets, faisaient pivoter leur taille de guêpe.

Faustine se sentait moins groggy. Des odeurs lui chatouillaient les narines. Elle était capable de les identifier, de les séparer les unes des autres : « Crottin de cheval... Tabac froid... Chrysanthème... Eau de Cologne frottée de violette... »

Une autre senteur, moins perceptible, l'intriguait. Une odeur chimique rappelant celle de la Morgue. Mais pour celle-là, aucun mot ne lui venait.

Un genou heurta sa tempe.

— Mais c'est qu'on lui marcherait dessus !

— Pardon, s'écria-t-elle.

Une grosse main la souleva par l'aisselle. Elle se sentit projetée en avant.

— Relevez-vous, voyons ! On mendie pas dans un panorama.

« Un panorama… ? »

Elle était debout à présent. Elle pouvait voir ce qu'ils voyaient.

Un fleuve sillonné par des chalutiers s'étirait le long de la rotonde. Faustine reconnut les rives de la Seine.

De chaque côté du fleuve, Paris s'offrait aux regards.

Un Paris construit en rase campagne, avec des étendues vertes et des potagers. La peinture semblait dater d'avant les chemins de fer.

On n'y voyait pas la tour Eiffel. Ce devait être un panorama de Paris au début du XIXe siècle : un de ces vastes tableaux peints en trompe-l'œil, que l'on venait admirer en foule.

Il se mit en mouvement. Le paysage défilait à faible allure dans le sens des aiguilles d'une montre. Comme les spectateurs marchaient en sens inverse, le trompe-l'œil était d'une vérité saisissante.

Faustine avait l'impression de se trouver dehors, entourée d'habitants du Paris d'autrefois. C'était comme si elle surplombait, depuis une colline de Montmartre, la ville qui se déroulait en contrebas.

Une tête aux yeux protubérants lui boucha la vue.

— Pardon, dit Faustine en faisant un pas de côté.

Quelque chose lui déplaisait dans ce visage, elle voulut le contourner. Il dévia dans la même direction et elle se retrouva nez à nez avec lui. Ce faciès la fit frémir. Ce n'était pas une figure mais une trogne. Piquée de boutons, grêlée, luisante. La peau semblait près d'éclater sous la pression du sang et du pus.

« Ils ne font pas que dans le costume… Ils sont forts en maquillage ! »

Le faciès poussa un grognement et se perdit dans la foule.

Faustine voulut leur demander à quoi ils jouaient. Quelle époque s'amusaient-ils à recréer ? Ils avaient l'air si absorbés par leurs rôles qu'elle jugea préférable de sortir.

Mais ils semblaient vouloir la garder.

Plus elle tentait de s'en extraire, plus le cercle se refermait sur elle, la compressait, l'étouffait. Faustine s'entêtait, allait à contre-courant.

Elle pouvait voir l'entrée par-dessus les coiffes, les chapeaux, les têtes rondes des enfants qui marchaient derrière les adultes.

— Excusez-moi ! dit-elle d'un ton décidé.

Elle souleva une gamine en robe blanche et à rubans bleus, la fit tournoyer pour s'ouvrir un passage. La gamine rit comme un grelot quand elle la reposa. Faustine piqua droit vers la sortie.

— Sacrédié ! gronda quelqu'un en la voyant fuser.

Après quelques pas elle se trouva dehors, à l'air libre.

Tellement sidérée par ce qu'elle voyait qu'elle ferma longtemps les yeux avant de les rouvrir.

CHAPITRE 13

Une jeune femme s'égosillait :

— Mouron pour les p'tits oiseaux !

Les fibres de sa robe faisaient penser à de la corde. La jeune femme interpellait les passants, zigzaguait près d'eux en soulevant un nuage de sable.

Faustine en avait le souffle coupé.

Devant elle ce n'était plus un trompe-l'œil en miniature, mais le jardin des Tuileries tel qu'elle l'avait vu un jour en collant les yeux à un stéréoscope. L'appareil superposait deux photos en donnant l'illusion du relief. Mais les Tuileries qu'elle voyait en ce moment avaient l'épaisseur et les couleurs du réel.

Les promeneurs étaient si nombreux qu'une armée de costumières avait dû les vêtir. Hauts-de-forme, redingotes, cannes pommelées : aucun accessoire ne manquait.

Les femmes marchaient en se tenant bien droites, soulevant d'une main leurs robes à volants brodés. Elles surveillaient du coin de l'œil les garçons en culottes courtes qui jouaient autour d'un bassin, lançant sur la surface de l'eau des petits bateaux peints en rouge et bleu.

Faustine respirait à nouveau, d'une respiration de plus

en plus agitée. Elle regarda vers la rive gauche. Comme dans le panorama où elle avait repris connaissance, la tour Eiffel n'était pas visible.

En pleine confusion, elle murmura :

— Je suis *où*, là ?

Elle n'osait pas dire : *quand* ?

Était-ce une reconstitution ? Elle n'en avait jamais vu d'aussi parfaite. Les habits, les étoffes, les agrafes sur les cheveux des bambins : tout avait l'air vrai, même pour un œil exercé comme le sien.

Elle guettait le détail incongru, jean, smartphone ou pétarade de scooter. Mais rien ne venait perturber ce tableau. L'illusion était complète.

« Je perds la boule ou quoi ? »

Elle se figea, scruta les promeneurs avec plus d'attention encore, cherchant dans leurs gestes, leurs intonations, une trace de son époque à elle.

Au bout d'un quart d'heure elle avait vu défiler des dizaines de personnes, et son impression première s'en trouvait renforcée : la scène se passait à une autre époque !

Une seule note discordante dans ce tableau : Faustine elle-même, à cause de sa dégaine.

Elle baissa les yeux et étouffa un cri.

Son tee-shirt, son jean, ses chaussures avaient été remplacés par un habit d'époque. Depuis tout à l'heure, sans s'en apercevoir, elle portait un vêtement serré qui n'entravait pas ses gestes. Une robe noire à manches longues, au col en dentelle fermé par des boutons de nacre. Cet habit lui rappelait un vêtement de deuil, tel qu'en portaient autrefois les jeunes femmes dont un parent venait de mourir.

Elle trembla de tout son corps en tâtant ses habits, essaya de se rappeler si elle en avait possédé de semblables.

C'est alors qu'elle remarqua ses mitaines. Elles paraissaient différentes. Elle souleva les mains, les rapprocha de ses yeux qui s'écarquillaient.

Ce n'était pas ces mitaines à neuf euros qu'elle remplaçait une fois l'an, mais une dentelle cousue à l'aiguille. Elle n'en avait jamais vu d'aussi délicate.

Elle regarda à nouveau autour d'elle. La vue de ces centaines de promeneurs l'étourdissait de plus en plus.

Dans quelle époque se trouvait-elle ?

Tout lui rappelait ce XIXe siècle qu'elle connaissait si bien. Mais ce spectacle qui aurait dû l'enchanter ne faisait qu'amplifier son angoisse…

« Ce n'est pas mon époque. »

Ce monde qui l'entourait n'était pas le sien. Elle l'avait arpenté de nombreuses fois en imagination et en rêve. Maintenant qu'elle s'y trouvait, son menton tremblait comme si elle allait fondre en larmes.

Faustine pensa s'évanouir de terreur.

— Je perds la boule, balbutia-t-elle en plaquant ses mains sur ses tempes.

Son angoisse était plus aiguë encore que lorsqu'elle courait, la veille, le long des quais.

Était-ce la veille, d'ailleurs ? Combien de jours s'étaient écoulés depuis ? Comme si des pans entiers de la réalité lui échappaient, Faustine avait perdu toute notion du temps.

Cela ne ressemblait pas à un rêve : elle avait l'impression d'être passée dans une autre dimension.

Hors cette sensation étrange de marcher dans les Tuileries plus d'un siècle avant son époque, elle n'avait plus aucun repère. Faustine comprit alors, au tremblement de son menton, à sa gorge qui se nouait, ses yeux qui s'emplissaient de larmes, qu'elle éprouvait l'angoisse de l'enfant perdu dans la foule et qui ne trouve plus ses parents.

Dans cette foule qui ne lui était d'aucun réconfort, ces gens à qui elle n'osait confier son désarroi, il lui semblait avoir perdu quelque chose d'essentiel…

Le présent.

Elle marcha vers les grilles en proie à une agitation croissante. Elle voulait se jeter dans la rue de Rivoli, espérant y trouver des vapeurs de pots d'échappement. Elle aurait tout donné pour respirer à nouveau la pollution de son époque.

Mais il n'y avait que des effluves de tabac, de crottin, et d'autres senteurs moins familières. Tantôt c'était un parfum de femme, tantôt une odeur de terre qu'on remuait, comme si on labourait un champ dans les environs.

Elle finit par trouver une issue, et manqua de trébucher sur un jeune vendeur de journaux.

Il criait d'une voix rauque :

— Le *Figaro* ! Le *Figaro* !

Elle contourna le gamin à casquette et déboula sur le trottoir.

Elle resta bouche bée en découvrant les véhicules.

Fiacres, tilburys, omnibus : la chaussée était parcourue de voitures à deux ou quatre chevaux. Leur peinture noire étincelait sous un soleil brûlant. Au sommet des bus, sur les impériales, les passagères ouvraient leurs ombrelles avec des gestes gracieux.

Claquements de fouets, tintements de harnais, reflets de carrosseries, mousselines débordant des portières, tout se bousculait dans le crâne de Faustine. Elle voulait suivre des yeux chaque véhicule, chaque passager, et en même temps ces visions ne faisaient qu'accroître son malaise.

Avait-elle basculé dans la folie ?

Éperdue, tremblante, elle quitta la rue de Rivoli et se réfugia dans une rue adjacente.

CHAPITRE 14

Le trottoir, plus étroit, s'échappait vers un autre point de fuite. Plusieurs fiacres s'y engageaient.

L'espoir qu'elle avait eu de voir le décor s'arrêter net, révélant enfin la supercherie, cet espoir-là diminuait à chacun de ses pas.

Elle leva le nez et se figea lorsqu'elle lut, au coin d'un immeuble, l'inscription : « Rue du 29 Juillet ».

— 1830..., murmura Faustine en se rappelant les dates des journées d'insurrection qui figuraient dans ses manuels d'histoire. Je me trouve quelque part après 1830...

Elle repensa à la ligne d'horizon où ne pointait pas la tour Eiffel. Sa construction avait été achevée en 1889, autre date facile à retenir : on fêtait alors le centenaire de la Révolution.

— 1830 et 1889. Je suis tombée quelque part... entre ces deux dates !

En prononçant cette phrase, elle remarqua qu'elle avait cessé de trembler. Les choses lui paraissaient un peu plus claires qu'auparavant. Sa situation, un peu plus déchiffrable.

Quoique...

N'était-ce pas la preuve qu'elle s'enfonçait davantage dans son hallucination, sa folie ?

Elle en était maintenant à se raccrocher à une date ou, à défaut, une décennie. *Sans plus douter qu'elle se trouvait dans un autre siècle !*

Et d'une voix haletante, comme s'il s'agissait de chiffres magiques destinés à la calmer, elle se répétait en boucle :

— 1830-1889... 1830-1889...

Elle se décida à aborder quelqu'un pour lui demander non pas l'heure, mais l'année.

Sur le trottoir d'en face elle vit la devanture d'un café. *Au 29 Juillet*, disait l'enseigne. Le patron ou les clients lui donneraient sûrement la date exacte. Faustine attendit le passage d'une charrette qui puait le fumier et posa un pied sur la chaussée.

À cet instant, un coup sourd monta des profondeurs du sol. La déflagration la fit chanceler.

Saisie d'effroi, elle remonta sur le trottoir. Les piétons continuaient leur chemin comme si de rien n'était. Un homme époussetait sa gabardine en secouant la tête.

La main plaquée sur sa poitrine, Faustine se demanda si ce bruit avait retenti au-dehors. Elle semblait être la seule à l'avoir perçu.

Une nouvelle détonation fit vibrer le sol. Elle crut entendre un glissement de terrain, mais c'était à peine perceptible. Creusait-on un tunnel là-dessous ? Il y eut encore une déflagration suivie d'un souffle obscur.

S'attendant à une autre secousse, elle s'adossa à un mur, scruta les façades d'immeubles. Elle était prête à décamper au plus vite en cas d'effondrement.

Mais rien ne se produisit. La rumeur de la rue s'élevait

comme auparavant, avec les mêmes claquements de sabots et les mêmes roulements de fiacre.

Elle entendit alors une comptine chantée par un enfant, à propos d'un âne qui avait mal à la patte. Les paroles lui parvenaient avec un léger écho.

Elle se tourna et regarda sous un porche. Le refrain reprenait, sortant d'une bouche qui devait avoir à peine dix ans. Faustine s'engagea sous le porche. La lumière du jour n'y entrait pas, on avait l'impression de progresser dans une mine. Puis elle découvrit une courette.

Il y avait une odeur d'oignon cuit et de plomb humide. Quand Faustine mit un pied dans la cour elle aperçut, qui versait un seau d'eau, une gamine vêtue d'un tablier en toile.

Faustine parcourut la cour du regard et vit des murs lépreux, une charrette à bras et un robinet qui gouttait, formant au sol une tache sombre.

La petite lui sourit sans paraître surprise.

— 'Jour.

— Bonjour, dit Faustine en avançant sur les pavés mal assemblés de la cour.

La gamine s'écria :

— C'est un joli jupon que vous avez !

Elle n'était pas si petite. Une tête de plus et elle aurait fait la même taille qu'elle. Un tissu à carreaux relevait en arrière ses cheveux blonds tirant sur le roux.

— Comment t'appelles-tu ?

— Pauline. (Elle laissa un temps avant d'ajouter :) Mes frères m'appellent « Mouillette », parce que je pleure tout le temps…

Faustine la dévisagea. Elle n'avait pas l'air de pleurnicher.

— De rire ! s'écria Mouillette comme si elle avait attendu le moment.

Au rire de la gamine qui fusait comme de la mitraille, Faustine eut un geste de recul.

— Oh, je voulions pas vous faire peur !

Sa voix se réverbérait dans la cour.

— Tu ne me fais pas peur… Je m'appelle Faustine.

Comme la petite se taisait, elle lui posa la question qui lui brûlait les lèvres.

— Tu pourrais me dire… l'année ?

Sa voix, malgré elle, était partie dans l'aigu. Jamais Faustine n'avait posé une question aussi bête.

L'enfant n'avait pas l'air de comprendre.

— La *date*, précisa Faustine.

— Jeudi, fit la jeune fille.

— Jeudi *quoi* ? Jeudi *quand* ?

— Jeudi… que demain j'avions dix ans !

Elle éclata de rire à nouveau.

— Laisse tomber, lâcha Faustine.

Elle se tourna pour repasser dans le noir, vers la rue.

— Eh, psst ! Machine… La machine !

Faustine rectifia :

— *Fau*-stine, pas « Machine » !

— Le baron pioche, dit Mouillette.

Elle haussait les sourcils, comme si elle révélait un secret.

Faustine revint sur ses pas.

La gamine ajouta :

— Le baron pioche les rues avec sa machine !

— Quel baron ?

Elle se trouvait à un mètre de la petite.

— Il éventre tout, fit-elle avec des yeux ronds.

Faustine crut comprendre.

— Haussmann, tu veux dire ?

Mouillette hocha la tête d'un air grave.

— Les grands travaux ont commencé, murmura Faustine.

D'une détente, Mouillette bondit, seau en main, dans la cage d'escalier. Ses pas montèrent avec le grincement de l'anse.

Faustine baissa les yeux sur les pavés de la cour.

— Comment ai-je fait pour me retrouver dans le Paris d'Haussmann ?

Le nom d'Haussmann, pour Faustine, évoquait toute une époque : le Second Empire. C'était au baron Haussmann que Paris devait ses boulevards et ses jardins publics. Lorsqu'il avait pris ses fonctions de préfet, la capitale ressemblait à une ville du Moyen Âge. Les façades étaient jaunes et noires, décrépies par l'humidité et la suie. Les rues étaient des dédales, des impasses, des goulets. Paris étouffait. Sans parler des légions de microbes qui remontaient de ses égouts. Haussmann avait tout transformé. Quatre-vingt mille ouvriers, quarante mille immeubles, mille deux cents hectares de chaussées et de trottoirs. À coups de pioche, le baron avait remporté la plus grande bataille de son temps : celle du boulevard contre le coupe-gorge, du solide contre le vermoulu, du neuf contre le vieux. On pouvait ajouter : du riche contre le pauvre. Ses travaux, en remodelant les quartiers, avaient chassé le peuple à la périphérie.

Mais Faustine ne se souvenait pas qu'on l'appelait « le baron Pioche ». C'était peut-être une invention de Mouillette.

— Ohé ! Machinette… Ohé !

Elle leva les yeux. Au dernier étage d'une façade toute

vérolée, Mouillette agitait un journal qu'elle jeta dans le vide.

Faustine le regarda voler, se contorsionner dans les airs puis tomber à ses pieds.

C'était un exemplaire du *Petit Journal*, le premier spécimen de presse populaire. On le vendait pour un sou, ce qui le rendait accessible à tous.

— La date ! s'écria Faustine en ramassant le journal. Je vais enfin connaître la date !

Elle parcourut des yeux le bandeau du titre. La date était inscrite en petits caractères au-dessus de la Une.

Faustine lut à haute voix :

— Jeudi 18 juin 18… ?

Elle cligna des paupières.

Ni année, ni décennie. Un blanc !

Elle passa son index sur les chiffres imprimés, cherchant à effleurer les caractères tracés en creux. Mais le papier était aussi lisse que si on n'y avait rien imprimé.

La gorge de Faustine se serra. Elle éprouvait à nouveau une sourde angoisse.

Il lui semblait que c'était précisément là qu'elle était tombée : dans un trou, un blanc, une lacune.

Pour chasser cette pensée de son esprit, elle abandonna le journal dans la cour et alla rejoindre le flot des passants.

CHAPITRE 15

En revoyant le café, elle fouilla ses habits à la recherche d'une pièce et ne trouva rien.

Comment se procurer de l'argent dans cette époque qui n'était pas la sienne ?

Elle se mit à envier l'allure des passants, leur mine satisfaite, leur aisance.

Elle se sentait comme une clandestine. Que dirait-elle si on lui demandait ses papiers ? Ne risquait-elle pas d'être arrêtée pour vagabondage ?

Par crainte de tomber sur un agent elle se mit à marcher tête baissée, évitant les regards. Un frisson lui venait lorsque quelqu'un, en face d'elle, semblait ralentir. Alors elle accélérait le pas, fuyait sans se retourner, son angoisse diffuse tournant à l'appréhension d'être arrêtée et conduite dans un dépôt.

Cent mètres plus loin, un reflet accrocha son regard. Quelque chose luisait à travers un soupirail, au bord de la chaussée.

Elle s'assura qu'aucun véhicule n'arrivait en trombe. Un fiacre venait de passer, le suivant était loin. Elle bondit sur la chaussée, fléchit les genoux, jeta un coup d'œil entre les barreaux et vit une pièce qui brillait comme de l'or.

Sans hésiter un instant, elle plongea sa main dans le soupirail. La distance entre les barreaux était moins grande qu'elle ne le pensait. Son poignet s'écorchait, mais elle n'allait pas renoncer à une pièce en or !

Elle ferma la main sur la pièce et grimaça en sentant la boue s'écraser entre ses doigts.

Elle entendit alors un grondement. Ce n'était pas une explosion souterraine, mais une charrette tirée par des chevaux lourds comme des bœufs. Le véhicule, roulant à vive allure, n'était plus qu'à dix mètres.

Faustine devait décamper ou bien être broyée.

Elle tenta de retirer son poing mais les barreaux s'étaient comme rapprochés ! Sa main était prise dans un étau.

« Mon Dieu ! »

Les naseaux fumants qui fonçaient sur elle semblaient sortis de l'enfer.

Elle entendit des cris jaillir du trottoir. Des piétons s'élançaient pour dérouter l'attelage.

La vision d'apocalypse pencha sur le côté, vacilla, et l'attelage tout entier, charrette et chevaux, se renversa dans un fracas épouvantable. Les sabots s'agitaient en l'air comme s'ils cherchaient le pavé.

Faustine n'avait gagné qu'un bref sursis.

Ce n'était plus un mastodonte écumant qui roulait vers elle, mais des dizaines de fûts de lait remplis à ras bord. Le liquide se déversait à gros bouillons sur la chaussée.

Faustine réussit à extraire sa main du soupirail, mais ce fut pour voir un torrent de lait emporter la pièce qu'elle convoitait.

Lorsqu'elle releva les yeux, elle vit les chevaux renversés sur le flanc et le cocher qui ne savait où donner de la tête. Quelques gamins en profitèrent pour ramasser un fût et détaler avec ce lait gratis. Personne ne faisait attention à Faustine.

Elle monta sur le trottoir, trouva une brèche parmi les piétons agglutinés et s'y engouffra sans demander son reste.

*

Faustine fixait le fleuve.

Ses eaux, tantôt blanc craie, tantôt jaune sable, laissaient penser qu'on y jetait des gravats. À d'autres endroits, les remous paraissaient charbonneux.

Tout cela ne dissuadait pas les lavandières d'y tremper leur linge. Derrière elles, sur le quai, des sergents de ville sanglés dans des uniformes bleus lissaient leur moustache. Ils surveillaient les transactions entre les passagers qui montaient dans les bacs et les bateliers qui les faisaient passer d'une rive à l'autre, les ponts ne suffisant pas à alléger le trafic.

« La Seine… »

Faustine en avait le vertige.

Elle s'appuya sur la rambarde du pont des Arts.

Tout en suivant des yeux les sacs de toile, les bouteilles vides et les cadavres de rats charriés par le courant, elle se demandait combien de temps encore elle allait devoir supporter sa nouvelle situation.

Cela faisait plusieurs heures qu'elle était sortie du panorama et la ville autour d'elle semblait plus réelle que jamais.

Un peu plus tôt, tandis qu'elle traversait les Tuileries pour se rapprocher de la Seine, elle avait regardé de très près la dentelle de ses mitaines. Il n'y manquait pas le plus petit point de couture. C'était comme si elle avait examiné le relief de ses veines sur sa peau.

Elle ne doutait pas de la réalité de ce qu'elle voyait. Cette ville existait dans ses moindres détails, du bouton de redingote à la crinière des chevaux.

Puisque ce Paris-là était en tous points identique à celui du XIXe siècle, puisqu'il ne pouvait être une projection de son esprit (jamais elle n'aurait su le reconstituer avec une telle précision, même en rêve), il ne restait qu'une seule possibilité…

Elle la trouvait terrifiante.

« Un voyage dans le temps… »

Elle se répéta cette formule en voyant dériver une bouteille sur les eaux.

« C'est ça, se dit-elle, ou la folie. »

Alors, prise d'un violent besoin de tester la réalité de ses sens, elle enjamba la rambarde et inspira un bon coup avant de se jeter dans la Seine.

CHAPITRE 16

— Si j'étais toi, je le ferais pas.

Elle se figea. Son équilibre précaire sur le rebord du pont l'obligeait à regarder droit devant, vers la pointe de l'île de la Cité, là où le fleuve se séparait en deux.

— Je le ferais pas, tu entends ? répéta la voix dans son dos.

C'était celle d'une jeune femme. Elle tutoyait Faustine de son timbre éraillé, moqueur.

— Cela dit, on en a repêché de plus lourdes que toi ! Des qui allaient au fond, des qui coulaient à pic ! On les a repêchées… me demande pas dans quel état.

Faustine tourna légèrement la tête. De l'autre côté de la rambarde, à quelques centimètres, une jeune femme était accoudée comme pour profiter de la vue. Elle semblait intarissable.

— L'Hôtel-Dieu, tu connais ? C'est là que tu iras après ton p'tit plongeon. Parce qu'il sera pas bien grand, je te le garantis. Un rat mort fait plus d'éclaboussures. Mais c'est tout de même à un rat que tu finiras par ressembler. La mine grise et le museau en l'air. Y te manquera plus que la moustache !

— Merci pour le tableau, dit Faustine.

L'idée du plongeon lui semblait moins bonne tout à coup.

— T'es aussi pressée que ça d'en finir ? demanda la fille éraillée.

Faustine se sentait toujours guettée par la folie.

Elle murmura :

— Je voulais prendre un bain de réalité…

— Ouh là ! s'exclama l'autre.

Faustine pivota pour mieux la regarder. La jeune femme portait un bonnet blanc au bord ondulé. Des yeux marron qui ne cillaient pas, un nez en trompette et une bouche rose qui partait vers la gauche.

— La réalité, c'est pas un torrent de merde, dit-elle en hochant la tête vers le fleuve.

— « Un torrent de merde », répéta Faustine.

Elle voyait maintenant la Seine d'un autre œil.

— Faut bien dire ce qui est ! s'exclama l'autre.

Faustine baissa les yeux sur la rambarde. La fille au bonnet blanc, malgré sa pose nonchalante, avait la main qui tremblait.

Elle dit encore :

— Tu peux aussi te jeter à l'égout… La besogne sera plus sûre !

Faustine se demanda qui était ce bon ange à la voix rauque.

Elle enjamba la rambarde et atterrit sur le pont.

La fille au bonnet blanc lâcha un soupir. Faustine lui tendit la main.

— Je m'appelle Faustine, et toi ?

— Manon.

Jamais Faustine n'avait serré une main aussi calleuse.

La jeune femme, quant à elle, parut surprise par la main de Faustine. Elle lui demanda :

— Tu fais quoi dans cette ville, à part te jeter des ponts ?

— Je ne sais pas. Je viens d'arriver.

— Elle est bonne, celle-là ! Et comment tu vas gagner ton pain, quand tu n'*arriveras* plus ?

Faustine resta bouche bée. On la prenait pour une fille de village qui montait à Paris. Dans un sens, ce n'était pas faux : elle débarquait complètement.

— Alors quoi ? la relança Manon.

Prise de honte, Faustine baissa les yeux.

— Je ne sais pas où dormir.

Elle sentit la main rêche s'emparer de la sienne et la tâter comme la peau d'un fruit.

— C'est ce que je pensais. T'as jamais travaillé !

Faustine, embarrassée, retira sa main.

— Je suis pas une manuelle.

— Une lorette, alors. Quand on n'est pas manuelle, on finit sur le dos !

C'était dit sans détour. Manon avait un parler cru. Les lorettes, se souvenait Faustine, étaient des jeunes femmes qui habitaient seules et se trouvaient un homme pour les entretenir. Aux yeux de Manon, elles étaient juste un peu mieux vêtues que les prostituées.

— Je ne suis pas une lorette, répondit Faustine. Si tu me trouves un travail, je prends !

Manon haussa les sourcils.

— Comme tu y vas ! Avant de prendre, ma chère, il faut *apprendre*. Qui me dit que tu sauras ?

Faustine réfléchit un instant et dit :

— Entre finir sur le dos et recevoir une aiguille dans le pouce, je préfère l'aiguille…

Elle se doutait que Manon était une apprentie couturière, une de ces petites mains qu'on appelait les cousettes. Métier quasi incontournable pour les jeunes femmes de cette époque.

En entendant la réponse de Faustine, Manon poussa son beau rire éraillé.

Sans plus de préliminaires, elle tourna les talons et dit :

— Suis-moi.

Elle reprit la main douce dans sa main calleuse et entraîna Faustine loin des rats qui glissaient, museau en l'air, à la surface du fleuve.

CHAPITRE 17

Sa première nuit, Faustine la passa dans un dortoir de cousettes. C'était en haut d'un immeuble de la rue des Cartonnages.

Manon y partageait le gîte avec vingt couturières. Un lit était vacant depuis peu. On le donna à Faustine. Elle découvrit alors les us et coutumes du peuple des cousettes.

Elle avait l'impression d'être une petite souris dans les coulisses de la confection et de la mode. Il y avait les brodeuses, les finisseuses et les retoucheuses. Si elles n'utilisaient pas les mêmes instruments, toutes suaient sang et eau pour un maigre salaire.

Trois de ces cousettes, dont les journées étaient plus longues, se couchaient plus tard que les autres. Manon en faisait partie. Leurs lits, au fond du dortoir, formaient un carré avec celui de Faustine. Une chandelle posée au sol éclairait ce trio. Faustine, dans une nuisette que lui avait prêtée Manon, écoutait leurs histoires.

La première s'appelait Octavine, mais toutes la surnommaient « Tavine ». Après avoir quitté sa Creuse natale, elle était venue à Paris et était tombée dans la passementerie quand elle avait douze ans. Les épaulettes et les galons n'avaient aucun secret pour elle. Tavine avait des yeux jaunes et une mâchoire proéminente. Quand elle riait, ses lèvres se retroussaient et on ne voyait plus que ses gencives.

Plus jeune que Tavine et plus âgée que Manon, Suzanne avait dégringolé à Paris depuis une colline du Poitou. Sa spécialité, c'était la bottine. Elle décrivait très bien les orteils des « bourgeoises », comme elle les appelait. Ils n'étaient pas si petits qu'on le prétendait. Suzanne se flattait de leur laisser du jeu, pour que ces dames aient l'air moins pincé en marchant sur les boulevards ! Et toutes se mettaient à rire à cette remarque, qui allégeait le poids de leurs douze heures d'ouvrage quotidien.

Faustine se mit à rire avec elles. Puis elle redevint grave en songeant que c'était la première fois qu'elle se détendait depuis qu'elle se trouvait dans cette époque.

De l'autre côté du dortoir, dans la pénombre, des filles se retournaient, elles leur lançaient des « silence ! » ou des « la ferme, au fond ! ».

Baissant un peu la voix, elles parlèrent de leurs loisirs.

Manon, de sa voix malicieuse, dit à Faustine :

— Tu aimes danser la chaloupe ? On pourrait t'emmener au bal Monteil, si le cœur t'en dit ! Ou à Ménilmontant.

Suzanne et Tavine s'exclamèrent :

— Patrie des bonnes cerises ! Des jolis garçons !

— Et des ânes têtus !

— Fermez vos clapets ! grogna une cousette en se tournant.

Mais elles ne baissaient plus la voix, trop heureuses d'avoir trouvé une débutante à mener au bal. Elles riaient de plus belle, prenaient de grosses voix, imitaient les hommes.

— Mam'zelle est-elle engagée pour la première ?

— Dis donc, la p'tiote, te colles-tu quèque chose chez l'manezingue ?

Faustine traduisit mentalement : « Veux-tu avaler quelque chose au cabaret ? » Elle entendit son estomac gargouiller. La soupe de carottes qu'elles lui avaient offerte n'était pas bien copieuse.

Les rires s'estompèrent. Faustine vit leurs yeux se voiler.

Suzanne murmura :

— Mais tu seras prudente, n'est-ce pas ? Le lit qu'on te donne…

Un silence se fit dans le carré de dortoir. Tavine et Manon échangèrent un regard.

Suzanne reprit :

— Je voudrais y avoir ôté tout le sang de Lisa. L'en reste un peu, pour mémoire.

Faustine, horrifiée, souleva sa main du matelas. Ce qu'elle avait pris pour le dessus râpeux du lit était du sang coagulé.

Ces ouvrières entre les mains desquelles passait tout le linge fin de la capitale n'avaient pas de quoi changer un matelas.

C'était le lit de leur amie morte. Convoquée par le souvenir, elle semblait s'être blottie à leurs côtés. Leurs ombres, vacillant au gré de la chandelle, parurent soudain plus épaisses à Faustine.

— On l'a enterrée dans le champ de navets, dit Suzanne.

— Et son p'tit bout au ruisseau.

Faustine avait du mal à comprendre.

Manon lui expliqua que Lisa s'était laissé séduire au bal. Pour ne pas perdre ses commandes et son salaire, elle avait dû cacher sa grossesse à son employeur. Elle s'était tuée à la tâche et était morte en couches. Le bébé n'avait pas survécu.

Sous l'effet d'un courant d'air, la flamme de la bougie tremblota.

Tavine tout d'un coup s'égaya.

— Lisa, son talent, c'était la fleur artificielle !

Manon et Suzanne se levèrent. Elles prirent un carton à chapeau sous le lit de Lisa. Un froufrou d'étoffe parvint à Faustine.

— Regarde-moi ces œillets !

— Ces violettes !

— Elle les brodait sur les robes de mariée.

On lui tendit une guirlande de fausses fleurs.

— En veux-tu pour apprendre ?

Les cousettes guettaient sa réaction. Faustine restait immobile.

Elle se sentait de plus en plus mal à l'aise. On l'avait accueillie dans ce dortoir pour combler un vide, réparer une perte.

— Merci, je…

Elle secoua le menton.

Les cousettes se raidirent.

— Tu ne veux pas prendre l'aiguille ? dit Manon.

— C'est une lorette ou bien… ? marmonna Tavine.

Et Suzanne, d'un ton pressant :

— Monsieur Vautour vient demain. Tu as une idée pour le loyer ?

« Vautour » : ce nom sinistre désignait le proprio. Les marchands de sommeil attendaient l'échéance comme des charognards perchés sur une branche.

— Je trouverai quelque chose, assura Faustine.

Les cousettes savaient reconnaître une volonté de fer. Ce refus les laissait pantoises mais elles n'insistèrent pas.

Manon, de sa voix éraillée :

— Ce n'est pas pour le salaire que tu es montée à Paris. C'est pour chercher quelqu'un. Pas vrai ?

— Un homme…, glissa Tavine.

— Ton jules ? s'enquit Suzanne.

Sans hésiter un instant, Faustine répondit :

— Non. Mon père.

*

Il était presque midi dans le dortoir des cousettes.

Peu avant l'aurore, la pièce s'était vidée de ses occupantes, parties trimer dans les ateliers, les boutiques, les échoppes. À travers le sommeil, Faustine avait perçu un tumulte, un martèlement de talons dans le dortoir. Puis elle s'était rendormie.

Au réveil, le soleil découpait un disque pâle dans le ciel gris. Par la lucarne, elle avait cru voir deux disques superposés. On aurait dit des lampes torches braquées sur son visage. Elle avait frotté ses paupières et n'avait plus regardé au-dehors.

Assise à une coiffeuse en bois blanc, elle s'observait dans la glace. Ses mèches brunes retombaient sur ses joues. Elles lui semblaient plus longues que la veille. Comme si elles avaient poussé de plusieurs centimètres au cours de la nuit, sa première dans l'étrange cité.

Les paupières lourdes, elle avança la main pour s'emparer d'un peigne. Ses doigts touchèrent une pointe en métal. C'était de longs ciseaux de couturière.

De sa main libre, elle tira ses cheveux en arrière et se

regarda dans le miroir. Ne ressemblait-elle pas à un garçon ?

Elle actionna les ciseaux. Une première touffe de cheveux roula sur ses cuisses. Puis une autre, et une autre encore. Les cliquetis se succédaient de plus en plus vite sans une hésitation de la part de Faustine.

Elle ne voulait pas être une esclave à aiguille.

Dans ce Paris-là, où les femmes étaient cantonnées dans un atelier sous les ordres d'un contremaître, ou dans un logis sous l'autorité d'un mari, Faustine ne voulait même pas être une fille.

Pour retrouver son père, elle devait garder sa liberté de mouvement. Car dans cette cité où s'envolaient toutes ses certitudes, il lui en restait une à laquelle elle se cramponnait : *son père l'avait précédée ici.*

Elle était persuadée d'avoir suivi le même chemin que lui.

Elle passa la main sur son crâne, dispersant les mèches qui n'étaient pas tombées.

Les yeux fixés dans le miroir, Faustine prononça d'une voix qu'elle poussait vers le grave :

— *Faustin.*

CHAPITRE 18

— Faustin, c'est bien ça ? Faustin Treussart ?

— Oui, m'sieur.

L'homme était assis sur un fauteuil Empire en bois foncé, verni et moucheté de clous à tête dorée. Il se nommait Lespès et était rédacteur en chef du *Petit Journal.*

À la façon dont il se tenait, bombant le torse derrière son bureau, Faustine devina que Lespès se voyait un peu comme un général en campagne. Sauf que son armée était une armée de plumes, ses munitions de l'encre et ses obus les milliers d'exemplaires d'un quotidien qu'il expédiait dans tout le pays.

Faustine avait remarqué que l'immeuble du *Petit Journal* était un des plus beaux de la rue La Fayette. Sa façade s'élevait sur six étages, avec un balcon en pierre et une grosse horloge qui trônait au milieu. Les passants venaient nombreux coller leur nez à la vitrine où étaient affichées les pages du journal fraîchement sorties des presses.

S'armant de patience, Faustine avait attendu deux heures avant de pouvoir décrocher un entretien d'embauche. Auparavant, dans un couloir où défilaient des garçons de course, elle s'était prêtée à une dictée qui commençait par :

« Nous avons raconté hier l'exécution de l'auteur du sextuple assassinat de Favril... » Ce test était sa chance. Dans le Paris du XIXe siècle, les garçons de dix-sept ans n'étaient pas nombreux à savoir orthographier « sextuple » et « assassinat ».

L'employé qui lui avait fait la dictée, un homme de quarante ans, parvenait à peine à articuler « l'énormité de son forfait ». Faustine avait aimablement corrigé sa prononciation.

Son but était de se faire recruter à n'importe quel poste, du moment qu'il lui permettait de gagner son pain tout en recueillant des informations utiles sur Paris, cette botte de foin où elle cherchait son père.

Avant de quitter le dortoir, elle avait comprimé ses seins dans un bandeau de tulle. Resserrée ainsi, sa poitrine était aussi plate que celle d'un garçon. Parmi un tas de vêtements reprisés, elle avait déniché un pantalon, une chemise brodée et une casquette qui lui donnait l'air débrouillard.

Se prénommer « Faustin » plutôt que « Faustine » était un début. Mais cela n'allait pas nécessairement la mener très loin. Surtout aux yeux de Lespès, qui avait tout du type à qui on ne la fait pas.

Son poing qu'il tenait près de sa joue semblait fermé sur un cigare. Mais on ne voyait dépasser de ses doigts ni mégot ni volute de fumée.

Le rédac-chef grommelait plus qu'il ne parlait à Faustine.

— Nous avons un Germain, deux Anatole, quelques Louis... Je ne leur donnerais pas les bottes de l'Empereur à cirer. Je ne leur donnerais pas mes bottes, tiens ! Qu'allons-nous faire d'un Firmin ? Je ne sais pas ce que ça vaut, moi, les Firmin !

— Je m'appelle Faustin, m'sieur.

Il braquait sur elle un regard qu'il semblait ajuster seconde après seconde. Faustine se sentait de plus en plus nerveuse. Allait-il la percer à jour ? Elle regrettait de ne pas avoir ajouté une fausse moustache à son déguisement.

— Je vais vous faire une confidence, dit-il sans détacher ses yeux de Faustine. Je suis un homme… de discernement. Mais quand un journal atteint trois cents employés, on ne peut plus se fier à son jugement. Il faut s'en remettre aux apparences. Au prénom. Ou à l'habit. Vous êtes orphelin du pavé de Paris ?

— Oui, m'sieur.

— Vous avez l'air d'une petite couturière… Faudra vous viriliser, mon garçon, si vous voulez être journaliste. Pourquoi voulez-vous être journaliste ?

Elle resta bouche bée. Crieur de journaux, commis de rédaction, voilà ce qui lui avait traversé l'esprit. Mais journaliste ! Maintenant qu'il avait mentionné ce poste, rien ne paraissait plus exaltant à Faustine.

Elle comprit que la dictée de tout à l'heure avait produit son effet. Elle décida de jouer sur ses atouts.

— Je connais Paris comme ma poche, m'sieur ! L'idée d'aller fouiner partout…

Il sursauta.

— Attention : partout où l'Ordre et la Morale l'autorisent ! Je ne veux pas d'ennuis avec la censure…

Elle acquiesça d'un signe de tête. *Le Petit Journal* était le premier-né de la presse populaire. On n'y parlait pas de politique. C'était la condition pour plaire à tout le monde.

Faustine voulut assurer Lespès qu'elle n'était pas une fauteuse de troubles, mais déjà il se tournait vers une porte entrebâillée pour lancer :

— Rien de nouveau sur le cadavre de la Cité ?

— Non, monsieur Lespès, répondit quelqu'un dans le bureau voisin. On attend les résultats de l'autopsie.

— Faites hâter la chose, faites hâter la chose, répéta Lespès avant de plonger le nez dans ses papiers.

Il semblait avoir oublié la présence de Faustine.

Elle eut alors une sensation étrange. À l'instant où Lespès avait prononcé les mots « cadavre de la Cité », une foule de dates et de faits précis avaient surgi dans sa mémoire. Sans qu'elle ait besoin de faire le moindre effort.

Plus étrange encore, ces choses dont elle se souvenait tout à coup, *Faustine ne se rappelait pas les avoir apprises.*

Comme si elles étaient à portée de main, ou plutôt à portée de mémoire.

« Extraordinaire, se dit-elle tandis que Lespès gardait les yeux sur ses papiers. J'en sais beaucoup plus que je ne le pensais ! »

Depuis son enfance, Faustine avait ingurgité pas mal de choses sur le XIXe siècle. Son imagination débordait de descriptions glanées au fil de ses lectures. Mais à part une poignée de dates faciles à retenir, celles des insurrections de 1830, 1848, 1871… ou encore l'achèvement de la tour Eiffel en 1889, elle était loin d'être incollable sur cette époque.

Et voilà que l'expression « cadavre de la Cité » faisait affluer dans son crâne une foule de détails sur des affaires criminelles célèbres. Elle se rappelait maintenant que le condamné à mort dont parlait la dictée de tout à l'heure s'appelait Manesse. Dans un petit village du nom de Favril, Manesse avait tué en moins d'un quart d'heure six personnes à coups de marteau… Avant de monter sur l'échafaud, il avait embrassé son fils en disant : « Il a été bien élevé, le p'tiot, j'espère bien qu'il ne fera jamais comme moi ! » On l'avait guillotiné devant quinze mille curieux. Faustine se souvenait de son exécution *comme si elle y avait assisté.*

Elle se souvenait, tout aussi subitement, de Troppmann, Jean-Baptiste, mécanicien de son état. Entre ses mains, huit membres d'une même famille avaient trouvé la mort. Troppmann avait étranglé deux des cinq enfants, égorgé les trois autres, et achevé sa besogne à coups de pioche. « Le massacre de Pantin », comme on l'appelait à l'époque, avait défrayé la chronique. Plus encore que le sextuple assassinat de Manesse, l'octuple meurtre de Troppmann avait aiguisé la curiosité du public pour les affaires sordides. Les lecteurs en redemandaient. De quoi faire la fortune du *Petit Journal.*

Mais tout cela ne s'était pas encore produit à la date où elle se trouvait.

Elle voyait bien qu'en dehors du fauteuil Empire, le bureau du rédac-chef manquait de vernis. Les ventes du *Petit Journal* n'avaient pas encore décollé. Le massacre de Pantin, songeait Faustine avec la même étrange facilité, avait été commis en 1869.

« Je dois être quelque part avant cette année-là », se dit-elle avec l'impression de prendre un peu plus pied dans le passé.

— Savez-vous qui nous lit ? dit soudain Lespès en levant les yeux.

Faustine, après un moment, balbutia :

— Le peuple, monsieur ?

— Bien vu, Faustin !

Il avait dit cela comme on donne une tape sur l'épaule. Faustine eut l'impression d'être un militaire dont on inspectait la tenue.

Lespès reprit :

— Une foule d'un million de têtes, voilà qui nous lit. Enfants, adultes, vieillards, imaginez cette foule. Elle est à l'image de la Société. Et que *veut* la Société ?

— De l'instruction, m'sieur ?

Lespès eut un rire de dédain. Faustine fronça les sourcils.

— La Société ne veut pas de l'instruction, Faustin. Enlevez-vous ça de la tête. Elle veut des sensations ! La vertu flétrie, l'innocence opprimée, le fait divers bien saignant. Voilà ce qu'elle veut. Et nous le lui donnons… *Vous* le lui donnerez.

— *Moi* ?

Il la toisa d'un air méfiant.

— Je croyais que vous vouliez être journaliste ?

— Bien sûr, monsieur !

Elle avait bondi de son siège. Un peu plus et elle se mettait au garde-à-vous.

— Bien ! fit Lespès en levant le poing près de sa joue.

Faustine s'aperçut qu'il ne tenait pas de cigare : il mimait le geste, s'*entraînait* pour le jour où il pourrait s'en acheter…

« Drôle de bonhomme pensa-t-elle. Et c'est lui qui va révolutionner la presse ? »

— Aurez-vous, Faustin, le courage d'être bête ?

— Euh…

— Car pour gagner cette bataille, il me faudra des soldats d'un courage singulier.

— Celui d'être bête ?

— Pas seulement !

Il se pencha vers Faustine et dit d'un air mystérieux :

— Avez-vous la moindre idée de ce qui se trame dans cette ville ? Sur l'île de la Cité, à l'heure où je vous parle…

Mais lisez vous-même, puisqu'on me dit que vous savez lire !

Il prit un exemplaire du *Petit Journal* et le lança vers Faustine. Elle le saisit au vol pour lire la Une mais le rédac-chef n'avait qu'une hâte : se débarrasser de sa nouvelle recrue.

— Allez dans les cafés, les omnibus, les théâtres, cherchez l'homme de la rue et faites-le causer. Au besoin, faites-le boire ! On n'obtient rien dans cette ville sans une petite douceur, ou sans une grande violence…

Lespès devait songer à un épisode terrible, une de ces insurrections qui s'étaient soldées par un bain de sang, car il restait immobile, le regard perdu dans le vide.

Au bout de quelques secondes, il secoua la tête.

— Vous êtes encore là ?

Elle recula vers la porte et s'inclina en disant :

— Merci, m'sieur !

— Vous remercierez Manesse. C'est lui qui vous a introduit.

Elle tressaillit en entendant le nom du criminel.

Et aussi parce qu'il la dévisageait avec son regard de type à qui on ne la fait pas. Elle eut l'impression d'étouffer. Sa poitrine lui parut soudain trop serrée sous le bandeau de tulle.

Elle se hâta de sortir en fermant derrière elle la porte capitonnée.

Dans l'escalier principal, les commis jouaient des coudes pour porter leurs dépêches. Pour éviter d'être bousculée, elle prit un escalier en colimaçon dont la rampe en fer forgé menait à l'étage du dessous.

— Journaliste ! s'exclama-t-elle en descendant les marches. Journaliste sous le Second Empire !

Une bouffée ardente lui monta au visage. La cage d'escalier, les murs, l'édifice entier semblait vaciller. Faustine éprouvait sa première sensation de joie depuis son arrivée dans le XIXe siècle.

Puis elle se rendit compte que l'escalier vacillait vraiment !

L'immeuble du *Petit Journal* était en train de s'écrouler.

CHAPITRE 19

Le journal lui échappa des mains tandis qu'elle s'agrippait à la rampe.

Les secousses s'amplifièrent. Faustine sentit la vibration du fer courir le long de son corps. Saisie de terreur, elle dévala les marches pour ne pas se retrouver coincée dans cette cage qui descendait en spirale.

Les marches semblaient s'ouvrir sous ses pas. La grande verrière qui faisait office de mur se mit à trembler comme une feuille. Faustine, pleine d'effroi, crut que le verre allait éclater à proximité de son visage.

Pourtant on n'entendait aucun cri dans les étages, aucun branle-bas parmi les employés du *Petit Journal*. Elle se sentait ballottée comme un pantin, cependant les autres, pour ce qu'elle pouvait en voir, continuaient de vaquer à leurs occupations. À peine si le tremblement de terre les faisait ciller.

S'étaient-ils habitués à ce point aux secousses des travaux d'Haussmann ?

Lorsqu'elle atteignit le vestibule, la vibration avait perdu de sa force. La verrière avait cessé de trembler.

On n'entendait plus qu'un ronflement sourd, comme si un ogre dormait dans les fondations.

Elle retrouva la page de Une au bas de l'escalier. En se baissant pour la prendre elle aperçut, quelques mètres plus loin, des marches en pierre qui menaient au sous-sol.

Elle s'approcha et se sentit enveloppée par une puissante exhalaison de chaleur.

Un souffle chaud faisait monter des odeurs d'encre, de sueur et quelque chose comme du caoutchouc qu'on brûle. Faustine devina qu'en bas des marches ronflait l'imprimerie du *Petit Journal*.

En descendant l'escalier de pierre, elle s'attendait à voir une presse à manivelle grinçant et couinant, soufflant vapeur et crachotant eau. Des employés qui se hâtent pour frotter des balles en cuir avec de l'encre. Bref, elle imaginait une ferraille rhumatisante.

Ce qu'elle découvrit au fond d'une salle grande comme un hangar, ce fut une machine flambant neuve, un mastodonte qui avalait le papier à flux continu. Quand on l'actionnait, il faisait trembler l'immeuble sur ses bases. Passée cette tempête, l'ogre se pelotonnait et poussait un ronflement étouffé. On le voyait alors cracher par ses rotatives, noir de mots, le papier dont on l'avait gavé, blanc comme neige.

Une dizaine d'ouvriers s'affairaient autour de la bête.

Faustine, bouche bée, l'observa un moment. Des centaines d'exemplaires sortaient de cette machine seconde après seconde. Soit plus de cent mille exemplaires par heure !

À nouveau sa mémoire lui livrait, sans qu'elle la sollicite, l'image d'une presse rotative apparue vers la fin des années

1860. Comme si elle avait déjà vu cette machine dans une autre vie.

Son intuition de se trouver dans cette décennie-là était confirmée !

Elle réalisa tout à coup qu'il lui suffisait de vérifier la date sur un des milliers d'exemplaires qui déboulaient sous ses yeux.

— La date du jour… Je vais enfin connaître la date du jour…, murmura-t-elle d'une voix tremblante.

Elle ne supportait plus d'ignorer la date. Être privée de ce repère, c'était comme errer à tâtons dans le noir.

Elle parcourut des yeux le bandeau de Une.

Comme sur l'exemplaire de Mouillette, la décennie était invisible.

Elle se rua vers l'immense bec en acier qui débitait, tels des chapelets de saucisse, les exemplaires du *Petit Journal*.

Le premier qu'elle ouvrit, encore brûlant de son passage sous les rotatives, ne donnait pas la décennie.

Toujours cette lacune, ce trou dans le temps !

Prise d'une panique incontrôlable, Faustine déplia un second, un troisième, un quatrième exemplaire…

— Rien, rien, *rien* ! s'écriait-elle à chaque fois qu'elle ramassait un journal.

Des larmes emplissaient ses yeux, coulaient sur ses joues comme si on lui refusait une information vitale.

Bientôt elle se trouva devant un amas effroyable de journaux dont aucun ne mentionnait l'année.

Elle n'osait plus toucher de ses doigts, noircis par l'encre et chauffés à blanc par le papier brûlant, ces Unes qui la maintenaient dans l'obscurité.

Labourant de ses doigts ce qui lui restait de cheveux, elle se sentit à nouveau guettée par la folie. Elle allait s'arracher de nouvelles mèches lorsqu'on la saisit brusquement par derrière.

C'était des mains de brutes, les poignes du contremaître et de ses aides. Elle n'était pas de taille à lutter.

— Ah, ça ! s'écria le contremaître. C'est qu'il me coûterait mon tirage, ce singe-là !

On la traîna au sol comme un poids mort. Elle essaya de se débattre, forma des moulinets avec ses bras, ses jambes, et récolta plus de bleus qu'elle ne pouvait en dénombrer.

On la projeta dans l'escalier de pierre. Les quelques coups de poing qu'elle essaya de donner lui valurent d'être saisie au col et hissée sur les arêtes des marches.

Et c'est couverte d'ecchymoses que, quelques secondes après, elle roula sur le trottoir de la rue La Fayette.

Faustine sentit une ultime bourrade dans son dos : c'était sa casquette qu'on lui jetait.

CHAPITRE 20

Dehors, une pluie fine s'était mise à tomber. Les badauds gardaient pourtant le nez collé à la devanture du *Petit Journal.* On venait de remplacer l'édition de la veille.

Certains faisaient profession de commenter la Une. Ce n'était pas qu'ils savaient lire. Faustine en avait croisé un dans le vestibule qui se faisait expliquer les articles. Elle le retrouvait maintenant, cet homme au chapeau aplati et à la redingote sale, en train de faire son numéro avec autant de conviction que s'il avait lui-même rédigé le journal.

Il le racontait aux autres qui ne savaient pas plus lire que lui.

— Approchez mesdames, approchez messieurs ! La Bête a encore frappé ! Vous qui redoutez l'œuvre du démon, approchez !

Faustine haussa les épaules en entendant le bonimenteur. Mais elle était aussi intriguée que les passants agglutinés devant la vitrine. À quelle créature démoniaque faisait-il allusion ?

Elle eut toutes les peines du monde à se faufiler dans

la foule. La masse compacte ne présentait aucune ouverture. Une grosse femme venait de trouver un moyen de s'approcher. Elle se laissait retomber de tout son poids sur ceux qui lui cachaient la vue. Les dos finissaient par s'écarter sous cette pression énorme. Faustine le comprit et se colla à la dame. De cette façon, elle put franchir les rangs un à un. Quand elle fut assez près, elle contourna la dame et se posta devant elle.

Là, elle vit enfin la Une du jour :

Crimes dans la Cité
Un second meurtre identique au premier

Pour la deuxième nuit consécutive, un crime épouvantable a été commis au cœur de la Cité, ce dédale de rues obscures, étroites, tortueuses qui s'étend du Palais de Justice jusqu'à Notre-Dame.
Il était près de onze heures lorsqu'en sortant du cabaret *Le Griffon*, Gustave Poitreau, tonnelier, a buté sur le corps de Rémi Danzac, chimiste de son état. La poitrine de Danzac était si atrocement mutilée qu'on eût dit qu'un fauve l'avait dévorée.
C'est dans la rue des Marmousets, face au n° 13, qu'on a trouvé le cadavre. Les personnes domiciliées dans cette rue ont été questionnées ou appelées à témoigner par la Préfecture.
Aucune piste ne semble privilégiée pour l'instant. Toutefois, selon le commissaire Gontran, chef de la Sûreté, ce meurtre, en tous points identique au précédent, ne peut avoir été perpétré que par le même homme « *ou la même bête* » !

— « Le fait divers bien saignant… », murmura Faustine en repensant à Lespès.

Le bonimenteur en rajoutait :

— Je tiens, moi, de source sûre que la Bête ne va pas s'arrêter en si bon chemin ! Elle va frapper, frapper encore, frapper à l'aveugle !

Le bonimenteur était devenu un spectacle à lui tout seul. Il se frappait la poitrine d'une main, et de l'autre il mimait le tâtonnement d'un aveugle. Il postillonnait sur une fillette qui trouvait ça drôle.

— Malheur à qui arpente les ruelles crasseuses de la Cité !

Ayant dit cela, il retomba de quelques centimètres sur ses souliers crevés, enleva son chapeau et le tendit à la cantonade.

— À vot' bon cœur, m'sieurs dames ! Un sou pour le donneur de nouvelles !

Il demandait le prix du journal. La plupart se le procuraient en hélant un crieur de journaux. D'autres, dont la grosse dame, payaient le bonimenteur qui leur avait donné un frisson en plus.

Faustine resta un moment devant la vitrine, lisant et relisant ces mots qui la troublaient au plus haut point.

« … si atrocement mutilée qu'on eût dit qu'un fauve l'avait dévorée… »

Les cirques devaient être nombreux aux portes de Paris. Mais à l'entrée de la capitale, où il y avait encore des barrières et des gardes, un fauve échappé d'une ménagerie pouvait difficilement passer inaperçu.

Et si le cirque était situé à l'intérieur de la ville, comment un tigre ou un lion pouvait-il se promener sur l'île de la Cité, cette bande de terre étroite, sans être vu de personne ? Deux soirs consécutifs, en outre…

Faustine fut interrompue dans ses réflexions par un employé du journal, un commis en chemise blanche et gilet noir, dont les yeux étaient agrandis par des lunettes rondes.

Ses gestes étaient nets, précis. Comme s'il les répétait à l'identique dans un cérémonial bien huilé.

— Treussart, c'est vous ?

— Faustine, oui.

— Ah, ce n'est pas Faustin ? fit-il en vérifiant le carton qu'il tenait.

— Euh… *si*, s'empressa-t-elle de dire.

Elle saisit d'un geste rapide la plume et le carton qu'il lui tendait. C'était une avance de frais pour un montant de cinq francs or. La somme était retenue sur son salaire jusqu'à présentation des justificatifs.

Elle signa le carton et le lui rendit.

Les yeux de Faustine s'élargirent lorsque le commis déposa solennellement dans sa main une pièce de cinq francs à l'effigie de Napoléon III. Pièce identique à celle qu'elle n'avait pu arracher au soupirail.

Il claqua les talons et repartit de sa démarche cérémonieuse vers le porche de l'immeuble.

Faustine se tourna vers la rue.

La pluie redoublait, tambourinant sur les toits des fiacres, élargissant les coulées de boue le long des trottoirs.

Ces brèves secondes où son cerveau resta vacant lui firent prendre conscience qu'elle mourait de faim.

Depuis le matin elle n'avait avalé qu'un bol de soupe dans le dortoir des cousettes. Elle passa la langue sur sa lèvre supérieure et sentit, souvenir de l'empoignade dans le sous-sol du journal, le goût de son propre sang.

Il avait une saveur sucrée qui ne lui déplut pas. Elle passa plus longuement sa langue sur l'intérieur de sa joue.

Avant de se rendre sur l'île de la Cité, elle décida de faire un crochet par le dortoir. Elle y laisserait de quoi payer son habit de jeune homme qu'elle ne voulait plus quitter.

CHAPITRE 21

Le dortoir des cousettes était encore vide lorsque Faustine y retourna en milieu d'après-midi. Elle espérait y retrouver Manon, sa première amie dans cette époque lointaine. Elle avait conscience d'avoir fait une rencontre précieuse, la première qui comptait depuis son arrivée.

En traversant le dortoir aux lits alignés, Faustine s'était fait cette réflexion vertigineuse : Manon aurait pu être l'arrière-grand-mère de sa propre grand-mère… Même si elle venait seulement de la rencontrer, Faustine éprouvait plus que de l'amitié pour elle : l'affection qu'elle aurait eue pour une sœur.

En quittant l'immeuble de la rue des Cartonnages, elle se demandait si Manon pourrait quitter le monde de la confection pour entrer, comme elle, dans le journalisme.

Mais il lui semblait que dans cette époque-là, on échappait difficilement à sa condition.

Cette pensée lui venait tandis qu'elle observait les gens dans la rue. Chacun portait sur ses habits, son visage, ses mains abîmées ou vernies, la marque de sa provenance. L'ouvrier, le militaire, le prêtre, la femme du monde, étaient reconnaissables entre mille.

Si Faustine avait frappé à la porte du *Petit Journal*, c'était justement pour échapper à cette fatalité : une identité fixe, immuable.

Sa curiosité avait besoin d'être assouvie.

« Au moins, se disait-elle en atteignant l'île de la Cité, le métier de journaliste permet de rencontrer toutes sortes de gens... »

Elle qui venait de faire un bond d'un siècle et demi dans le passé supportait assez mal l'idée d'y être enfermée dans un seul rôle.

Elle ne doutait pas, au fond d'elle-même, qu'en circulant d'un milieu à un autre elle finirait par tomber nez à nez avec son père.

*

Poitreau avait la carrure non pas d'un tonnelier mais d'un tonneau.

Il était robuste, ventripotent et cerclé de noir. Sa large ceinture en cuir empêchait sa bedaine de se déverser sur le carrelage du *Griffon*, le cabaret où il avait ses habitudes.

Poitreau était l'heureux propriétaire d'une des plus belles fabriques de tonneaux de Lyon. Dans sa famille on était « Maîtres Tonneliers et Jeaugeurs de vins » depuis le XVIIe siècle. Autant dire : on avait acquis un tel savoir-faire dans la fabrication de tonneaux, cuves et barils, qu'il ne ne restait plus grand-chose à accomplir à Gustave, le dernier-né de la lignée. Aussi s'ennuyait-il sec.

Lorsqu'il venait à Paris pour affaires, c'était au *Griffon* qu'il noyait son ennui. Dans du vin dont il n'aurait pas voulu pour ses tonneaux mais dont il n'hésitait pas à se remplir l'estomac jusque tard dans la nuit.

Le Griffon était une de ces tavernes du vieux Paris nichées dans un entresol obscur. Les tables étaient éclairées par des bougies plantées dans des goulots de bouteille. La cire retombait en coulées bleuâtres.

Faustine enregistrait ces menus détails qui contribuaient à l'atmosphère louche du *Griffon*, lorsque Poitreau pointa le bout de sa panse. Il marchait en se dandinant vers l'arrière-salle.

Faustine le reconnut à la description que lui en avait fait le patron. Elle se coula jusqu'à sa table et aborda l'homme, prétextant qu'elle voulait écrire un article sur l'art de la tonnellerie. Elle n'ignorait pas que les petites confidences induisent les grandes.

L'ennui est que la tonnellerie, pour Poitreau, était un sujet inépuisable.

Cela faisait maintenant une heure qu'il décrivait à sa jeune interlocutrice, toujours déguisée en garçon, les servitudes et la grandeur de son métier.

— Savez-vous à quoi l'on reconnaît le goût du fût ?

— Non, répondit Faustine qui avait envie de hacher menu Poitreau et ses tonneaux.

Et comme il rejetait la tête en arrière pour avaler une énorme lampée de vin, elle lança sans transition :

— Dites-moi, le cadavre de la Cité, vous l'avez vu ?

Il cracha le vin qu'il avait en bouche.

S'essuyant le menton avec le dos de sa main, il foudroya Faustine du regard.

Elle reprit, imperturbable :

— Le journal a parlé d'un fauve, le commissaire mentionne une bête sanguinaire... Mais vous, qu'est-ce que vous avez vu ?

Poitreau reposa sa chope en maugréant.

— Vous êtes comme tous ces gratte-papiers… Vous voulez du sensationnel. De quoi faire trembler dans les chaumières ! Et si je vous disais qu'il n'y a pas de monstre ?

— Je veux bien vous croire, mais il me faut des preuves.

Poitreau rétorqua :

— Pourquoi vous n'allez pas voir la police ? Peut-être qu'un agent bien disposé…

— C'est vous qui avez trouvé Danzac, le coupa Faustine.

Il resta interdit. Elle sentit qu'elle l'impressionnait par son aplomb.

— Pour quel journal travaillez-vous ? demanda le tonnelier.

— *Le Petit Journal*… Nouvelle formule.

Il fronça les sourcils.

— Qu'entendez-vous par là ?

— Qui ne s'en laisse pas conter, répondit Faustine.

Poitreau tourna son regard vers la salle. Sous le plafond bas du *Griffon*, les clients qui auparavant parlaient fort s'étaient tus et semblaient guetter un bruit de la rue.

— La police n'a jamais parlé d'une bête, reprit le tonnelier en fixant de nouveau Faustine.

Il parlait à voix basse, chuchotait presque.

— C'est pourtant ce qui est écrit dans l'article.

Il secoua la tête.

— Le commissaire Gontran a dit : « Le crime ne peut avoir été commis que par le même homme ou la même bête. » Je le sais, j'étais là quand le journaliste l'a interrogé. Le commissaire parlait d'un assassin au comportement bestial, c'est tout. Cela n'arrangerait pas la police s'il s'agissait d'un monstre de fantasmagorie.

— Pourquoi donc ?

— Un monstre excite l'imagination des journalistes, il fait frissonner les lecteurs. Mais une fois qu'on l'aura arrêté, une fois qu'on l'aura pendu ou coupé en deux sur le billot, on ne pourra plus en tirer aucune moralité !

— Je ne vous suis pas, dit Faustine.

Poitreau prit un air malicieux.

— Le commissaire Gontran a été pris au mot. Ce criminel des bas-fonds où la police veut à tout prix voir un prolétaire, un faubourien, le voilà devenu, sous la plume d'un de vos collègues, une bête démoniaque !

Faustine hocha la tête.

— Je vois : la police cherche à faire accuser un homme du peuple…

— Mais la presse, elle, veut un monstre de foire ! Elle se moque bien des objectifs de la Préfecture : faire de l'ouvrier un criminel en puissance. Les travailleurs, les pauvres, en d'autres termes *les classes dangereuses*, ces graines de révolutionnaires, doivent être mis au pas ! Voilà pour la préservation du régime. Voilà pour la morale.

— Et votre point de vue dans tout ça ?

— Oh, moi je n'ai pas de point de vue. Je fabrique des tonneaux.

Faustine esquissa un sourire devant la prudence qu'il manifestait. Les paroles de Poitreau lui rappelaient que dans le Paris de ce temps-là on essayait d'imposer l'ordre et l'hygiène. Ce n'était pas du goût de Poitreau qui aimait tromper son ennui dans des lieux crapuleux.

— Les plaies sur la poitrine de Danzac, reprit Faustine, elles n'avaient donc rien de monstrueux ?

— Si, répliqua Poitreau en versant du vin à son interlocuteur.

Faustine avait seulement siroté l'infecte vinasse. Elle fit

un geste pour qu'il arrête de verser mais il n'en tint pas compte.

— Ses blessures étaient épouvantables, certes. Mais cela ne veut pas dire qu'elles ont été causées par une créature surnaturelle.

— Par *qui*, alors ? fit-elle sans parvenir à cacher son excitation.

Comme pour y retrouver ce qu'il avait vu la veille, le regard de Poitreau plongea dans sa chope.

Alors il décrivit la scène dans toute l'étendue de son horreur.

CHAPITRE 22

— Vous savez que les ruelles de la Cité n'ont pas encore reçu la bénédiction du bec à gaz. Celle où j'ai trouvé ce pauvre Danzac n'était éclairée que par la lune. Mais la lune jette parfois des lueurs plus vives que les lampadaires du baron Haussmann ! Et j'ai vu…

Poitreau laissa sa phrase en suspens. Ses yeux étaient devenus hagards. Faustine, voulant s'assurer que personne d'autre n'écoutait, lança un regard vers le fond de la salle.

Elle fut surprise de voir, assise à une table ronde, une jeune femme emmitouflée dans un fichu. Son front bombé dépassait de l'étoffe. Faustine crut reconnaître une silhouette familière, mais elle ne pouvait en être sûre à cette distance.

Poitreau s'était remis à parler :

— Je n'oublierai jamais la grimace de douleur sur le visage de Danzac.

Le tonnelier fixait toujours le fond de son verre. Sa voix était sourde comme s'il se parlait à lui-même.

— J'avais bu, certes… Je quittais la taverne pour regagner mon hôtel. Mais ce n'était pas une hallucination.

L'homme avait été éventré du nombril à la poitrine ! Son estomac était en piteux état. J'ai cru distinguer des traces de brûlures, mais je ne le jurerais pas… Ses entrailles remuaient sous la pression du sang qui se déversait, coulant à flots comme s'il s'échappait d'une rigole. La flaque s'étendait à mes pieds et je restais là, horrifié, incapable de faire le moindre geste. Mais vous êtes blême !

— Ne… faites pas attention à moi. Continuez.

Faustine en avait la nausée. Ce n'était plus aussi excitant que devant la vitrine du *Petit Journal*. La description du tonnelier lui rappelait le sang de l'inspecteur dans le vestibule de son père.

— Vous êtes sûr que je dois poursuivre ?

— Tout à fait s-sûre, fit-elle en se cramponnant à la table.

— Tout ce dont je me souviens ensuite, c'est d'avoir entendu des bruits de pas. Une fuite précipitée dans la rue voisine. Qui sait si l'assassin ne s'y était pas embusqué ? J'ai tourné les talons et rebroussé chemin jusqu'au *Griffon*. Malgré les réticences du patron, nous avons prévenu la police.

— Ces bruits de pas, pouvez-vous me les décrire ?

— Oh, ils n'avaient rien de…

Poitreau s'interrompit.

— Oui ? le relança-t-elle.

— Maintenant que j'y pense, peut-être qu'il y avait *deux* fuyards… L'un semblait fouetter l'autre.

— Le fouetter ?

— Ou le frapper avec un bâton. Mais quel rapport avec Danzac ? Vous savez, dans la Cité, on détale à toute heure…

— Je vois, dit Faustine, que cette explication laissait perplexe.

Elle parcourut des yeux le fond de la salle. La silhouette emmitouflée avait disparu. Plusieurs clients lui retournèrent son regard. Ils avaient l'air aussi aimables que s'ils voulaient la détrousser et la flanquer dans le caniveau.

— Désolé de ne pas avoir été plus précis, dit le tonnelier.

— Oh, mais vous êtes très précis. Bien plus que vous ne le pensez.

Il sortit de quoi régler l'addition.

— Laissez, dit-elle, c'est moi qui régale.

— Pas question ! Grâce à vous, je n'ai pas vu le temps passer. D'habitude, quand je trouve quelqu'un avec qui parler tonneaux, ça ne dévie pas aussi rapidement vers la rubrique criminelle…

— Qu'est-ce que c'est ? l'interrompit Faustine.

Elle avait agrippé son poignet.

— Mais lâchez-moi, enfin !

Faustine prit dans sa paume, parmi les pièces de monnaie qu'il avait sorties, l'objet qui attirait son œil.

Dans l'arrière-salle mal éclairée du *Griffon*, cela ressemblait à un bout d'os, pointu comme une dent de requin.

— Un porte-bonheur ?

Il semblait étonné, tarda à lui répondre.

— Mais non, dit-il enfin. Ce doit être une dent de chien, un croc, que sais-je ?

— Où l'avez-vous trouvé ?

— Dans la rue, dit-il évasivement.

— Ne me dites pas que vous l'avez ramassé hier ?

— Eh bien… Il se trouve que oui, admit Poitreau en gloussant.

— Sur le cadavre ?

— Oh non, à un mètre au moins ! répondit le tonnelier.

Elle le fixa d'un air incrédule.

— Vous trouvez un bout d'os à un mètre du cadavre et vous le glissez dans votre poche ? Vous ne le donnez pas à la police ?

— Que ferait la police d'un bout d'os ramassé dans la rue ? Il était taché de sang, en plus !

Faustine avait envie de lui faire la leçon mais elle se ravisa. Il faut dire que le tonnelier avait une excuse : les sciences criminelles étaient encore balbutiantes à son époque. Elles ne prendraient véritablement leur essor qu'à la fin du siècle. Stimulées par des assassins de plus en plus méthodiques et pervers, tel que l'était probablement celui de Danzac.

— Je peux le garder ? demanda Faustine en montrant le bout d'os.

— Faites, faites. Je comptais le tailler en biseau mais puisqu'il vous intéresse…

— En biseau ? Vous ne le trouvez pas assez pointu ?

— C'est-à-dire que pour certains fûts percés par les vers, on doit, avant de boucher les trous avec des épines, extraire le ver à l'aide d'un biseau…

— J'ai compris, le coupa Faustine.

— Vous n'imaginez pas combien le biseau idéal est difficile à trouver, car voyez-vous…

— *Ça va !* assena-t-elle.

Elle avait l'air si agacée que Poitreau ne broncha plus.

Elle empocha le bout d'os en le laissant payer la vinasse.

CHAPITRE 23

Elle fut soulagée de pouvoir quitter la taverne. Après avoir remercié Poitreau pour son témoignage, le premier qu'elle recueillait en tant que journaliste, elle traversa la salle enfumée et se dirigea vers la porte.

À peine sortait-elle du *Griffon* qu'elle entendit :

— Faustine !

Elle sursauta.

— Oh ! pardon, je t'ai fait peur.

Le cœur battant, elle se tourna.

Penchées l'une vers l'autre, deux façades d'immeuble formaient quasiment une voûte dans la rue Chanoinesse. Il pleuvait des cordes. Dans cette prénombre humide se tenait, sous un fichu de laine, la silhouette au front bombé.

— Manon ?

La silhouette s'avança dans un rayon de lune. Faustine reconnut la couturière, toute ruisselante de pluie.

— Je n'avais plus d'argent pour boire dans la taverne. Alors je t'ai attendue dehors.

— Tu vas attraper la crève ! s'écria Faustine. Rentrons à l'intérieur…

Elle fit un pas de côté mais la cousette resta immobile.

L'eau coulait sur son front en y plaquant les longs fils de ses cheveux blonds. Elle ouvrait de grands yeux étonnés sur Faustine.

— Pourquoi tu me regardes comme ça ?

Manon, après un moment, répondit par une autre question :

— Pourquoi es-tu devenue un garçon ?

Faustine haussa les sourcils.

— Je ne suis pas *devenue* un garçon, fit-elle en esquissant un sourire. Je m'habille en garçon, nuance !

Les yeux de Manon restaient écarquillés.

— Ce n'est pas juste tes habits. Pas juste tes cheveux...

— Oui, bon, enchaîna Faustine. Je suis entrée dans mon personnage. Bien obligée pour ce que j'ai à faire !

Elle ne pensait même plus à retrouver son père : elle pensait à sa mission pour *Le Petit Journal* et à identifier l'assassin de la Cité.

Manon demanda :

— Tu ne veux pas être une femme ? Tu ne veux pas rester avec nous ?

Le regard insistant de Manon embarrassa Faustine. Comment lui expliquer qu'un emploi de cousette était la dernière chose dont elle avait besoin ?

— Je ne peux pas rester, Manon. J'ai trouvé du travail.

— Quel travail ?

— Journaliste, dit-elle avec une pointe d'orgueil. Ça me convient mieux, tu sais.

Les paupières de Manon battaient rapidement. Elle plissa les yeux, les garda fermés un moment. Faustine crut apercevoir des larmes.

Elle ajouta d'une voix douce :

— On sera toujours amies. Je viendrai rire avec toi au dortoir.

— Menteuse, fit Manon en haussant les épaules.

Faustine vit que c'était bien des larmes, mêlées à la pluie sur les joues de Manon. Elle caressa de sa main droite l'épaule de la couturière.

Après avoir reniflé, Manon ajouta :

— Je ne me trompais pas quand je t'ai vue sortir du dortoir.

— Tu m'as vue sortir ? s'étonna Faustine en retirant sa main.

— Cet après-midi, à l'heure où je rentrais. Je t'ai aperçue à l'angle de la rue des Cartonnages. J'ai hésité, j'ai cru que c'était ton frère. Et je t'ai suivie jusqu'ici...

Faustine n'en revenait pas. Manon devait s'être excessivement attachée à elle pour l'attendre devant *Le Griffon* sous cette pluie battante !

La couturière ajouta, d'un ton où perçait plus d'inquiétude que de reproche :

— C'est un mauvais quartier, tu sais.

— Ne t'en fais pas. Je passerai la nuit au dortoir.

— Et demain ?

— Demain, je céderai ma place à une autre. (Manon eut un mouvement de recul.) Il le faut bien, dit Faustine d'un ton résolu.

— Et si je t'aidais à retrouver ton père ?

Les yeux de Manon brillaient d'une lueur nouvelle.

— Toi ?

— Je ne suis pas bonne seulement à broder. J'ai d'autres qualités, *mon cher* !

Faustine rit en s'entendant désigner ainsi.

La couturière enchaîna :

— Je suis sûre que je peux t'aider. Oh, dis-moi oui, Faustine ! Tu ne le regretteras pas.

« Est-ce qu'elle ne va pas être un boulet ? » se demanda-t-elle.

Mais elle n'avait pas le cœur de rabrouer Manon. D'autant que la cousette lui avait sauvé la vie deux jours plus tôt.

— Bien, mais à une condition.

— Laquelle ? demanda Manon avec anxiété.

— Tu enfiles ça !

Faustine lui flanqua sa casquette sur le crâne et l'entoura, comme d'une cape de mousquetaire, de son gilet d'homme. Manon, prise de court, se mit à tourner sur elle-même.

— Allons, la taquina Faustine, pas de résistance ! Qu'est-ce que je ferais d'une partenaire qui a attrapé la crève ?

La casquette retomba sur le nez en trompette de Manon.

— Ben ça ! s'exclama-t-elle.

Elle se tenait bien droite, prête pour l'aventure.

— Et Tavine, Suzanne… ? observa Faustine. Qu'est-ce que tu vas leur dire ?

— J'ai le droit de changer de métier ! protesta Manon. Tu l'as bien fait, toi !

— Tu sais lire et écrire ?

— Je sais copier un prénom pour le broder. De là on peut tout, non ?

— Certes, concéda Faustine.

Avait-elle tort d'embarquer la cousette dans ses recherches ? De l'arracher à son milieu ? Mais il lui plaisait de faire souffler un vent de liberté dans le quotidien de Manon.

Elle laisserait passer la nuit et aviserait le lendemain.

Qui sait si la lubie de Manon ne la quitterait pas aux premières lueurs de l'aube ?

— Rentre, maintenant. Et couvre-toi bien.

— Tu ne viens pas ?

— Je n'en ai pas pour longtemps. Je serai au dortoir avant minuit.

Manon recula en faisant une courbette.

— Comme il vous plaira, *monseigneur* !

Avec son gilet en cape et sa casquette de travers, elle ressemblait à un bandit de grand chemin.

Faustine la regarda s'éloigner dans le goulet tortueux de la rue Chanoinesse.

En repensant aux yeux écarquillés de Manon, elle appuya sa main sur son sein gauche. Elle en cherchait la forme arrondie sous le bandeau.

Que voulait dire la cousette par « plus que ça », en parlant de son allure garçonne ?

Comment peut-on paraître *plus* qu'une fille déguisée en garçon ?

Elle chassa cette pensée de son esprit et bifurqua vers la rue des Marmousets. Celle où Danzac avait trouvé la mort.

CHAPITRE 24

La nuit, où Faustine s'aventurait sans casquette ni gilet, entourait l'île d'un rempart d'obscurité.

La pluie avait cessé. Une brume montait le long des murailles. Les lanternes étaient si rares que les ténèbres semblaient ici chez elles.

L'imagination de Faustine s'en trouvait décuplée.

Quand elle atteignit la rue des Marmousets, une anecdote lui revint au sujet d'un barbier et d'un pâtissier qui y tenaient boutique dans des maisons mitoyennes. Le barbier égorgeait ses clients, les précipitait par une trappe, et le pâtissier, avec la chair des victimes, cuisinait des pâtés en croûte. On les jugeait délicieux sans savoir de quoi ils étaient faits.

Elle se trouvait maintenant face au n° 13.

Faustine frissonna d'appréhension et de froid.

Au bout de la rue, une canne heurtait le pavé. Des pas l'accompagnaient. Elle se tourna dans leur direction et aperçut une forme indistincte. On aurait dit des silhouettes enchevêtrées. Les paroles de Poitreau retentirent dans sa tête.

« Deux fuyards… L'un semblait fouetter l'autre. »

Son cœur se mit à cogner dans sa cage thoracique. L'assassin revenait-il sur le lieu du crime ?

La porte du 13 était encastrée sous un linteau de pierre, à trente centimètres en retrait de la rue. Faustine se glissa comme une morte dans ce cercueil debout.

Puis elle attendit.

Une voix d'homme résonna dans la ruelle. Son ton était vif, enjoué.

— Ne sentez-vous pas une odeur de cadavre ? C'est que nous sommes ici au carrefour de tous les dangers. La Cité est le berceau de Paris, et de ce berceau s'élève une odeur de putréfaction et de mort !

Deux voix féminines répondirent. L'une était nerveuse, l'autre indolente.

— Félix, avions-nous besoin de venir respirer ces odeurs ? Vous ne pouviez pas vous contenter de nous les décrire ?

— Clotilde a le nez trop fin pour ce genre de pèlerinage. Nous aurions dû la laisser chez moi…

— Et la priver d'une descente dans la populace ? reprit le dénommé Félix. Ma chère Hortense, souhaitez-vous que votre cousine reste ignorante de ce qui fait le charme des bas-fonds ?

— Oui, oui, enchaîna la cousine Clotilde. Laissez-moi dans l'ignorance pourvu qu'elle ait une odeur agréable !

Félix et Hortense pouffèrent. Faustine attendit que les voix s'éloignent. Puis elle se mit à découvert.

Elle aperçut, juste avant qu'il ne soit avalé par la brume, le trio qui jacassait. L'homme, sous son haut-de-forme, semblait jeune et fortuné. Les cousines avaient l'air tout aussi aisées dans leurs robes à crinoline qui glissaient sur le pavé.

« On vient s'encanailler dans la Cité… », pensa Faustine.

Seule à nouveau dans la rue des Marmousets, elle put enfin examiner la scène de crime.

La pluie avait lavé le sol. On n'y voyait aucune trace du sang de Danzac. Elle secoua la tête en songeant aux méthodes rudimentaires de la police. Vingt-quatre heures après, on pouvait se promener à loisir sur le lieu du crime.

S'il restait une preuve, un indice, ce n'était pas ici qu'il fallait les chercher mais dans la poche du principal témoin !

Poitreau était parti avec son bout d'os sans que personne s'en aperçoive. Les inspecteurs se fiaient-ils uniquement à leur flair ? « Dans ce cas, l'assassin a de beaux jours devant lui ! », songea Faustine.

Elle sortit le bout d'os de sa poche.

Il était plus facile de l'examiner à la lueur de la lune que sous les chandelles du *Griffon*. L'objet semblait transparent. Il lui fit penser à une écaille prélevée sur la carapace d'une tortue.

Du coin de l'œil, elle perçut un mouvement. On déplaçait une bougie au premier étage de la maison d'en face.

Faustine, prestement, regagna sa cachette sous le linteau du 13. D'où elle était postée, elle ne pouvait voir toute la fenêtre. Mais l'intérieur était suffisamment éclairé pour qu'elle puisse discerner des étagères remplies de dossiers, de liasses de papier et d'ouvrages reliés.

On souleva une ferrure, le châssis de la fenêtre trembla, et la moitié d'une silhouette habillée de noir entra dans le champ de vision de Faustine.

L'homme resta plusieurs minutes dans l'embrasure. Il semblait plongé dans une rêverie profonde. Faustine voulait se pencher pour voir ses traits, mais le risque d'être repérée était trop grand. Elle continua de l'épier en silence.

Il recula, le châssis trembla à nouveau, et la chandelle en quittant la pièce la rendit à l'obscurité.

Une minute après, Faustine se tenait devant le 8 de la rue des Marmousets.

Elle lut l'enseigne suspendue sous la fenêtre du premier étage : « NOTAIRE – ÉTUDE BRINVILLIERS ».

De là, elle pivota et baissa les yeux vers l'endroit où Danzac avait été éventré. Le premier étage du 8 surplombait le lieu du crime. Elle promena son regard sur le pavé humide en se rappelant le récit de Poitreau.

La frénésie meurtrière du criminel évoquait un Jack l'Éventreur avant la lettre. Elle ne se souvenait pas que de tels crimes aient été commis à Paris sous le Second Empire. Les avait-on cachés, rayés de l'histoire ? Ces crimes étaient-ils des actes isolés qui ne se reproduiraient plus, au grand soulagement des habitants de la Cité ?

Un cri déchira la nuit.

Une de ces plaintes épouvantables qui pétrifient tout dans une attente angoissée.

Faustine, imaginant le pire, eut la sensation qu'une lame glacée lui courait sur le ventre.

Bientôt, le cri mourut dans l'obscurité.

Elle pensa au jeune homme et aux deux cousines, tendit l'oreille.

Elle s'attendait à voir surgir l'assassin au couteau, ses victimes chancelant dans le brouillard écarlate.

Mais dans la rue, rien ne bougeait. L'étude du notaire Brinvilliers était plongée dans le noir. Les habitants de la Cité se calfeutraient chez eux. La Seine clapotait mollement, l'île retenait son souffle.

Faustine voulut remonter la rue en direction du cri.

Mais d'où provenait-il ? On aurait dit que c'était du côté

du Marché aux Fleurs. Était-ce même un cri humain ? Un oiseau de nuit, un chien errant pouvaient l'avoir poussé…

Elle jeta un dernier coup d'œil sur la chaussée où Danzac avait été atrocement mutilé.

— Prions pour qu'il n'y en ait pas d'autre après toi, murmura Faustine.

Mais l'île aux vingt et un clochers resterait sourde à cette prière.

CHAPITRE 25

Rentrée peu après minuit, elle marcha à tâtons dans le dortoir.

Les filles dormaient profondément. Faustine s'en serait voulu de troubler leur sommeil.

Elle avait besoin d'un peu de chaleur humaine après sa journée éreintante. Elle résista à l'envie de s'allonger près de Manon pour écouter sa respiration rauque, passa près du lit de la cousette et s'assit au bord du sien.

Elle dénoua le ruban qui lui serrait la poitrine et poussa un soupir.

Elle se glissa en frissonnant dans la froideur des draps. Les images de sa journée défilèrent dans sa tête... Ses mèches entortillées au sol. Le regard perçant de Lespès. La date manquante au-dessus de la Une. Les yeux épouvantés de Poitreau. Et toujours et sans cesse, le visage perlé de pluie de Manon.

Tandis qu'elle s'enfonçait dans le sommeil, il lui semblait que son souffle, oubliant celui des autres dormeuses, allait chercher la respiration de Manon pour se modeler sur elle.

Cette nuit-là, elle fit un rêve étrange.

Sa joue était blottie, non pas contre la natte râpeuse du dortoir des cousettes, mais sur l'oreiller de ses cinq ans. Une chandelle veillait sur son sommeil. Mais qui veillait sur la chandelle ? Son front se plissait à cette pensée. La lueur vacillait sur son visage, sur les draps du lit, dans la chambre tout entière. Et si les rideaux prenaient feu ? N'était-elle pas en danger à rester ainsi allongée, les paupières closes, les mains sur le ventre ? Allait-elle se réveiller à temps ? Puis toutes ses craintes, d'un seul coup, s'envolaient. Un geste qu'elle attendait, pressentait, une quiétude qui entrait comme un souffle chaud dans l'esprit de la dormeuse, la main de sa mère éteignait la chandelle.

*

Faustine fut réveillée par des spectres furieux. Suzanne, Tavine et une femme inconnue encerclaient son lit. Leurs longues chemises blanches leur donnaient l'allure de fantômes. Les traits froncés de leurs visages étaient rendus plus pâles encore par la lumière de l'aube.

— Où l'as-tu emmenée ?

— Où as-tu pris Manon ?

Son cerveau s'arrachait mollement au sommeil. Les voix perçantes, les coups de boutoir donnés contre le lit la précipitèrent dans le jour.

Tavine empêchait Suzanne de se jeter sur Faustine. La femme inconnue retroussait les lèvres de dégoût. On pouvait voir ses incisives plantées de travers.

— Tu vas répondre, oui ? reprit Suzanne en dressant le poing.

Faustine se ramassa en haut du lit, comme si elle était attaquée par des fauves.

— Pourquoi n'est-elle pas rentrée ? gronda Tavine.

Faustine regarda de côté. Ce qu'elle avait pris pour le corps endormi de la cousette était un drap froissé dont le haut était roulé en boule.

Le lit de Manon était vide.

— Elle doit être quelque part…, bredouilla Faustine.

— Ça fait une heure qu'on la cherche ! rugit Suzanne.

Elle hocha la tête vers l'inconnue.

— Garance l'a vue te coller au train, hier. Alors tu ferais bien de nous dire ce que t'as fait de notre Manon !

Tavine pointait un doigt accusateur sur Faustine qui, saisie, tremblante, rougissait d'être prise à partie. Des gouttes de sueur apparaissaient sur son front.

— Regardez ! Elle portait une perruque !

— Mais non ! protesta Faustine. Je me suis coupé les cheveux…

Elle regarda vers la coiffeuse. Ni les ciseaux ni ses mèches ne s'y trouvaient. Quelqu'un les avait pris !

La femme qui se nommait Garance s'avança vers le lit. Avec Suzanne, elles arrachèrent d'un coup sec le drap que Faustine agrippait.

— Tu te crois où ? Au bal costumé ?

— Ici, on est des femmes et fières de l'être !

— Mon Dieu ! s'écria Tavine.

La nuisette de Faustine laissait voir ses seins. Sa poitrine était plate comme celle d'un homme.

Elle regarda son torse avec des yeux horrifiés.

D'autres cousettes étaient venues près du lit. Elles dévisageaient Faustine avec un mélange de réprobation et de raillerie.

— Nous voilà bien ! On offrait le gîte à un marlou !

On désignait ainsi les souteneurs, les maquereaux.

Faustine entendit encore :

— La racaille !

— Faut qu'il morfle !

— Il m'a volé une casquette !

— Un pantalon !

— Un gilet !

Aucune d'elles ne mentionnait l'argent qu'elle avait laissé pour ces habits reprisés.

Il y eut des sifflements, des huées. Les femmes s'entraînaient l'une l'autre dans ce charivari cruel. L'humiliation était terrible pour Faustine qui sentait les larmes lui monter aux yeux.

On parlait de livrer l'imposteur à la police :

— Refilez-le aux argousins !

— Non ! les arrêta Suzanne. Qu'il s'explique d'abord !

Le tapage s'estompa. Les gloussements furent ravalés.

— Je ne suis pas un garçon..., dit Faustine d'une voix étranglée.

Elle tremblait de peur sur son grabat.

— On t'a zigouné ? fit une voix goguenarde qui déclencha des rires.

— Chut ! s'irrita Suzanne.

Le jour se mit à entrer dans la pièce. Il jetait des clartés sur les cheveux, les épaules, filtrait à travers les pans des chemises. Elles devaient être une vingtaine serrées les unes contre les autres, comme des chiens qui aboient dans une meute.

À l'autre extrémité du dortoir, quelques-unes enfilaient leurs bottines, leurs jupons. Elles ne voulaient pas se joindre au lynchage.

— Eh bien ? s'impatientait Tavine.

— Manon est mon amie, dit Faustine d'une voix brisée.

Elle m'a sauvé la vie, jamais je ne lui ferais le moindre mal…

Garance postillonna :

— À qui tu l'as laissée, alors ?

— À personne ! On s'est quittées avant minuit. Je lui ai donné la casquette et le gilet pour qu'elle n'attrape pas froid.

— Vous étiez où ?

Faustine n'osait pas le leur avouer. Mais vingt paires d'yeux convergeaient sur elle.

— Dans la Cité…, finit-elle par dire.

Un frisson glacé passa dans le dortoir.

Une demi-heure plus tard, la pièce s'était vidée de la moitié de ses occupantes. Leur besogne les attendait. Faustine aussi devait s'habiller pour rejoindre la rédaction du *Petit Journal*.

En rassemblant ses affaires sous les yeux des cousettes qui ne lui adressaient plus la parole, elle sentit à quel point ces femmes formaient une tribu, un clan.

Elle sut que de ce jour, elle en était exclue.

CHAPITRE 26

Il était sept heures moins dix lorsqu'elle arriva au *Petit Journal.*

En l'apercevant au fond du couloir, le commis aux lunettes rondes lui lança :

— On a raison d'être matinal ! Règle numéro un : arriver avant l'heure. Règle numéro deux : finir son papier avant les autres. Règle numéro trois : le porter à l'imprimerie avant le bouclage, sinon à quoi bon les règles un et deux… ?

Il s'interrompit en voyant l'air alarmé de Faustine.

— Lespès est dans son bureau ? demanda-t-elle, essoufflée.

— Il n'arrive que vers midi.

Elle marqua sa surprise.

— C'est lui qui édicte les règles, expliqua le commis.

— Qui est dans la salle de rédaction ?

— En ce moment ? Voyons, il y a Écorchard…

— Écorchard ?

— Il traite les affaires criminelles. Raison pour laquelle il passe ses nuits dans nos locaux…

Sans attendre qu'il termine, Faustine se rua vers la salle de rédaction.

Une porte à deux battants y conduisait. Elle poussa celui de gauche qui céda en faisant trembler le chambranle.

— *Écorchard !* cria-t-elle en déboulant dans la pièce.

Les bureaux, jonchés de papiers et de brochures, couraient en enfilade sur deux rangées.

Trois têtes ébouriffées lorgnèrent ce nouvel arrivant.

— Il y a un… Écorchard parmi vous ? dit-elle d'un ton hésitant.

— Échouart, rectifia une voix derrière elle.

Elle se tourna et vit un homme d'une trentaine d'années. Son expression sérieuse, intense, contrastait avec ses yeux d'un bleu très pâle, qui étaient ceux d'un rêveur. Il avait les joues roses et le visage poupin.

Deux élans contradictoires, gravité et douceur, semblaient se combiner en lui.

— Victor pour le prénom, ajouta-t-il d'un ton neutre.

— Excusez-moi, je…

— Pas de mal. Les commis doivent jongler avec de nombreux patronymes. Ferdinand aura lu le mien sur une enveloppe. Sa myopie a fait le reste.

Faustine fut surprise par l'empathie dont il faisait preuve, qualité qui semblait peu répandue dans cette ville.

Elle resta silencieuse tandis que l'autre l'examinait du regard.

Il ajouta :

— Vous êtes Faustin, je suppose. Lespès m'a parlé de vous.

Il tenait entre ses mains un papier qu'il replia.

— C'est bien moi, dit-elle sans savoir à quelle sauce elle allait être mangée.

Elle baissa les yeux sur le bureau d'Échouart. Trois piles de livres s'entassaient à côté d'un fouillis de feuilles manuscrites. Sur la tranche des ouvrages, on pouvait lire le nom de Jules César.

— Monsieur Échouart…, dit-elle en reportant les yeux sur lui.

— Appelez-moi Victor.

Elle acquiesça et reprit :

— J'étais hier soir avec une amie sur l'île de la Cité. Nous sommes rentrées par deux chemins différents. Elle n'a pas reparu depuis et je me ronge les sangs. Pourriez-vous… ?

— Mon Dieu ! s'exclama Échouart.

— Quoi donc ?

Il déplia le papier qu'il tenait.

— Le cadavre d'une jeune femme a été retrouvé dans le Marché aux Fleurs ! La Préfecture vient de me l'apprendre…

— Vous y allez ? demanda-t-elle d'une voix étranglée par l'angoisse.

Elle vit qu'il différait sa réponse. Ses yeux jaugeaient Faustine, comme pour évaluer à quoi il pouvait l'exposer.

— Cette amie…, commença-t-il.

— Une couturière de la rue des Cartonnages.

Elle l'avait dit d'un ton aussi détaché que possible. Mais tout le bas de son visage frémissait.

— Votre bonne amie ? s'enquit Échouart.

— Je l'ai rencontrée il y a deux jours.

Il hocha la tête d'un air qui voulait dire : « Ah, si ce n'est que ça ! »

Mais l'expression anxieuse de Faustine le rendait circonspect.

Alors elle le supplia :

— Laissez-moi vous accompagner ! Attendre ici serait une torture bien plus grande…

— Je comprends.

Il se tourna vers le portemanteau et saisit un chapeau en feutre noir. Sa vivacité galvanisait Faustine. Elle se sentait entraînée par lui.

— Gustave ! lança-t-il à travers la pièce. Tenez la boutique pendant que ce jeune homme et moi allons faire un tour à la Morgue…

— La Morgue ? s'étonna-t-elle.

— Le cadavre a été retrouvé à cinq heures, dit-il en lui passant devant. On peut en déduire qu'ils l'ont transféré à la Morgue.

Elle réprima un sanglot, mais rien n'échappait à Échouart.

En poussant le battant de la porte il ajouta :

— Si vous reconnaissez votre amie, ne vous effondrez pas devant la police. Vous perdriez tout crédit comme journaliste…

— Entendu, balbutia-t-elle.

Et de son air intense qui vous électrisait :

— … à leurs yeux comme aux miens.

CHAPITRE 27

— Que diable faisiez-vous dans la Cité ?

— Je parlais à Poitreau, le témoin du meurtre de…

— Danzac, je sais. C'est moi qui ai rédigé l'article.

Le tilbury qui conduisait Faustine et Échouart à la Morgue recensait toutes les irrégularités du pavé. Les cahots se succédaient à de brefs intervalles.

Faustine avait l'impression de tressauter davantage que son voisin. Une façon de s'asseoir dans un cabriolet, posture dont elle ignorait tout, devait permettre de ne pas sautiller sans cesse. Cela donnait à Échouart un supplément d'autorité. Et à Faustine le sentiment de trébucher à chaque phrase.

— Savez-vous qu'il n'est pas dans nos attributions de parler aux témoins ?

— Lespès m'a suggéré de… faire causer les gens. De les faire boire, si nécessaire.

— Il pensait à Monsieur Tout-le-Monde. Pas aux témoins que le commissaire Gontran vient de passer au crible !

— Son crible m'a tout l'air d'être une passoire, répliqua Faustine d'un ton insolent.

Échouart, intrigué, tourna la tête vers elle.

— Qu'est-ce qu'il vous a raconté, ce Poitreau ?

— Oh, rien de très…

Elle laissa sa phrase en suspens. Dix raisons de se taire se bousculaient dans sa tête.

— Parlons clair, mon ami, dit Échouart en jetant son regard par-dessus l'épaule du cocher. Lespès vous a recruté au *Petit Journal* où je suis en charge des affaires criminelles. Peut-être a-t-il perçu en vous des qualités qui m'échappent, ou que vous dissimulez fort bien… Reste qu'en matière journalistique comme en matière criminelle, je suis votre supérieur. C'est pourquoi je vous intime…

Une secousse interrompit Échouart. Elle le découvrait sous une autre facette : l'empathie, chez lui, cédait vite le pas à l'arrogance. Il faisait comprendre à son jeune collègue qu'il aurait tort d'essayer de le doubler.

Elle profita de l'interruption pour glisser :

— « Intime » comme… « intimider » ?

Il parut goûter la réponse.

— Voilà, fit-il simplement.

Il aurait voulu lui faire répéter chaque phrase de Poitreau qu'il ne s'y serait pas pris autrement.

Tandis qu'un cahot les jetait épaule contre épaule, Échouart la relança :

— Vous étiez en train de me dire, Faustin… Faustin comment, déjà ?

— Treussart.

— Êtes-vous apparenté à la baronne de la Treussardière ?

— Pas que je sache.

Il parut se détendre. Puisque la nouvelle recrue du *Petit Journal* n'avait aucune parenté noble, sa capacité de nuisance se révélait faible. Échouart pouvait donc marquer son ascendant sur ce jeune homme.

— Vous disiez, Faustin… Des détails connus de Poitreau ont échappé à la police ?

— Ou des détails connus de la police ont échappé à la presse, fit-elle d'un air entendu.

Cela voulait dire qu'ils avaient échappé à Échouart. Son visage se contracta dans un spasme en même temps qu'il demandait :

— Lesquels ?

Après un bref silence, elle lâcha :

— Le tonnelier a cru voir des traces de brûlures sur l'estomac de Danzac. Ces traces figurent-elles dans le rapport d'autopsie ?

— Eh bien, je… C'est-à-dire…

Elle comprit qu'il n'avait pas lu le rapport. Ses informations provenaient uniquement de la Préfecture, dont il était une sorte d'auxiliaire.

À cette époque, on croyait aux versions officielles. Le souci de les rendre croustillantes prenait le pas sur la vérité. Échouart, en homme de son temps, n'était pas meilleur que ses collègues. Mais les paroles de Faustine le désarçonnaient. Elles venaient remettre en cause l'idée qu'il se faisait de son métier.

Il la scruta avec une attention plus vive. Faustine crut percevoir une nuance de respect dans son regard.

— Des brûlures… Et quoi d'autre ?

— Attendez, répliqua Faustine. A-t-on relevé des traces de brûlures lors du premier meurtre ?

— Maintenant que vous le dites… Un sergent de ville a parlé du « ventre cramé » de la victime. J'ai cru qu'il se trompait de mot, qu'il voulait dire rouge foncé, cramoisi…

— Vous n'avez pas non plus consulté le rapport ?

— Je tenterai de me le procurer à la Morgue, fit Échouart qui apprenait vite.

— Et s'ils refusent ?

— *Le Petit Journal* a de grands moyens, dit-il en retrouvant sa belle assurance.

Ils furent projetés en avant par un brusque arrêt du tilbury. Le cocher donna du fouet, et le cabriolet repartit en formant un arc de cercle sur la chaussée. Faustine regarda de son côté.

On contournait, lentement, un trou béant creusé dans la chaussée. Des échafaudages en bois, des échelles, de longues planches prolongées par des rails, donnaient l'impression que la ville entière était un décor en cours de fabrication. Une dizaine d'ouvriers armés de pelles et de pioches s'activaient parmi une dizaine d'autres qui enlevaient les gravats.

— Ne peut-on pas aller plus vite ? lança Échouart au cocher.

L'homme au fouet restait le dos tourné, les yeux rivés sur la chaussée éventrée par les travaux.

— Y a-t-il un raccourci pour la Morgue ? cria le journaliste.

Cette fois, le cocher ne pouvait ignorer son client. Sa tête pivota légèrement. Il montra des dents pourries et grogna :

— Je peux nous verser dans le fossé, ce serait un genre de raccourci. Mais à quoi bon ? Avec ou sans retard, on finira tous à la Morgue…

— Un cocher philosophe, pesta Échouart. C'est bien ma veine !

Il se tourna vers Faustine pour lui faire partager son

agacement. La voyant sombre et pensive, il reporta son regard sur les passants qui étrennaient un large trottoir aux lampadaires flambant neufs.

Pendant ce temps Faustine, de plus en plus nerveuse, triturait dans sa poche le bout d'os ramassé par Poitreau.

CHAPITRE 28

La Morgue, située sur l'île de la Cité à quelques pas de l'Hôtel-Dieu, était reconnaissable à son toit humide, suintant, recouvert d'une couche de mousse verdâtre.

En descendant du tilbury, Échouart aperçut le commissaire Gontran et cinq de ses hommes, tous agents de la Sûreté. Ils se tenaient debout sur les marches de l'entrée. Leur attroupement faisait penser à une réunion d'état-major.

Échouart se pencha vers Faustine et lui chuchota :

— Ils ne nous ont pas vus. Entrons aussi vite que possible. Et souvenez-vous : pas un cri, pas une larme… Vous n'étiez pas sur l'île de la Cité et vous n'avez jamais rencontré la jeune femme que nous allons voir.

Faustine prenait conscience qu'une parole de travers pouvait la rendre suspecte. Elle fut surprise de voir Échouart ajuster son col comme s'il allait entrer dans un salon.

Il s'en aperçut et dit :

— Il faut affronter la mort comme on affronte les vivants : sans trop se froisser.

Elle baissa les yeux et vit qu'il lui tendait un mouchoir.

Il ajouta :

— Et en se ménageant, dans les deux cas, la possibilité de vomir.

Elle lui emboîta le pas sur les marches de l'entrée.

— *Le Petit Journal* est de sortie ?

L'homme qui venait de parler était le plus corpulent des policiers attroupés. Ses sourcils étaient figés dans un perpétuel froncement. Son visage rougeaud faisait redouter une explosion de colère.

Faustine comprit qu'il s'agissait du commissaire Gontran.

— Je croyais avoir demandé la presse pour onze heures ! À la Sûreté, et pas à la Morgue ! gronda-t-il en foudroyant ses hommes du regard.

— Mes respects, commissaire, dit Échouart en inclinant la tête.

Le commissaire Gontran reporta ses yeux sur Faustine. Elle imita Échouart d'un geste moins appuyé. Le regard noir du policier semblait la fouiller jusqu'à la moelle.

Faustine eut l'impression d'avoir déjà vu cet homme quelque part. Plus curieux encore, il lui sembla, l'espace d'un instant, qu'elle l'avait croisé dans sa vie antérieure, celle qui précédait son réveil dans cette ville étrange.

— Sommes-nous en présence du même assassin ? s'enquit le journaliste.

— Vous êtes en présence de six policiers ! rétorqua Gontran.

Cette réponse déclencha une salve d'hilarité parmi ses hommes.

Le commissaire reprit de son ton irascible :

— Notez-le bien, Échouart. Vous avez devant vous des limiers, et non pas des dompteurs de fauves ! (Il hocha le menton vers un de ses hommes.) Tixier, accompagnez notre scribe dans la salle d'autopsie. Assurez-vous qu'il n'y trouvera pas matière à l'un de ses contes fantastiques…

Les agents gloussèrent. Gontran avait dit ces mots assez fort pour qu'ils percent les oreilles d'Échouart. Faustine leva les yeux vers le journaliste. Il inclinait la tête avec une soumission qu'elle trouva écœurante.

Dans le couloir humide où ils suivaient Tixier, Faustine dit à voix basse :

— Vous avez une admiration particulière pour les chefs ?

— Qu'est-ce qui vous fait dire ça ?

— Votre pile de livres sur César. Et votre docilité envers Gontran.

— Ah, nota Échouart d'un ton blasé, vous aimez ruer dans les brancards.

— Quand même ! insista Faustine. Il vous a traité de « scribe ».

— Dans l'Antiquité, fit Échouart avec un sourire mystérieux, les scribes étaient les chargés d'affaires du roi.

— Ce n'est pas une raison pour se laisser dicter…

Il ne la laissa pas finir. On aurait dit qu'il devançait le policier, les entraînait lui et Faustine à sa suite.

— Vous avez des lumières, Faustin. Mais vous ne savez rien du monde. Vous êtes frais. Et sans doute un peu rouge sur les bords, mmm ? fit-il en coulant un regard vers elle.

— Comment ça ?

Il baissa le ton, ne voulant pas que le policier les entende.

— N'allez pas trop loin sur cette voie. Si vous ne voulez pas finir dans une colonie pénitentiaire à Cayenne ou en Algérie. Paris pullule de sociétés secrètes aux noms redoutables… Les Vengeurs, les Invisibles. Croyez-moi, ce n'est pas en criant : « Égalité ! Fraternité ! » que vous grimperez dans le monde.

Elle resta stupéfaite devant ce sermon qu'il délivrait dans un couloir de la Morgue. Échouart lui inspirait tantôt de l'admiration, tantôt un indicible malaise.

— Oui, reprit-il à voix haute, Jules César est mon passe-temps. Je vous en trouverais bien un, d'ailleurs. Quand on se penche sur l'ordinaire de la mort, la mort en toutes circonstances, la mort à chaque coin de rue, il est bon, oui, il est revigorant de se frotter à quelques grandes vies.

— Même à celle d'un dictateur ? interrogea Faustine.

— Chut ! fit Échouart en baissant la voix (l'agent s'était retourné). « Dictateur » est un gros mot. Il préfère *Imperator*.

— Ça rime avec « mort », répliqua Faustine.

Elle trouvait curieux qu'il ait parlé de César au présent.

Échouart haussa les épaules. Ils étaient devant la salle d'autopsie.

— Après vous, fit l'agent en se balançant d'un pied sur l'autre.

On aurait dit qu'il n'osait pas entrer. Faustine remarqua qu'il était plus pâle qu'il y a quelques minutes. Sans doute avait-il déjà vu le cadavre.

Échouart, avec son énergie habituelle, poussa la porte de fer. Elle grinça lugubrement sur ses gonds.

Dès qu'elle pénétra dans la salle, Faustine porta le mouchoir à ses narines. L'odeur de putréfaction l'avait assaillie. Un relent indéfinissable, à la fois aigre et compact.

Les yeux écarquillés d'effroi, elle se tourna vers Échouart. Il était encore temps de faire demi-tour.

Le journaliste lui passa devant sans la regarder. Il respirait les miasmes de la salle comme s'il traversait le Jardin des Tuileries. L'agent Tixier, en revanche, restait près de la porte. Il enfonçait comme Faustine son nez dans un mouchoir.

Elle trouva la force de suivre Échouart.

Devant le cadavre d'une femme, dont Faustine pouvait voir les cuisses et les chevilles, se tenaient deux hommes en blouse blanche et un autre au tablier taché de sang. Ils avaient commencé l'autopsie.

Les ustensiles tranchants étaient disposés en arc de cercle sur une table rectangulaire.

— Encéphale, dit une voix par-dessus le corps.

Faustine entendit un bruit d'incision suivi d'un écoulement liquide.

Elle eut un haut-le-cœur. Ne trouvant aucun appui à portée de main, elle crut qu'elle allait s'évanouir sur le sol carrelé.

Échouart avait rejoint les hommes en blouse blanche. Sans préliminaires, il demanda :

— Est-elle identifiée ?

— Pas encore, répondit un des légistes. C'est une jeune femme d'environ vingt ans…

Faustine ferma les paupières. Elle allait défaillir avant même d'arriver auprès de Manon. C'était peut-être mieux ainsi.

— … que la maréchaussée a trouvée hier au pied d'une colline de Montmartre.

— Montmartre ? s'écria Faustine.

Elle s'élança vers la table d'autopsie.

CHAPITRE 29

Séparé du crâne, un fouillis de cheveux bruns formait une traîne sinistre à l'extrémité du plateau de fer.

Ces longues torsades reposaient dans une cuvette. Aucune ressemblance avec la chevelure blonde de Manon.

Faustine en fut si soulagée qu'elle agrippa Échouart, oubliant toutes les recommandations qu'il lui avait faites.

— Ce n'est pas elle ! Vous avez entendu, Échouart ? Ce n'est pas Manon !

— Tant mieux, répondit-il en tapotant la main de Faustine.

Elle s'aperçut qu'elle l'avait appelé, familièrement, par son patronyme.

Faustine l'observa tandis qu'il s'approchait de la table d'autopsie. Échouart scrutait la morte livrée au scalpel. On aurait dit qu'il se faisait un défi de retenir chaque détail. Ses lèvres tressaillaient, son teint était blême, mais ses yeux ne cillaient pas. Faustine se demanda s'il n'avait pas un compte à régler avec la mort.

— Que lui est-il arrivé ? demanda Échouart.

Le légiste répondit :

— Elle a été victime d'un éboulement. Des pierres mal ajustées lui ont fracassé le crâne.

— Un éboulement à Montmartre ? s'étonna Faustine.

Le chirurgien essuyait son scalpel avec un chiffon.

— Il y en a de plus en plus en ce moment. Les grands travaux remuent la terre en profondeur. Cela provoque des glissements de terrain. Et des petites tragédies, conclut-il dans un soupir.

— Une fin affreuse…, lâcha Échouart.

— Ce n'est pas ce que nous avons vu de pire, cette nuit.

Faustine se tourna vers l'homme au tablier. C'était lui qui venait de parler.

Échouart l'interrogea du regard. Le chirurgien indiqua le fond de la salle.

Dans un faisceau de lumière bleutée, où dansaient des particules de poussière, une forme humaine était allongée, partiellement recouverte d'un drap blanc.

Le pouls de Faustine semblait s'être arrêté.

Le chirurgien ajouta :

— Si vous l'approchez, ne soulevez pas le drap. (Il laissa un temps avant de murmurer d'une voix à peine audible :) Vous en feriez des cauchemars pour le restant de votre vie…

Le lugubre grincement de gonds parvint au groupe. Ils se retournèrent, sauf Faustine dont les yeux ne quittaient plus la morte dans le faisceau.

Près de la porte, l'agent Tixier avait entendu la conversation. Il resta quelques instants dans l'embrasure avec une expression piteuse. Puis il se glissa dans le couloir en laissant la porte se refermer.

Échouart dit d'un ton pressant :

— Restez ici, Faustin. Cela vaut mieux. Mais… ?!

Il ne put la retenir, déjà elle s'avançait vers le cadavre. Mue par une force instinctive, sourde à ce qui se passait autour, elle marchait vers le drap blanc.

Échouart, stupéfait, la regarda s'éloigner. Ses yeux tombèrent au sol sur le mouchoir qu'elle venait de lâcher. Faustine ne sentait plus l'odeur de putréfaction. Ou si elle la sentait, la puanteur n'atteignait pas son cerveau. Une seule pensée, une seule image l'obsédait : celle de Manon vivante.

Des gouttes s'écrasaient sur le carrelage à intervalles réguliers. Elles répandaient des ondes sonores dans la salle caverneuse. Faustine, les yeux baissés, vit un seau à moitié vide au pied de la table de dissection. Une eau rougeâtre, couleur de sang dilué, stagnait au fond. À côté du seau, une flaque tremblotait en recevant les gouttes.

Faustine suivit leur trajet en sens inverse, son regard remontant jusqu'au cadavre.

Lorsqu'elle aperçut les fils blonds qui frangeaient l'extrémité du plateau, elle ne douta plus qu'il s'agissait de son amie.

Deux lambeaux de pétales, l'un rouge, l'autre violet, étaient accrochés à ses cheveux. Ils l'avaient accompagnée depuis le Marché aux Fleurs jusqu'à la Morgue.

Dans l'esprit de Faustine, le visage de Manon, humide et frémissant tel qu'il l'était la veille, vint se superposer à ce qu'elle voyait.

Elle réentendit, par-dessus l'égouttement, les mots de la cousette : « *Je sais copier un prénom pour le broder. De là on peut tout, non ?* »

Le sourire de Manon s'évanouit. Faustine serra les poings en dévisageant la morte.

Sa tête rejetée en arrière semblait attirée par la clarté.

Bleue et pâle il y a quelques instants, la lumière filtrant à travers les carreaux gagnait en intensité, devenait de plus en plus blanche. Elle révélait les altérations de son visage. Son front n'avait plus de relief. Il formait une surface plane, d'un seul tenant avec les lèvres et le menton. Ses paupières étaient cousues par la douleur. Son nez en trompette, qui pointait autrefois de façon charmante, n'était plus qu'une bouffissure. De violentes contractions avaient plissé ses joues. Ce n'était plus le visage d'une jeune femme mais un chiffon de rides. Une atroce souffrance avait vieilli ses traits en un éclair.

Quel être maléfique s'était acharné sur ce corps ? Pourquoi s'en était-il pris à Manon ?

Le regard de Faustine descendit vers le torse du cadavre. Ses yeux fouillaient les plis du linceul.

— N'y songez pas, Faustin.

Échouart était venu tout près. Elle tourna vers lui un regard buté.

— Vous avez entendu le chirurgien. Ce spectacle n'est pas pour nous.

— Je veux savoir.

— Savoir quoi ? Son visage n'est-il pas assez éloquent ?

Elle contourna la table sur laquelle gisait Manon.

— Où allez-vous ? lui lança Échouart.

Dans la pénombre, sur une table voisine, Faustine avait aperçu la casquette et le gilet qu'elle avait laissés à la couturière.

— Je veux savoir ce qu'on m'aurait fait, dit-elle en soulevant les lambeaux du gilet.

— Comment cela ?

Elle revint dans le faisceau de jour.

— C'était moi qu'il visait. J'ai passé la soirée au *Griffon* à interroger Poitreau. Le meurtrier devait y être, ou avoir des complices dans la place. J'en suis ressortie avec ces habits. Comme il pleuvait et que Manon n'était pas couverte, je lui ai donné ma casquette et mon gilet. Sans me douter que je l'envoyais à la mort…

Elle baissa les yeux sur le vêtement déchiqueté. Échouart observait Faustine avec un air dubitatif.

— Vous voulez à tout prix vous sentir coupable ! dit-il sur un ton de reproche.

Elle était revenue près d'Échouart. Tous deux tournaient le dos aux légistes qui, près de l'entrée, poursuivaient l'autopsie de la Montmartroise.

— Qui vous dit qu'il n'a pas frappé au hasard ? continua le journaliste. Qui vous dit, même, qu'il s'agit de l'assassin de Danzac ? Une flopée de criminels rôde dans la Cité…

— Mais ils n'ont pas la même signature.

— Qu'est-ce que la signature vient faire là-dedans… ?

— *Cette* signature, l'interrompit Faustine.

Elle devait s'imaginer, en soulevant le drap d'un geste rapide, qu'elle était assez forte pour surmonter son dégoût.

Mais rien ne l'avait préparée à une telle horreur.

Elle recula épouvantée et se blottit contre Échouart. Il sentit un sanglot monter de la poitrine de Faustine. Il la serra contre lui, l'incitant à étouffer un cri que lui-même avait failli pousser.

Leurs yeux écarquillés se reportèrent sur le torse de Manon.

L'autopsie n'avait pas été pratiquée. Mais une énorme plaie s'élargissait du nombril à la poitrine. Des traces de brûlures étaient visibles à l'abdomen. Faustine reconnut la description que Poitreau avait faite des mutilations de Danzac.

— Assez ! fit Échouart en retirant le drap.

— Je te vengerai.

Un frisson lui parcourut l'échine. Il ne reconnaissait pas la voix du jeune homme qui l'accompagnait, ce timbre frêle qui semblait ne pas avoir fait sa mue.

C'était bien lui, pourtant, qui avait proféré ces mots.

Le journaliste suivit Faustine des yeux tandis qu'elle se penchait sur la morte. La main de Manon formait une petite bosse sous le drap qui la couvrait. Faustine avait posé sa main dessus.

— Tu m'entends, Manon ? Je retrouverai celui qui t'a fait ça...

Échouart, se tenant en retrait, l'écoutait prononcer ce serment. Il restait bouche bée, subjugué par la détermination qui affleurait chez ce jeune homme.

Faustine, d'un timbre rauque, répéta :

— Et je te vengerai.

Était-ce bien, sous ses yeux, le garçon à qui il remontait les bretelles dans le tilbury ? Échouart se pencha de côté pour le dévisager.

Il sursauta en voyant Faustine se retourner, l'œil luisant comme un silex.

— J'en ai assez vu. Tirons-nous !

FIN DE LA PREMIÈRE PARTIE

DEUXIÈME PARTIE

CHAPITRE 30

Cette nuit-là, Faustine fit à nouveau son rêve étrange. Elle était endormie dans sa chambre d'enfant, serrant contre sa tête l'oreiller doux et frais de ses cinq ans. Elle devinait à travers ses paupières la lueur vacillante d'une chandelle. Son front se ridait tandis qu'une vague inquiétude montait en elle.

Qui allait éteindre la chandelle ? Empêcher la flamme de se propager si la bougie tombait au sol ?

C'était comme si elle était consciente du danger mais ne pouvait pas se réveiller. Elle attendait quelqu'un, espérait qu'on intervienne avant qu'il ne soit trop tard.

Pourquoi sa mère, cette fois-ci, ne venait pas éteindre la chandelle ?

Le front de Faustine se ridait de plus en plus, ses traits se crispaient. Elle poussait des gémissements, prononçait des paroles indistinctes.

— La bougie… Il faut éteindre… ne pas laisser…

Ses lèvres remuaient. Ses paupières tressaillaient.

— Quelqu'un doit venir… Quelqu'un doit éteindre…

À cet instant elle sentit la présence réconfortante, le souffle chaud qui faisait disparaître sa peur.

Les mouvements rapides qui agitaient ses paupières se firent plus rares, bientôt ils cessèrent tout à fait.

La quiétude était revenue sur les traits de la dormeuse. Sa respiration était de nouveau régulière lorsque des bâtons lumineux firent glisser sur son visage les caractères suivants :

FX 27 Plat 9 SyS

Étirés d'une pommette à l'autre, les caractères défilaient vers le haut. Ils devenaient plus lisibles sur la surface plane de son front et se brouillaient en atteignant son crâne.

Là, ils tombaient dans un entrelacs d'électrodes, ondulaient sur des carrés adhésifs de la taille d'un timbre-poste et se perdaient entre les fils qui jaillissaient du crâne rasé de la jeune femme.

Son visage était baigné d'une lumière turquoise dont l'intensité variait avec les mouvements qui agitaient ses paupières.

En ce moment, tandis qu'elle dormait d'un sommeil sans rêves, la lumière était aussi faible qu'une veilleuse.

Ses bras pouvaient se replier et s'étendre librement. Elle pouvait croiser les mains sur sa poitrine, se blottir contre la matière capitonnée qui l'environnait. Elle ne sentait pas les liens qui enserraient ses avant-bras, sa taille et ses chevilles.

Elle ignorait qu'elle était prisonnière.

La capsule de sommeil où elle était étendue ressemblait à un œuf de taille humaine, aux parois lisses et blanches. Cette capsule était fixée sur un socle dont on pouvait la détacher pour la soulever au moyen de bras mécaniques.

C'est ce qui venait de se produire. Dans un ballet

parfaitement huilé, deux bras en acier descendaient du plafond en coupole, s'arrimaient aux flancs de la capsule et la soulevaient en la faisant tourner lentement sur elle-même. Puis les bras immobilisaient la capsule à quelques mètres du sol, la laissaient flotter quelques secondes avant de l'incliner de haut en bas puis de bas en haut.

Ces manœuvres n'étaient pas plus perceptibles pour Faustine que les grésillements électroniques à l'intérieur de l'immense lobe en verre teinté, d'un noir très opaque, qui surplombait la salle où elle se trouvait.

Lorsque les grésillements s'arrêtaient, les bras mécaniques remettaient la capsule à l'horizontale, puis la faisaient redescendre jusqu'à ce qu'elle soit fixée à nouveau sur son socle dans un angle à quarante-cinq degrés.

Les bras se décrochaient des flancs de la capsule, remontaient vers le haut avant de jeter leur dévolu sur un autre œuf, reproduisant à l'identique le ballet qui favorisait, à intervalles réguliers, la circulation du sang des cobayes.

Pendant ce temps les instruments d'analyse, dans le lobe en verre teinté, enregistraient des données biométriques que les capteurs intégrés aux capsules ne leur fournissaient pas.

La voûte étant équipée de cinq paires de bras métalliques, les cobayes étaient soulevés tantôt seuls et tantôt simultanément, dans un ordre et des combinaisons qui variaient sans cesse.

Ce ballet se répétait tout le long du jour pour les trente cobayes de la plateforme 9.

Tandis qu'ils étaient bercés tour à tour par les bras descendus du ciel, deux silhouettes, dans la salle de contrôle, se tournèrent l'une vers l'autre pour la première fois depuis de longues heures.

L'une était une fille de dix-sept ans.

Ses yeux bridés et ses cheveux lisses et noirs, noués en queue-de-cheval, indiquaient une origine asiatique. Elle faisait à peu près la taille de Faustine et aurait pu être une de ses camarades de classe.

Sauf que cette fille douée d'une intelligence hors du commun avait accompli sa scolarité à vitesse grand V. À partir du CE1, elle avait sauté chaque année une classe pour finir par décrocher, à douze ans, son bac scientifique avec mention très bien.

Cinq ans plus tard, munie d'un diplôme d'ingénieur spécialisé, elle avait frappé à la porte du Centre International de Technologies Électroniques situé à quelques kilomètres de son campus.

Cet intitulé, aperçu sur le flanc d'un bâtiment un soir qu'elle s'était perdue, l'avait suffisamment intriguée pour qu'elle revienne le lendemain déposer sa candidature.

Cela faisait maintenant six mois que Lucie Van Dinh travaillait pour C.I.T.É.

La silhouette vers laquelle elle s'était tournée était celle de Paul Sprenger.

C'était un homme jovial qui frisait l'embonpoint. Âgé de trente-quatre ans, il avait deux fois l'âge de Lucie et s'habituait difficilement à la précocité de la jeune fille. Par exemple, il avait remarqué qu'elle ne faisait jamais de pause. Ni pour fumer, ni pour boire un café, ni même pour bavarder avec ses collègues. Au lieu de cela elle restait dans la salle de contrôle, les yeux rivés sur les écrans qui permettaient de surveiller les cobayes.

Cette obsession de la surveillance qui semblait caractériser

Lucie Van Dinh faisait même un peu peur à Sprenger. Aussi se réfugiait-il, pendant les longues heures qu'il passait à quelques mètres d'elle, dans des mots croisés. En six mois il avait atteint un niveau assez élevé.

Lucie trouvait un avantage certain à avoir un collègue cruciverbiste : Sprenger lui fichait une paix royale.

Pourtant, ce soir-là, ce fut elle qui l'interpella.

— Sprenger, viens voir.

— Mmm ?

Il n'avait aucune envie de se lever de son fauteuil. Ni de détacher les yeux des cinq cases qu'il s'efforçait de remplir.

— Je t'assure, le relança Lucie, tu vas tomber de ta chaise…

— « Déforme la réalité. En six lettres dont la première est un P. »

Il avait lâché ces mots à voix haute pour qu'elle comprenne qu'il était occupé. Sprenger savoura le silence qui suivit…

Aussitôt rompu par la voix cristalline de Lucie :

— Prisme.

Elle avait trouvé en deux secondes ce qu'il cherchait depuis trois minutes.

Il lâcha son crayon en grommelant :

— C'est bon, je viens !

Sprenger posa son journal sur l'écran-perp. Les niveaux de perception des cobayes jetaient des lueurs orange sur sa grille de mots croisés à moitié remplie.

— Mais vite, s'empressa-t-il d'ajouter. Je dois réinitialiser les cobayes 1 à 9.

Lucie fit pivoter le fauteuil inoccupé du tech-sim pour que son collègue y prenne place.

Une fois Sprenger installé devant la station de travail, elle glissa son doigt sur l'hologramme tactile.

— Regarde.

Un visage apparut dans le faisceau de lumière bleue. L'image défilait au ralenti. Sur la station de travail, un cadran numérique indiquait que Lucie rembobinait la séquence : 08:27... 08:23... 08:19... Elle cherchait un minutage précis.

— C'est qui ? demanda Sprenger. Un cobaye de notre plateforme ?

— Chut !

Sprenger fit la grimace. Il n'aimait pas qu'une gamine lui dise de la boucler, encore moins qu'elle fasse des mystères.

Mais déjà Lucie branchait la quadriphonie et montait les potentiomètres de volume. Les voix étaient déformées par le rythme du défilement.

Il chercha le code cobaye au bas de l'hologramme et lut « FX 27 ». Le code devait être erroné. La lettre F désignait un cobaye féminin. Or, sur l'écran, c'était un jeune homme qui apparaissait.

Sprenger se pencha en plissant les yeux.

— C'est quoi autour ? La Morgue ?

— Note la précision des détails, fit Lucie en guise de réponse.

— Ils sont combien dans la séquence ? Tu leur as injecté un portfolio ?

— Je ne leur ai rien injecté du tout. Elle fait ça toute seule.

— « Elle » ?

— C'est à 08:09, dit Lucie. Ouvre bien tes oreilles !

D'un clic, elle fit cesser le défilement. La séquence reprit à vitesse normale. Lucie jeta un regard en coin à Sprenger, qui restait bouche bée devant la qualité de l'image.

— C'est un film, lâcha-t-il d'un ton incrédule.

— Je t'assure que non !

— Incroyable…, fit-il encore.

Lucie leva le doigt pour lui faire signe de se taire. Sur l'écran, le jeune homme, qu'on voyait de trois quarts dos, était en train de parler.

« *Comme il pleuvait et que Manon n'était pas couverte, je lui ai donné ma casquette et mon gilet. Sans me douter que je l'envoyais à la mort…* »

Une autre voix se fit entendre. Sprenger vit un deuxième code cobaye s'afficher sous le premier. Les caractères, cette fois, clignotaient. C'était la vision de ce cobaye qui apparaissait à l'écran.

« – *Vous voulez à tout prix vous sentir coupable !* »

L'échange se poursuivait sous les yeux de Lucie et de Sprenger. Sur l'écran, ils virent le drap soulevé, les plaies horribles sous la lumière blafarde, le jeune homme qui se penchait sur le cadavre et posait sa main sur un relief du drap.

Comme elle n'entendait plus Sprenger, Lucie lui jeta un regard en coin.

Il semblait fasciné par le jeune homme sur l'écran autant que par la précision du décor. Les replis du drap sur la table de dissection, le tissu dont on apercevait chaque fibre, laissaient l'ingénieur pantois.

Lucie eut un sourire de satisfaction. Elle avait vu juste. Ce cobaye n'était pas comme les autres.

Dans sa voix amplifiée par la quadriphonie passait un accent de cruauté à vous glacer le sang.

« *Je retrouverai celui qui t'a fait ça…* »

L'image trembla légèrement. Un frisson devait parcourir celui qui, à la Morgue, observait le jeune homme.

« *Et je te vengerai.* »

L'angle penchait sur le côté et on voyait mieux le visage du garçon. Il se retourna brusquement. Sprenger sursauta en même temps que l'image.

Ses mots jaillissaient des quatre speakers à la fois :

« *J'en ai assez vu. Tirons-nous !* »

L'image se figea sur le jeune homme. Brouillé par son propre élan, il avançait d'un air si résolu qu'on aurait dit qu'il allait pulvériser l'écran.

— Voilà ! s'exclama Lucie d'un air triomphal. Tu peux retourner à tes mots croisés.

CHAPITRE 31

Trente secondes plus tard, Sprenger déclarait :

— Elle arrive.

Ces mots firent à Lucie l'effet d'une douche froide. Elle se tourna vers Sprenger qui reposait le combiné.

— Pourquoi tu l'as prévenue ?

— Parce qu'on est responsables de cette plateforme.

— Je peux très bien gérer seule ce cobaye.

— *Toi*, gérer ce cobaye ? fit Sprenger d'un ton censé la renvoyer à son jeune âge.

Lucie se leva brusquement et alla se poster devant la vitre panoramique.

Sprenger crut qu'elle voulait observer les cobayes. Puis il comprit que c'était son propre reflet qu'elle scrutait.

Les yeux plus bridés que d'habitude, elle dit d'un ton amer :

— Si on se met à appeler la Générale au moindre pépin, je vois mal comment on va monter en grade !

« La Générale » désignait Sylvia Sutton, la directrice adjointe de C.I.T.É.

Ce qui lui avait valu ce surnom était sa façon militaire et tranchante de donner des ordres. Face à elle, on pouvait tout au plus acquiescer d'un hochement de tête. Certains devaient presque se retenir pour ne pas se mettre au garde-à-vous.

Lucie détacha les yeux de son reflet et considéra Sprenger.

— Tu lui as dit quoi exactement ?

Sprenger répondit à contrecœur :

— Je lui ai dit : « On a un souci sur la plateforme 9. »

— Tu lui as parlé du cobaye ?

— Je… Je ne crois pas.

Lucie se mit à aller et venir devant sa station.

— Alors elle ne sait pas de quoi il s'agit ! On pourrait…

Elle leva les yeux vers le ruban témoin. Il faisait défiler une myriade de chiffres luminescents. Tour à tour ternes et brillants, ces chiffres rappelaient les diastoles et les systoles du cœur humain.

— Les cobayes 1 à 9, lança Lucie à Sprenger. Accélère leurs pulsations.

— Ça ne va pas, non ? On ne doit pas influer sur le protocole.

— On ne doit pas mais on peut ! Tu as envie de passer les trois prochaines années à remplir des mots croisés dans le local d'entretien ?

Elle le fixait avec un air de mépris. Sprenger se sentait de plus en plus minable. Une gamine de dix-sept ans, une ado surdouée, certes, mais une ado quand même, lui donnait des leçons d'audace !

Était-il capable de gérer FX 27 seul avec sa jeune collègue ? De calmer les ardeurs de ce cobaye qui prenait un ascendant inhabituel sur le simulacre ?

S'il s'en remettait à la Générale, il ne le découvrirait jamais.

Pourtant il se sentait capable de désactiver ce genre de bug : un cobaye qui prend le pas sur les autres.

Il regarda Lucie dans le blanc des yeux.

— Qu'est-ce que tu as en tête ?

La jeune femme répondit sans perdre un instant :

— On augmente leurs pulsations cardiaques de trente pour cent. Cela créera une zone de surtension dans le simulacre. Une insurrection ou un attentat contre l'Empereur…

— Pourquoi le faire sur les cobayes 1 à 9 ? balbutia-t-il. Pourquoi pas sur les tiens ? Les cobayes 10 à 19, par exemple.

— C'est toi qui as appelé Sylvia. Le pépin ne peut venir que de tes patients.

Sprenger retint son souffle. Il restait peut-être cinq minutes avant l'arrivée de sa chef dans la salle de contrôle.

Sous le regard de défi que lui lançait l'adolescente, il finit par lâcher :

— Bien.

— EEG 1-9, dit-elle en se rasseyant sur son fauteuil.

Les écrans de Lucie affichèrent neuf électroencéphalogrammes. On aurait dit des méduses flottant dans un grand aquarium.

— *Maintenant*, dicta-t-elle à Sprenger.

Il posa son index sur l'écran tactile. Le ruban témoin se mit à clignoter. Les électroencéphalogrammes s'allumaient comme des braises.

— Mon Dieu, murmura Sprenger, faites que…

L'adolescente, une lueur démoniaque dans les yeux, l'interrompit :

— Mais savoure, un peu, au lieu de paniquer !

À travers la vitre panoramique, on entendait la respiration haletante d'une dizaine de cobayes.

*

— Sprenger, qu'avez-vous fait ?

La porte coulissante se referma derrière Sylvia Sutton.

C'était une petite femme brune d'une quarantaine d'années, au regard perçant et à la voix sèche. Elle avait des gestes vifs et avançait en faisant claquer au sol ses hauts talons noirs.

En quelques enjambées, elle traversa la salle circulaire et s'assit sur le fauteuil que Sprenger lui céda sans broncher.

— On n'a rien vu venir, mentit l'ingénieur. Une surchauffe s'est produite chez les cobayes 1 à…

— J'ai vu, dit Sylvia.

Il lui avait suffi d'un coup d'œil pour établir son diagnostic.

— Lucie, affichez les patchs 1 à 9.

L'adolescente s'exécuta sans broncher. Les neuf tatouages électroniques glissèrent en s'empilant sur l'écran de Sprenger. Sylvia sélectionna les patchs et les transmit au tech-med de la Centrale.

Une voix grésilla dans le circuit interne.

— *Tech-med à plateforme 9. J'écoute.*

— Ici Sylvia. J'ai neuf patchs en surchauffe. Vous les voyez ?

— *Je les vois.*

— Réduisez les tachycardies par paliers de cinq jusqu'à la normale.

— *Bien reçu.*

L'écran principal affichait une nébuleuse de données psychométriques. Sprenger et Lucie, médusés, regardaient Sylvia jongler avec les niveaux de contrôle. Dans le circuit interne, le tech-med avait cédé la place à l'ingé-psy de la plateforme 12.

— *Salut Sprenger*, dit une voix féminine enjouée.

— Ce n'est pas Sprenger, c'est Sylvia.

— *J'écoute*, fit la voix en se raidissant.

— Valeria, examine la psycho des cobayes qui s'affichent et rappelle-moi dans une minute.

— *Bien reçu, Sylvia.*

Elle fit pivoter le fauteuil et foudroya du regard Sprenger et Lucie.

— J'attends !

— On… On n'a rien vu venir, assura Sprenger.

— Ce ne sont pas mes cobayes, observa Lucie.

La Générale haussa les sourcils.

— On se les répartit par dizaines, dit Sprenger avec embarras.

— Vous constituez des sous-plateformes ? Depuis quand ?

— Depuis toujours, répondit Lucie avec insolence.

Sylvia eut un rire incrédule.

— Je rêve. Vous faites quoi pendant les séminaires de protocole ? Des mots croisés ?

Elle avait soulevé le journal de l'écran-perp. Un tic nerveux contracta le visage de Sprenger.

Le journal atterrit dans la corbeille en aluminium.

— Reformez tout de suite un groupe de trente, ordonna Sylvia. Une plateforme, c'est trente, ce n'est pas dix plus dix plus dix ! Les séquences de rêve ne peuvent fonctionner que si tous les cobayes sont reliés. Vous recevrez un blâme tous les deux.

— Euh… Sylvia, balbutia Sprenger.

Lucie le regarda nerveusement. Allait-il mentionner le

cobaye FX 27 ? Maintenant qu'il se savait sous le coup d'un blâme, il en était capable, le lâche !

— Oui ? le relança Sylvia.

— Je dois vous signaler…

Le circuit interne se mit à grésiller.

— *Ingé-psy 12 au rapport.*

— Je t'écoute, Valeria.

— *Les neuf cobayes sont incarcérés pour motif politique.*

— « Motif politique » ? Qu'est-ce qu'on leur reproche ?

— *Un complot pour faire exploser une machine infernale sur le trajet de l'Empereur. Ils appartenaient à une société secrète appelée les Vengeurs. Elle est entièrement démantelée.*

— Quelqu'un a dû leur souffler…, réfléchit Sylvia à voix haute.

— *Je n'ai pas vu de suggestion depuis la plateforme 16. Aucune complicité de la part des Veilleurs.*

Lucie et Sprenger échangèrent un regard. Ils venaient de comprendre que la plateforme 16 regroupait les éléments les plus subversifs du simulacre.

— Entendu, dit Sylvia. Fais-les libérer dans l'heure. Je n'ai pas besoin que neuf cobayes croupissent dans une prison politique.

— *D'accord. Un tech-sim les convaincra de leur innocence.*

— Appelle Traversi sur la plateforme 2. Il fera ça très bien.

Sylvia mit fin à la communication et se tourna vers les écrans de Lucie. Les méduses perdaient de leur rougeur. Le ruban témoin retrouvait sa luminosité habituelle.

Sylvia quitta son fauteuil et s'approcha de Lucie. L'adolescente s'arrimait à ses accoudoirs. Elle fit mine de ne pas voir la Générale se pencher sur la station.

— Vous deviez me signaler quoi ? demanda Sylvia.

Sprenger tressaillit dans un reflet d'écran.

— Le… protocole est particulièrement stimulé par notre plateforme, déclara-t-il comme s'il se faisait un compliment.

— Je sais, dit Sylvia.

Un lourd silence emplit l'atmosphère. Lucie pianota sur son holo-clavier. Les électroencéphalogrammes s'éteignirent un à un.

— Cela n'a pas suffi à éviter un accident.

Lucie et Sprenger se tournèrent vers leur chef.

— Un accident ? demanda la jeune fille.

— Un cobaye de la plateforme 8 est plongé dans le coma.

Le ton de Sylvia ne trahissait aucune émotion. Tout au plus percevait-on plus nettement son accent anglais.

— La jeune couturière ? demanda Sprenger.

— FX 63, oui.

— On l'a aperçue dans une séquence à la Morgue, avoua-t-il.

Lucie continuait de pianoter. Sylvia ne faisait pas attention à l'affichage hologramme. Autrement elle aurait remarqué que Lucie s'embrouillait dans le code cobaye.

Sprenger remarqua que Sylvia faisait glisser des icônes sur l'écran latéral. Les électroencéphalogrammes des cobayes 20 à 30. En même temps, elle énumérait d'un ton neutre les accidents survenus dans le simulacre.

— MX 76. MX 54. Et maintenant…

— Manon Chabrier, dit Lucie. Éventrée sur l'île de la Cité.

Elle avait fait apparaître le code FX 63 et lisait les données à voix haute.

— Elle ne s'est pas réveillée non plus ? demanda Sprenger.

Sylvia resta silencieuse. Lucie jeta un regard en coin à l'icône qui se détachait des autres et s'agrandissait sur l'écran latéral. C'était l'électroencéphalogramme de FX 27. Sylvia s'attardait sur les couleurs scintillantes, l'activité inouïe que révélait cette image.

— Elle ne se réveillera plus, dit Sylvia en remuant à peine les lèvres. Le choc de l'agression s'est révélé trop fort. Comme pour les deux autres.

— Cela veut dire...

Elle se tourna vers Sprenger. L'écran latéral s'était mis en veille sur un glissement de pouce.

— Que les crimes commis sur les avatars ont un impact sur les cobayes. Ces crimes-là, en tout cas.

— Mais... C'est impensable, balbutia l'ingénieur. Le simulacre ne devrait pas se traduire dans la réalité !

— La réalité nous échappe, Sprenger. Surtout depuis que nous l'avons confiée aux machines.

Sylvia resta un moment silencieuse. Sprenger et l'adolescente la dévisageaient avec inquiétude. Leur chef finit par lancer d'un ton péremptoire :

— En tout cas, ce n'est pas le moment de détraquer le protocole. Suivez-le consciencieusement, Lucie et vous, et tout le monde s'en portera mieux !

En moins de dix secondes, elle se trouva de l'autre côté de la porte coulissante. Le chuintement de fermeture fit l'effet d'une gifle aux deux ingénieurs.

CHAPITRE 32

L'adolescente s'écria :

— Je la hais, je la hais !

Sprenger forma un « chut » avec ses lèvres. Lucie reprit :

— Tu as entendu comme elle nous parle ? (Une grimace hautaine déforma ses traits.) « La réalité nous échappe, Sprenger. Surtout depuis que nous l'avons confiée aux machines. » Elle nous prend pour des débiles ou quoi ?

Sprenger ne savait pas quoi répondre à la jeune femme. Non seulement Lucie Van Dinh était extrêmement précoce, mais elle supportait très mal l'autorité. Sprenger pensait qu'elle avait surtout besoin de recevoir une bonne correction.

Pleine de rage, Lucie se détourna pour pianoter sur son clavier.

— Qu'est-ce que tu fabriques ? demanda Sprenger.

— Je télécharge les données de FX 27.

Faustine apparut en relief sur l'holo-écran. Sa silhouette était entourée d'une auréole blanche et de courbes violettes. Cela indiquait qu'elle s'était remise à rêver.

— Il faut dire « il » ou « elle » ? demanda Sprenger.

Lucie eut un sourire ironique. Elle déclara de sa voix limpide :

— Je ne suis pas ingé-psy, mais à mon avis tu peux dire les deux.

— Un androgyne ? s'étonna Sprenger. Ce serait bien le premier cas depuis que le simulacre existe !

— Le premier sur cinq cent cinquante-neuf cobayes, observa Lucie.

Faustine entrait en ce moment dans ce qui ressemblait à une coutellerie. Près d'elle, des dizaines de lames miroitaient sur un établi. Elle les embrassait du regard. Le tranchant des couteaux, le grain du métal, tout ressortait avec une précision hallucinante.

— Comment expliques-tu… ? dit Sprenger en laissant sa phrase en l'air.

— Ça et la haute définition ? Je ne les explique pas. Surtout au vu de son potentiel.

— Elle devrait être aux alentours de 70 ou 80. Qui l'a évaluée à 27 ?

— Tu reconnais les initiales ? fit Lucie.

Sprenger vérifia le code cobaye.

— « SyS », prononça-t-il.

— Pour « Sylvia Sutton », compléta Lucie.

— C'est curieux. Sylvia ne nous a jamais rien demandé au sujet de ce cobaye.

— C'est pourtant elle qui lui a fait intégrer la plateforme 9. C'était il y a quinze jours. Pourquoi elle lui a donné un potentiel aussi faible ?

— Peut-être qu'elle l'a mal mesuré, suggéra Sprenger.

— M'étonnerait ! Sylvia a un compas dans l'œil. À mon avis, elle ne veut pas attirer l'attention sur ce cobaye.

— Pourquoi donc ?

Lucie hésita avant de répondre. Elle finit par dire :

— Je ne sais pas, moi. Peut-être qu'elle tient à s'en occuper personnellement.

Le code cobaye apparut sur la silhouette en trois dimensions de Faustine. Les chiffres et les symboles la suivaient comme son ombre. Sprenger vit que le potentiel remontait de seconde en seconde.

— Qu'est-ce que tu trafiques, encore ?

— Je rehausse sa note, répondit Lucie, le pouce sur l'holo-clavier. FX 27 va devenir... FX 56. (Lucie se pencha sur un clavier en dur et y pianota comme on tire à la mitraillette.) Et je lui attribue un code jumeau : MX 56. Puisque mademoiselle se sent bien dans la peau d'un garçon...

— Sylvia ne va pas apprécier, observa Sprenger.

— Tant mieux ! Comme ça, elle nous dira pourquoi elle a donné une note aussi basse au cobaye le plus performant que j'aie observé en six mois de protocole.

Sprenger augmenta le volume. La voix de Faustine, ce timbre éraillé qu'elle avait contracté à la Morgue, sortit des speakers.

« *Qu'est-ce que vous entendez par "jolie blonde" ?* »

Elle se tenait en face d'un homme aux épaules larges, au visage mangé par d'épaisses moustaches qui lui donnaient un air bourru. Avec son tablier de coutelier, son laminoir qu'il déclenchait à l'aide d'une pédale, il avait tous les attributs de l'artisan qui n'aime pas être interrompu dans sa tâche. Ce que Faustine était en train de faire.

Sprenger et Lucie observaient la scène comme s'ils se trouvaient dans la coutellerie.

L'artisan tenait entre ses doigts un objet coupant que lui avait tendu son visiteur.

« *À quoi trouvez-vous que ça ressemble ?* demanda le coutelier. *À une coquille d'œuf ?*

— *J'ai cru que c'était une dent de requin*, répondit Faustine. *Maintenant, je penche plutôt pour un bout d'écaille. Prélevé sur la peau d'un serpent ou la carapace d'une tortue.*

— *À ce compte-là, vous allez parcourir toute la Création…*

— *Justement. J'aimerais savoir de quel animal il provient. Et si on l'utilise pour des manches de couteau.* »

— Elle enquête sur un tueur en série, dit Lucie en se tournant vers Sprenger.

— Une gamine de dix-sept ans en Sherlock Holmes du Second Empire ?

— Et alors ? Moi aussi j'ai dix-sept ans. Et je suis bien ingénieur dans un programme de recherche ultra-secret.

Sprenger haussa les épaules. Il ignora la remarque de sa jeune collègue et se focalisa sur FX 27.

Qui était cette jeune fille à qui il suffisait de quelques jours pour prendre ses marques dans le XIXe siècle ?

Une jeune fille qui, pour pouvoir circuler plus librement dans le Paris du Second Empire, entrait instinctivement dans la peau d'un garçon !

Alors, réfléchissant à voix haute, Sprenger émit l'hypothèse suivante :

— Pour se débrouiller aussi bien sous le Second Empire, elle ne devait pas être très heureuse dans notre époque !

— À moins que notre époque ne soit une réplique du Second Empire, rétorqua Lucie.

Sprenger haussa les épaules. Cette idée lui semblait farfelue. Les gens n'étaient-ils pas cent fois plus libres aujourd'hui qu'il y a un siècle et demi ?

— En tout cas, reprit Sprenger, dans Cité 19 elle trouve ses marques. Elle s'adapte. Rien ne la démonte.

— Oui, dit Lucie sur un ton pensif, sans quitter des yeux le jeune homme dans la coutellerie. Elle est comme un poisson dans l'eau…

« *J'avais raison, alors, c'est de l'écaille de tortue. Comment dites-vous ? Corette ? C'est cela que vous appelez jolie blonde ?*

— *Écoutez, jeune homme*, répondit le coutelier en s'arc-boutant sur son laminoir. *Je crois que je vous en ai assez dit ! Mon métier, c'est de fabriquer des couteaux. Pas d'en détailler la fabrication au profit de…* »

Il laissa sa phrase en suspens, mais on devinait qu'il pensait aux lecteurs du *Petit Journal*. Le coutelier gardait jalousement son savoir-faire : c'était son gagne-pain.

Il rendit le bout d'écaille à Faustine. Elle le mit dans un mouchoir qu'elle roula en boule et glissa dans sa poche. Elle comprit que son interlocuteur ne lui en dirait pas plus.

Pour prendre congé elle lui lança :

« Merci, monsieur, pour votre aimable… »

Il avait actionné le laminoir sans attendre qu'elle ait fini. Un bruit assourdissant envahit l'atelier. Faustine fronça les sourcils.

Elle tourna les talons et se dirigea vers la sortie. Avant d'atteindre la porte, elle ralentit pour lire la tranche d'un manuel posé sur l'établi.

— Incroyable ! s'écria Lucie.

D'un geste rapide, Faustine ouvrit le manuel. Sur l'holoécran, le titre se détacha de la page et se rapprocha d'ingénieurs qui voyaient avec les yeux du cobaye FX 56.

MANUEL DU COUTELIER
par
M. H. Landrin
Ingénieur civil et membre de plusieurs Sociétés savantes
Ouvrage orné de planches
La librairie de Roret, rue Hautefeuille, n° 10 *bis*

— Elle ne cherche pas, elle trouve ! s'exclama Sprenger.

— Elle obtient ce qu'elle veut *quand elle veut*, fit Lucie qui sentait monter en elle une bouffée de jalousie.

Sur l'image, Faustine jetait un coup d'œil en biais au coutelier. Il était penché sur son laminoir et ne faisait plus attention à elle.

Alors, elle souleva négligemment le livre de la main gauche et le fourra sous un pan de sa tunique.

Quelques secondes plus tard, Faustine sortait d'une devanture à l'enseigne *Coutellerie du Roi* pour se mêler à la foule bigarrée d'une galerie marchande.

L'image se brouilla. La séquence était terminée. Les ingénieurs restèrent silencieux.

Jusqu'à ce que Lucie fasse entendre :

— La sale petite garce…

Elle l'avait dit en serrant les dents, à la surprise de Sprenger qui demanda :

— Tu lui en veux personnellement ou quoi ?

Lucie tourna vers lui un visage convulsé par l'envie.

— Tu ne trouves pas qu'elle a la vie un peu trop facile ?

— La vie, je ne sais pas. Je ne connais que ses rêves…

— Les rêves trop faciles, alors, corrigea Lucie.

Elle retomba dans le silence. On n'entendait plus, dans la salle de contrôle, que la respiration lointaine des cobayes et le vrombissement d'une cohorte de machines.

Voyant que Lucie se penchait sur l'holo-clavier en faisant craquer ses doigts, Sprenger, d'un ton inquiet, demanda :

— Qu'est-ce que tu vas lui faire ?

— Dans l'immédiat, pas grand-chose.

Et comme Sprenger hochait la tête d'un air peu rassuré, elle ajouta de sa voix cristalline :

— Mais la prochaine fois que notre amie androgyne s'aventurera dans une ruelle obscure, elle aura la surprise de sa vie.

CHAPITRE 33

Faustine s'était trouvé un logis. Elle avait hésité entre un garni près de la place Maubert et une chambre donnant rue des Mauvais-Garçons. Puis elle avait opté pour une mansarde sous les toits au 6 passage de la Bonne-Graine.

La cour pavée de grès lui avait tout de suite plu, avec ses carrés aux teintes pâles qui déclinaient toutes les nuances de gris. La mansarde était éclairée d'un seul côté par deux grosses fenêtres rondes, deux œils-de-bœuf ouvrant sur un océan de toits.

Du septième étage, elle pouvait entendre les allées et venues des mères de famille qui ramenaient l'eau de la Seine et la versaient dans l'abreuvoir de la cour. Tous les foyers y puisaient. On faisait bouillir l'eau avant de la boire ou de se débarbouiller.

Dans l'immeuble, tout résonnait. Faustine entendait les cris des nourrissons, les hoquets des marmots, la comptine chantée par l'aînée à sa cadette, les réprimandes des mamans, les rots d'un papy ivre et les ronflements d'à peu près tout le monde.

Les chefs de famille, chiffonniers appelés aussi biffins,

descendaient à cinq heures, hotte au dos et crochet à la main, faire récolte de métaux, papiers, déchets, bref, de tout ce qu'on pouvait revendre.

Elle entendait surtout la grande faim de Paris. Les repas n'étaient jamais longs. Trois tintements de cuillère et la ration du jour était avalée. Quand elle remontait l'escalier, Faustine tendait aux jumelles du chiffonnier une part de galette à un sou. D'autres fois elle leur abandonnait, attendrie, le pâté au jambon qui devait être son dîner, puis elle rentrait se cuisiner des lentilles.

Entre les murs de sa mansarde, elle oubliait qu'elle avait faim. Son cerveau était en ébullition. Sa chambre ressemblait à une marmite où les éléments de son enquête cuisaient à petit feu.

Depuis l'assassinat de Manon, Faustine ne songeait plus à chercher son père. L'homme qu'elle voulait retrouver à tout prix, c'était le meurtrier de son amie.

Elle ne voyait aucun lien entre les victimes et les endroits où les crimes avaient été commis. On aurait dit que l'assassin frappait à l'aveugle, qu'il n'y avait pas de mobile. Ces meurtres étaient-ils le fait d'un seul individu ? De plusieurs ?

Les hypothèses se multipliaient. S'agissait-il d'une secte ? D'une bande ? D'un duo ?

Elle repensa à son père. Il s'y connaissait, lui, en matière de truands. Les Vidocq, les Vautrin, les Javert, ces héros à deux faces qui naviguaient entre la pègre et la police, c'était une des passions de Louis Treussart.

Faustine se souvint de la fois où il avait dessiné, sur la table de la cuisine, des tatouages qui étaient au XIXe siècle le signe de ralliement de la pègre. Elle devait avoir une dizaine d'années tout au plus.

Tandis qu'elle se rappelait cette scène, revoyant son père tracer avec un soin méticuleux une lame entourée par les anneaux d'un serpent, elle fut prise d'un doute. Faustine ne se souvenait pas d'avoir vu son père dessiner plus de deux ou trois tatouages. Pourtant, en ce moment même, allongée dans la pénombre de sa mansarde, elle voyait en esprit des dizaines de tatouages défiler les uns après les autres. Elle pouvait les décrire avec précision. Elle pouvait même dire à quelle bande ils appartenaient et dans quel quartier opéraient les truands qui portaient ces signes de reconnaissance.

« Toujours cette impression étrange d'en savoir plus que je ne le pensais ! »

De même qu'elle s'était rappelé, dans le bureau de Lespès, les moindres détails concernant deux affaires criminelles célèbres, elle avait l'impression, en ce moment, de ne rien ignorer de la pègre parisienne sous le Second Empire.

Il suffisait qu'elle s'interroge, tourne une question dans sa tête, pour qu'une masse d'informations afflue dans sa mémoire.

Des choses qu'elle n'avait jamais apprises !

Ou qu'elle avait complètement oubliées.

Cette impression de facilité, qui évoquait la facilité des rêves, lui redonnait confiance dans son enquête chaque fois qu'elle se sentait dans l'impasse. Alors elle reprenait tout à zéro. Un « souvenir », un détail qui semblait droit sorti des archives criminelles de l'époque, lui revenait en mémoire. Elle n'avait plus l'impression de buter contre un obstacle insurmontable.

Devant un mur de sa mansarde, elle avait posé un grand cadre rectangulaire en ardoise. Usé par les ans, il gisait sur le trottoir devant un estaminet. Faustine l'avait monté chez elle. Après avoir effacé les tarifs des boissons, elle y avait inscrit à la craie tout ce qui se rapportait à son enquête.

Dès son réveil, elle y jetait un coup d'œil puis soulignait, complétait ou effaçait ce qu'elle avait griffonné la veille.

Sur cette ardoise, le prénom de Manon succédait aux noms des autres victimes : Baldaquin et Danzac.

Le libraire Armand Baldaquin, dont Faustine s'était procuré le dossier au *Petit Journal*, était mort rue de la Calandre, à un jet de pierre de l'endroit où Danzac fut éventré deux jours plus tard. Chaque fois, des traces de brûlures avaient été relevées sur le ventre de la victime. Trois meurtres similaires en l'espace de quatre jours… et puis plus rien !

Depuis une semaine, l'assassin ne s'était pas manifesté.

Faustine avait eu tout le loisir de consulter les rapports de police. Échouart se les procurait avec la plus grande facilité, sans doute en soudoyant un employé de la préfecture. Ces rapports avaient appris à Faustine que les deux victimes masculines fréquentaient les passages parisiens. Elle ne savait que faire de cette information mais elle l'avait ajoutée aux autres.

Au bas du tableau, sous les noms des victimes, dates, lieux des crimes et blessures infligées, elle gardait un espace vide où elle tentait de cerner le profil du tueur. Ce bandeau horizontal était moucheté d'éclats, dus sans doute aux verres que des clients soûls avaient lancés contre l'ardoise.

Sur ce bandeau, parmi les mots que Faustine avait tracés à la craie, on pouvait lire : « le même homme ou la même bête », « criminel des bas-fonds », « homme du peuple », « fauve », « monstre ».

Et à l'extrémité gauche, où la surface était presque lisse : « Tortue ? »

L'hypothèse d'un assassin mi-homme, mi-bête, aussi extraordinaire qu'elle puisse paraître, était incorporée au tableau. Faustine ne croyait pas à une créature fantastique rôdant la nuit sur l'île de la Cité. Cependant elle ne voulait pas l'écarter totalement.

Échouart s'était procuré le rapport d'autopsie de Baldaquin. Faustine l'avait consulté et y avait trouvé la mention d'un morceau d'écaille, fragment prélevé sur la peau lacérée de la victime. « Écaille blonde », disait le rapport.

La veille, le coutelier interrogé par Faustine lui avait appris que l'écaille blonde provenait d'une tortue d'Amérique appelée « corette ». Le manuel qu'elle avait subtilisé chez le coutelier observait, incidemment, qu'on ne fabriquait plus de manche de couteau avec de l'écaille blonde. Et ce depuis plus de trente ans !

L'assassin qui avait laissé des fragments d'écaille près du corps de deux de ses victimes était-il doté d'une carapace de tortue ?

Faustine, le cerveau bouillonnant, gardait les yeux rivés à ce mot qu'elle avait tracé d'une main fébrile : « Tortue ? »

Avec le gras de sa paume, elle l'effaça et se mit à dessiner sommairement une tête, des pattes et la carapace d'une tortue. En quelques traits rapides elle ajouta des griffes, mais en appuyant si fort sur l'ardoise que son bâton de craie se désagrégea.

Frottant ses paumes pour les épousseter, elle fit quelques pas en arrière jusqu'à obtenir une vue d'ensemble.

Après avoir contemplé l'ardoise pendant de longues minutes, elle ne put s'empêcher de s'exclamer :

— Si quelqu'un entrait ici par hasard et voyait ce tableau, il me prendrait pour une folle !

Sur ce, elle enfila sa casquette et sortit de chez elle pour se rendre au *Petit Journal*.

*

Quelques minutes après le départ de Faustine, un homme entrait dans sa mansarde, mais nullement par hasard.

Apercevant les inscriptions sur le tableau noir, il ne prit pas pour une folle la jeune femme qui les avait tracées à la craie. Bien au contraire.

Cet homme à l'allure de dandy, aux cheveux blonds frisés, avait gravi d'un pas tranquille les marches de l'immeuble.

Arrivé au cinquième palier, il avait bousculé sans s'excuser une des jumelles du chiffonnier. Parvenu à l'étage de Faustine, il avait attendu qu'elle sorte, ce qu'elle avait fait sans l'apercevoir, et muni d'un passe-partout il s'était introduit chez elle.

Il notait à présent dans un petit carnet tout ce que Faustine avait inscrit sur le tableau noir.

— T'es de plus en plus dangereuse, toi, maugréa-t-il en reproduisant la tortue dessinée sur l'ardoise.

Ayant rangé son calepin dans sa poche, il se tourna vers les hublots, jeta un regard par-dessus les toits et dit :

— Va falloir corriger ça !

Lorsqu'il sortit sur le palier, il ne vit pas Mariette, la fille du chiffonnier.

L'enfant, qui se cachait derrière la cloison et s'empêchait de respirer, n'avait pas perdu une miette de ses paroles.

CHAPITRE 34

— Une tortue, Faustin ? Que me chantez-vous là ?

— Je ne chante pas, j'émets une hypothèse.

Sur le visage poupin d'Échouart, les yeux bleu pâle s'agrandirent. Tandis qu'elle se tenait debout devant son bureau, lui restait dans la même position. Assis sur sa chaise, il tenait dans sa main une plume trempée dans l'encre. Faustine avait remarqué qu'il recopiait des mots en latin.

Voyant qu'elle baissait les yeux sur sa feuille, Échouart avait déplacé sa main gauche pour cacher ce qu'il écrivait.

Un léger sourire passa sur ses lèvres.

— Vous êtes en train de soutenir que l'assassin pourrait être une tortue ? Pourquoi pas un lièvre ? Ou un autre mammifère ?

Faustine haussa les épaules.

— Je n'ai pas dit que le *serial killer* est une tortue…

— Le *quoi* ?

L'expression était sortie de sa bouche tout naturellement. Elle fit comme si sa langue avait fourché.

— Pardon : la *sérieuse racaille* qui déjoue les agents de la Sûreté.

— Eh bien ?

— Un fragment d'écaille, de corette pour être précis, a été retrouvé sur le corps de Baldaquin. Et près de celui Danzac. Nous n'avons pas eu accès au rapport d'autopsie de Manon, mais je ne serais pas étonnée si le mot corette y apparaissait à nouveau.

— Ce qui signifie…, reprit Échouart.

Elle le coupa :

— Qui, à Paris, de nos jours, se promène avec des écailles de tortue sur ses habits, dans ses poches ou peut-être même en collier autour du cou ? Voilà ce qu'il nous faut découvrir.

— Je vois, fit Échouart, rassuré sur les facultés de raisonnement de son jeune collègue.

— Ou alors, c'est un mutant…

Il posa sa plume et se leva d'un bond.

— Faustin, je ne comprends rien à ce que vous dites !

Elle s'approcha du bureau et s'y appuya des deux mains. D'un ton posé, pour que ses paroles puissent faire leur chemin dans l'esprit d'Échouart, elle dit :

— Vous avez entendu parler de Darwin… Le savant anglais.

— Sa théorie de la sélection naturelle, oui.

— Il n'y a pas que ça. À côté de la sélection naturelle, du perfectionnement des organismes, Darwin a observé des variations accidentelles. Il les appelle des « rétrogradations ».

— Vous voulez dire qu'un homme… une créature humaine… ?

— Pourrait, à l'instar de certains animaux, *régresser à un stade primitif.*

Échouart avait beau être chroniqueur judiciaire, il lui était difficile d'admettre que la bestialité pouvait croître en même temps que le progrès. Ce progrès auquel, en homme de son temps, il croyait dur comme fer.

Faustine s'abstint de lui révéler que deux guerres mondiales, tapies dans l'avenir, allaient durement secouer la confiance des hommes dans le progrès. C'était assez, pour l'instant, de lui suggérer que le tueur pouvait être un homme ayant régressé à l'état de bête.

— Mais enfin, s'impatientait Échouart, décidez-vous une bonne fois pour toutes ! L'assassin que nous traquons est-il un homme ou une bête ?

— Peut-être est-il mi-homme mi-bête. Nous ne devons exclure aucune piste. Pas même la plus inquiétante…

— À savoir ?

— Que nous avons affaire à un criminel plus fort, plus brutal et plus intelligent que nous.

À ces paroles le journaliste eut l'air contrarié, comme s'il ne pouvait admettre cette possibilité.

Après s'être ressaisi, il déclara :

— J'ai une faim de loup. Pas vous ?

— Euh…

Faustine ne pensait jamais à sa faim. C'était toujours les autres qui lui en faisaient prendre conscience.

Échouart avait retrouvé sa belle vivacité. Tirant son jeune collègue par la manche, il dit d'un ton sans réplique :

— Je vous emmène au *Café de la Rotonde*. Vous devez voir le monde, Faustin. Celui qui miroite, qui brille. Les bas-fonds finiront par avoir raison de vos talents !

*

Le *Café de la Rotonde* était un des plus anciens de Paris. Ce pavillon élégant était construit de plain-pied avec le jardin du Palais-Royal. Assis à l'intérieur, vingt-quatre arcades en verre permettaient d'apercevoir les promeneurs. Mais il était de bon ton de les ignorer, tant entrer ici était un privilège.

Faustine s'étonna de voir Échouart se faire accueillir comme un hôte de marque. Une table située non loin du comptoir, dans la partie gauche du pavillon, semblait n'attendre que lui. Maintenant qu'ils y avaient pris place, elle vit que le café était bondé. Faustine leva les yeux pour admirer les lustres à trois boules.

L'espace d'un instant, elle eut à nouveau la sensation que l'on braquait sur elle des faisceaux de lampes torches. Mais cette illusion d'optique s'atténua lorsqu'elle baissa les yeux vers les convives.

À chaque table, on entendait s'élever des murmures solennels ou des pépiements bigarrés. Faustine devina qu'elle était environnée d'une faune luxueuse : actrices de la Comédie-Française, diplomates et secrétaires d'État, hommes de plume comme Échouart, négociants qu'une fortune récemment acquise autorisait à se mêler à la caste des nantis. On était loin des bouges de la Cité.

Malgré la splendeur du décor, Faustine n'était pas à son aise. Elle se sentait ici comme dans une bulle qui pouvait exploser à tout moment.

— Allons, détendez-vous, Faustin. Vous avez l'air d'un poisson hors de l'eau.

Elle reporta ses yeux sur Échouart.

— Vous venez souvent ici ?

— Tous les jours. C'est ma cantine.

— Mais..., fit-elle en se penchant vers lui. N'est-ce pas au-dessus de vos moyens ?

« Quel journaliste, se demandait-elle, peut venir déjeuner chaque jour dans un endroit pareil ? »

Échouart la fixa d'un air incrédule.

— Vous ne vous êtes pas renseigné sur moi ?

— Ma foi, non. Qu'aurais-je appris ?

— Vous ne savez rien de mon état-civil ? demanda-t-il en ouvrant le menu.

— Je ne vais quand même pas fouiller dans vos tiroirs !

— Vous avez tort, dit-il sans détacher ses yeux de la carte. À votre place, je l'aurais fait. Il ne faut jamais ignorer pour qui on travaille…

Elle avait failli répondre : « Je travaille pour vous ? Première nouvelle ! » Mais elle s'était ravisée.

Comme dans un ballet réglé au millimètre, le garçon s'approcha d'Échouart à l'instant où il tendait négligemment le menu.

— Confit de canard pour moi et, pour le jeune homme… turbot à la sauce piquante. De quoi le requinquer jusqu'au soir. C'est vrai, Faustin, je vous trouve de plus en plus maigre.

— Maigre ?

— L'assassin finira par vous avoir… à l'usure ! Ne faites pas une obsession de cette enquête. Je vous ai dit de vous trouver une distraction, un passe-temps. Vous aimez le mousseux ? Dom Pérignon, lança-t-il au garçon sans attendre la réponse de Faustine.

« Du Dom Pérignon, rien que ça ! »

Échouart avait dû remarquer son étonnement. Comme pour y mettre un terme, il déclara :

— Mon épouse est baronne.

Faustine recula sur sa chaise.

— Vous n'approuvez pas ?

— Je…

Elle avait de plus en plus de mal à saisir qui était Échouart. Pourquoi le mari d'une baronne passait-il ses nuits à rédiger des articles sur de sordides affaires criminelles ?

Tandis que Faustine se perdait en conjectures, il salua une dame élégante qui prenait place deux tables plus loin.

Puis il se retourna vers son jeune collègue et lui lança à brûle-pourpoint :

— Mais dites-moi, Faustin. Vous semblez avoir sur cette affaire des lumières que je n'ai pas.

Échouart se pencha vers elle. Puis, d'un air soupçonneux :

— D'où savez-vous… tout ce que vous savez ?

Les lèvres de Faustine se mirent à trembler.

CHAPITRE 35

Faustine ne savait pas d'où lui venaient toutes ses intuitions.

Certaines provenaient de romans policiers qu'elle avait lus au XXIe siècle. D'autres étaient des fulgurances qui semblaient surgir de nulle part. Comme si un détective de génie lui murmurait à l'oreille.

Elle éluda la question d'Échouart en disant :

— Je m'intéresse à tout. D'une manière générale.

Le garçon apporta les plats. Faustine baissa les yeux sur son turbot et huma une odeur épicée. Elle avala une bouchée et sentit aussitôt une brûlure sur sa langue.

— Ouh ! Ça arrache comme du wasabi !

Échouart fronça un sourcil.

— Du wasa…, bredouilla-t-elle. Une sauce de ma région.

— De quelle région êtes-vous ?

— Ma mère est anglaise, dit-elle simplement.

L'attention d'Échouart fut détournée par l'entrée d'un homme à la démarche claudicante, aux cheveux poivre et sel. Un haut magistrat, supposa Faustine. Il eut droit à un hochement de tête appuyé du journaliste.

Lorsque Échouart posa à nouveau sur elle son regard bleu, ce fut pour dire :

— Et si vous écriviez la rubrique à ma place ?

— Pardon ?

— Vous avez tout à y gagner, fit-il en découpant la cuisse de son confit de canard.

— Qu'ai-je à y gagner ?

— Tout, vous dis-je. L'assassin n'attend que ça ! Qu'on écrive sur lui. Qu'on entame le dialogue. Il pourrait avoir envie de répondre. De montrer qu'il est, comme vous le suggérez, plus intelligent que nous. Et plus malin que la police. Ce dont il a besoin, c'est d'un interlocuteur à sa mesure.

— Et vous avez pensé à moi ?

— Disons que vous faites un bon candidat. Goûtez-moi ce mousseux.

Il remplit un verre à ras bord et le lui tendit. Faustine le prit et l'approcha de ses narines.

— Ne humez pas. Buvez sans tarder. Trop de gens hument la vie et s'en tiennent là. Est-ce que notre tueur se contente de humer ses victimes ? Non, il attaque, il déchire ! Il leur ouvre le ventre pour se repaître de leur sang. Vous ne pouvez pas comprendre un tueur si vous restez à la surface de la vie…

Échouart, tout excité, faisait tinter ses couverts en parlant. Ses joues roses s'empourpraient. Faustine en avait la nausée.

Par éclairs, elle voyait Manon recevoir la lame sur la poitrine, le ventre… sur les mains qu'elle levait pour parer les coups.

Ayant repris contenance, elle dit au journaliste :

— Vous aussi, vous en savez long sur l'instinct meurtrier.

C'est quelque chose qui vous excite ? Bien plus que de rester au château avec la baronne ?

— Comme on est insolent ! Tant mieux. Gardez votre sourire en coin, il fera de vous un bon journaliste.

— Je ne voulais pas me moquer. Je me demandais juste…

— La baronne n'a pas de château, la coupa-t-il. Mais un hôtel particulier dans le Marais. Et vous avez raison : les blasons de la famille Costé Dumesnil de Saint-Supplix ne suffisent pas à me divertir.

— Mais *elle*…

— Elle ?

— La baronne, précisa Faustine. Vous l'aimez ?

Échouart ne semblait pas heurté par la question très directe de Faustine.

Il répondit en soupirant :

— Charlotte… est parfaite.

— Vous aimez donc votre femme, conclut Faustine.

Au lieu d'opiner de la tête, il ajouta :

— Nous avons six domestiques et deux femmes de chambre.

— Je comprends mieux pourquoi vous passez votre temps au *Petit Journal.*

Échouart se contenta de sourire. Il reposa ses couverts sur son assiette vide.

— Mais si je tiens la plume, si vous me confiez votre rubrique, à quoi vous occuperez-vous ?

Elle fut surprise de le voir se dresser d'un bond, retirant d'un geste rapide sa serviette de dîneur.

Il s'était levé pour échanger quelques paroles avec un homme d'une soixantaine d'années, dont les moustaches blanches dissimulaient les lèvres. Faustine, gardant les yeux sur son assiette, entendit des bribes de leur conversation. Les mots « surveillance » et « cosaques » parvinrent à ses oreilles. L'homme aux moustaches blanches semblait demander un service à Échouart. Le journaliste approuvait de la tête.

Une fois son interlocuteur parti, Échouart se rassit, le visage crispé comme s'il venait de fournir un grand effort.

— Où en étais-je ?

— À quoi vous occuperez-vous, répéta Faustine, si je rédige les articles ?

— Ah oui ! Eh bien…

Elle n'attendit pas qu'il finisse sa phrase. Voyant l'homme sans lèvres quitter le *Café de la Rotonde*, elle demanda :

— Qui était cet homme ?

Échouart parut hésiter. Puis, comme s'il jugeait que Faustine méritait sa confiance, il se pencha en avant et dit à voix basse :

— C'est Lagrange. Le chef de la police politique.

— Rien que ça ?

— Quoi que vous fassiez, Faustin : ne tombez jamais entre les mains de ses cosaques.

— Qui sont-ils ?

— Tout le monde et personne. Ils sont… la Société.

Faustine reconnut l'expression de Lespès. Elle fit mine de ne pas comprendre.

Il reprit :

— Un grainetier des Halles, une prostituée de Montmartre, le curé qui vous confesse. Ou encore cette intrigante à votre droite, que vous prenez pour une femme distinguée. Lagrange a partout des agents qu'il appelle ses « cosaques » et qu'il rémunère mille francs par mois.

— Pour quoi faire ?

— Infiltrer, surveiller, déporter. Il fournit régulièrement à l'Empereur des listes d'individus à envoyer au bagne. (Un sourire se dessina sur les lèvres d'Échouart.) Et de l'autre main, il donne à l'Impératrice les noms des maîtresses de l'Empereur.

Faustine se tourna vers les arcades du café. Elle se mit à tout observer d'un autre œil. Cette architecture de fer et de verre permettait de voir autant que d'être vu. D'épier autant que d'être envié et courtisé. Ce pavillon circulaire était à l'image de la ville où elle se trouvait.

Elle comprenait maintenant d'où lui venait cette sensation de malaise persistant.

— C'est donc ça, dit-elle avec un rictus de dégoût, le monde qui miroite et qui brille ? La trahison à tous les étages !

La colère bouillonnait en Faustine. Un sentiment de révolte lui donnait envie de soulever la table et de la précipiter rageusement contre la verrière.

Mais Échouart la désarma en disant :

— Alors, cette rubrique, vous la prenez ?

— C'est mon vœu le plus cher ! s'exclama-t-elle.

En même temps, elle se demandait pourquoi le journaliste était aussi pressé de lui abandonner sa rubrique.

— Par où commencerez-vous ?

Elle repoussa son assiette et répondit, comme si elle réfléchissait à voix haute :

— L'assassin joue gros en perpétrant tous ses crimes dans la Cité. Sur un périmètre aussi restreint et à quelques jours d'intervalle. Il doit avoir conscience que l'étau se resserre, qu'il risque de se faire prendre. N'est-ce pas ce qu'il cherche, d'ailleurs ?

— Il cherche à se faire prendre ? fit Échouart avec stupéfaction.

Le journaliste possédait quantité de notions sur la psychologie criminelle. Mais personne ne lui avait enseigné que les tueurs en série appartiennent à une catégorie spéciale d'assassins, agissant de façon reconnaissable en tous lieux et à toutes les époques.

— Si, comme je le crois, notre tueur cherche à se faire prendre, il veut aussi garder l'illusion de tout maîtriser. Alors même qu'il est le jouet de ses instincts.

— Fascinant, murmura Échouart.

Il ne pouvait savoir qu'elle lui exposait les conclusions d'un siècle d'enquêtes menées sur les tueurs en série.

Pourtant, malgré les fulgurances qui l'orientaient sur telle ou telle piste, Faustine se sentait aussi démunie que les enquêteurs du Second Empire.

L'assassin était-il un homme ou une bête ? Frappait-il au hasard ou en choisissant ses victimes ? Était-il conscient de ses actes ou se réveillait-il le matin sans se souvenir de ses escapades sanglantes ?

Une chose était sûre : il n'avait pas tué depuis huit jours et pouvait recommencer à tout moment.

— Il faut le pousser à l'erreur, déclara Faustine. C'est le seul moyen de l'arrêter.

Échouart souleva la bouteille de Dom Pérignon et constata avec regret qu'elle était vide. C'était lui qui avait descendu le mousseux, Faustine en avait bu à peine deux gorgées.

Son ton était presque guilleret lorsqu'il demanda :

— Et comment faire pour l'arrêter… avant qu'il ne tue à nouveau ?

Elle resta un moment songeuse. Promenant son regard

sur le limonadier derrière son comptoir, sur l'intrigante que son corset faisait grimacer, puis sur un trio de convives qui chuchotaient comme des conspirateurs, elle lança :

— À nous aussi, il faudrait une armée de cosaques.

— Rien de plus facile ! s'exclama Échouart.

Il s'était levé et tirait de son portefeuille en cuir un billet qu'il posa sur la table. Faustine reconnut le billet de cent francs bleu céleste que les plaques photographiques de l'époque ne pouvaient contrefaire.

— Venez dîner demain soir. Vous rencontrerez Charlotte.

— La baronne de Saint-Supplix ?

— Elle convie chaque mardi une faune nombreuse. Vous y trouverez sûrement des complices à recruter. À moins qu'eux ne vous recrutent… de force !

Il avait dit cela d'un ton mystérieux.

Au moment où il se tournait vers la sortie, elle l'arrêta d'une main posée sur l'épaule. Au regard qu'il lui décocha, elle comprit que ce n'était pas un geste à faire en public.

Elle retira sa main.

— Pourquoi m'aidez-vous ?

Elle avait failli dire : « Pourquoi me prenez-vous sous votre aile ? »

Dans la rumeur de cette serre, les yeux baissés, Échouart répondit :

— Souvenez-vous : j'étais à vos côtés à la Morgue, j'ai vu le corps mutilé de Manon. Vous n'êtes pas le seul à vouloir la venger.

CHAPITRE 36

— Je peux pas croire que je t'ai suivi… Je dois être folle ! Complètement folle !

— Tu m'as suivi parce que tu veux savoir.

Leurs voix résonnaient dans l'atmosphère lourde et caverneuse du tunnel de la station Cité.

Celle, mécontente et nerveuse, d'une fille d'environ dix-huit ans. L'autre, ferme et résolue, d'un garçon qui avait à peu près le même âge.

C'était Morgane et Vikram, les amis de Faustine. Ceux par qui elle s'était sentie trahie trois semaines plus tôt.

Cela faisait vingt jours qu'ils n'avaient plus entendu parler d'elle. Après l'examen de philo, Faustine ne s'était présentée à aucune des épreuves du bac. Vikram s'en était inquiété. Il avait téléphoné chez elle à plusieurs reprises. En vain.

Puis il était allé frapper à sa porte, l'avait attendue plusieurs heures, bien décidé à camper sur son paillasson jusqu'à ce qu'elle réapparaisse. Cela n'avait rien donné.

Morgane, trop contente d'avoir Vikram pour elle seule, avait d'abord haussé les épaules. « Faustine fait la gueule. Elle doit être partie dans sa famille. Quand elle reviendra, tout sera oublié ! » Mais Vikram restait soucieux. L'absence de Faustine pouvait présager le pire.

Surtout, elle lui manquait. Il se rendait compte à présent qu'il n'avait jamais eu besoin de choisir entre elle et Morgane, puisque l'une et l'autre lui tournaient autour. Entre la discrète un peu garçonne qui cachait sa féminité sous un rideau de mèches brunes, et la coquette qui ne faisait pas mystère de ses charmes, le cœur de Vikram balançait. Pourquoi aurait-il dû choisir ?

En vingt jours, il avait eu tout le loisir de s'interroger sur ses sentiments.

Et de comprendre que c'était Faustine qu'il aimait.

Faustine qui avait un pied dans le présent, et l'autre dans un passé dont elle n'arrivait pas à se libérer. Faustine, la rêveuse aux réactions imprévisibles, qui allaient à l'encontre de sa douceur apparente.

Faustine l'indomptable. Elle qui ne lui avait jamais pris la main alors que Vikram, il s'en rendait compte maintenant, n'avait attendu que ce signal.

C'est cette fille-là, fuyante et indécise, dont il était vraiment amoureux. Et non pas de Morgane qui avait tout le temps des reproches à lui faire. Celui-là en particulier : lorsque Morgane était seule avec lui, Vikram finissait tôt ou tard par mentionner Faustine. « Tu as des nouvelles de Faustine ? » « Elle fait quoi aujourd'hui ? » « Si on lui disait de nous rejoindre ? » À quoi Morgane répondait invariablement, la mine boudeuse : « Tu peux pas l'oublier cinq minutes ? »

Vikram ne cessait de repenser au récit de Faustine : un homme étrange, vêtu en dandy du XIXe siècle, l'avait suivie dans le passage des Panoramas, puis Faustine à son tour avait pris cet homme en filature, un soir vers minuit, jusque dans la station Cité.

« Et si elle était retournée dans cette station ? se disait Vikram. Si c'était là qu'il fallait la chercher ? »

Il l'avait mentionné à la police lorsque, au bout de dix jours, rongé par l'inquiétude, il était allé signaler la disparition de Faustine au commissariat du 6e arrondissement. L'agent de service lui avait dit : « Enregistré », du ton de celui qui vous a accordé plus de temps qu'il n'est raisonnable. Huit jours plus tard, Vikram avait rappelé le commissariat. On ne retrouvait pas la main courante qu'il avait déposée au sujet d'une disparition de mineure, mais on s'en occupait. On suivait l'affaire, c'était en de bonnes mains.

Vikram avait raccroché avec l'impression d'avoir parlé à un répondeur.

Puis, un soir, sur un coup de tête, il s'était délivré de l'étreinte de Morgane qui en rajoutait dans le trémolo : « On est seuls maintenant, Vikram. Seuls tous les deux avec le souvenir de Faustine… Va falloir qu'on s'aime très fort en pensant à elle ! »

Et malgré les protestations de Morgane il l'avait emmenée, ou plutôt traînée de force, à minuit passé, sur le quai de la station Cité.

*

— Je m'en fous complètement de savoir où elle est ! Pourquoi tu la laisses pas fuguer ? Pourquoi tu la laisses pas disparaître ?

Avant d'entrer dans la station, Morgane se demandait encore ce qui avait bien pu arriver à Faustine. Mais lorsque Vikram s'était mis à descendre les marches pour s'enfoncer dans le tunnel, Morgane, tout en lui emboîtant le pas, n'était plus curieuse du tout.

Ce qu'elle voulait, c'était rentrer chez elle. « Avec mon mec », se disait-elle.

Mais son mec, qui depuis trois semaines était de plus en plus celui de Faustine, l'insaisissable et obsédante Faustine, prit assez mal le revirement de Morgane.

— Je croyais que c'était ton amie ! dit-il en se retournant.

— Faustine ? Tu délires ! Elle a toujours été jalouse…

Vikram s'était arrêté de marcher. Morgane pouvait à peine voir ses traits sous la lueur diffuse des lampes de service. Le tunnel faisait résonner des bruits qui n'avaient rien de rassurant : vibrations métalliques, sifflements stridents, souffles obscurs.

— Jalouse de moi, jalouse de nous, reprenait Morgane. Elle devait s'imaginer que tu la kiffais. Tu la kiffes pas, non ?

Vikram s'était remis à marcher le long de la voie. Il semblait chercher quelque chose sur le sol, qu'il éclairait de son téléphone portable.

— Vikram ?

— « Elle devait s'imaginer… » Tu parles d'elle au passé ?

Morgane haussa les épaules. Vikram ne la voyait pas. Il s'était accroupi en disant :

— Attends…

— Quoi ? fit Morgane.

— Le dernier métro… On l'a vu passer, non ?

— Pourquoi tu demandes ça ?

— Parce que je crois entendre…

Morgane l'entendait aussi. Un grondement qui approchait de plus en plus vite. Les rails se mirent à trembler.

Tout le tunnel ne fut bientôt plus qu'une infernale caisse de résonance.

Morgane poussa un cri tandis qu'on empoignait son bras.

— Viens !

Vikram l'éloigna de la voie et la poussa contre le mur en s'accroupissant avec elle.

Quelques secondes plus tard, une rame aux wagons éteints passait en trombe. Morgane se boucha les oreilles en grimaçant.

Une fois la rame engloutie par la bouche d'ombre du tunnel, Vikram et Morgane se relevèrent.

— Ce devait être le dernier, observa Vikram.

— Le dernier métro ?

Elle venait de réaliser que le guichetier de la station Cité n'avait aucune raison de les attendre. Il ne les avait même pas vus entrer !

— Ils vont fermer la station ! Vikram, je veux sortir, je veux pas qu'on m'enferme…

Elle cherchait son ami sans le voir. Elle tourna plusieurs fois sur elle-même, pleine d'angoisse à l'idée d'être laissée seule dans le tunnel.

— Je vois plus la lumière de ton portable, t'es où ?

Elle sentit des doigts se poser sur sa cheville. Elle sursauta comme si une mygale lui grimpait le long de la jambe.

C'était Vikram.

— Plus de batterie. Éclaire-moi.

Il s'était de nouveau accroupi et son portable ne fonctionnait plus.

Elle dirigea vers lui l'écran de son smartphone.

Vikram ramassa au sol quelque chose qui brillait.

— Qu'est-ce que c'est ? demanda Morgane.

Il souleva d'une main une petite chaîne dorée.

— La gourmette de Faustine !

— Tu es sûr ?

— La photo en médaillon, c'est sa mère : Sylvia.

Faustine le lui avait dit, un jour qu'il l'interrogeait sur le portrait qui tintait à son poignet.

Morgane se pencha pour mieux voir. Elle n'avait jamais prêté attention à cette breloque. Quand ses yeux glissaient dessus, le portrait était invariablement retourné, face contre la peau de Faustine.

À cet instant, des pas résonnèrent dans le tunnel.

Retenant leur souffle, Morgane et Vikram se tournèrent en direction des pas.

Quelqu'un fredonnait :

« *Il fait noir, enfant, voleur d'étincelles ! Il n'est plus de nuits, il n'est plus de jours. Dors, en attendant venir toutes celles qui disaient…* Jamais ! *Qui disaient…* Toujours ! »

Vikram reconnut les paroles que Faustine avait récitées. La chanson du dandy !

— Cachons-nous ! chuchota-t-il à Morgane.

Mais c'en était trop pour la jeune femme. Elle ne voulait pas passer dix minutes de plus dans l'atmosphère oppressante du tunnel. Vikram sentit qu'elle commençait à paniquer.

— N-non, fit-elle en s'écartant. Je veux sortir…

Il essaya de la retenir, mais à force de se tortiller Morgane lui échappa.

— Morgane, reste ici !

Vikram s'en voulut d'avoir crié ces mots. Le dandy avait dû les entendre. Il s'était arrêté de fredonner.

Morgane avait suivi les rails. Vikram ne la voyait plus, il l'entendit s'écrier :

— Monsieur ! Je suis perdue. J'ai raté mon métro. Excusez-moi, je suis trop bête… Vous pourriez m'indiquer la sortie ?

La voix qui avait fredonné répondit :

— Tu t'es trop éloignée, fillette. La prochaine station est à cent cinquante ans d'ici…

— Vous êtes pas de la RATP ? s'étonna Morgane.

Vikram, par précaution, attendait sans se montrer. Il se demandait sur qui Morgane était tombée.

C'est alors que lui parvint la réponse effrayante du dandy :

— Enfant, tu as trop vu. Et voir est un aveuglement.

Aussitôt suivirent un soupir d'effroi, une plainte étranglée et le bruit du portable qui se brisait sur le sol. Il agressait Morgane !

Vikram s'élança en hurlant :

— Qu'est-ce que vous faites ? Lâchez-la ! Lâchez-la !

L'endroit était mal éclairé. Vikram aperçut Morgane qui se débattait entre les mains d'un homme aux cheveux frisés dont l'œil luisait étrangement dans le noir.

Vikram allait se jeter sur lui lorsqu'il l'entendit lancer :

— Popescu, je ne peux pas m'occuper des deux à la fois !

Vikram comprit qu'un autre homme se trouvait dans le tunnel.

Il perçut un frottement de semelles dans son dos.

Il n'eut pas le temps de se retourner : il reçut un coup brutal sur la tête. Ce fut comme si la pénombre du tunnel s'illuminait soudain.

Il lutta pour ne pas perdre connaissance. « Morgane a besoin de moi… Elle a besoin de… »

*

Les adolescents étaient étendus côte à côte. Les faisceaux de deux lampes torches s'entrecroisaient sur leurs visages aux paupières fermées.

— On attend le chariot, je suppose ? dit l'homme aux cheveux frisés.

— Évidemment, répondit l'autre. Je ne suis pas assez fort pour…

— Je sais, Popescu.

Il y eut un silence. Popescu reprit avec son accent d'Europe de l'Est :

— Il va falloir les brancher, maintenant.

Un autre silence puis, d'un ton mi-chanté mi-parlé :

— Bon voyage, les enfants.

CHAPITRE 37

Elle était persuadée que cette nuit, il frapperait à nouveau.

Il était dix-neuf heures passées. Quelque chose, elle n'aurait su dire quoi, lui rappelait les heures précédant la mort de Manon. Ce ciel humide, peut-être. Ces nuages qui allaient rendre la nuit plus ténébreuse encore. Ou ce silence inhabituel qu'elle percevait depuis sa mansarde. Comme si la ville entière retenait son souffle.

Et puis Mariette, la fille du chiffonnier, l'avait alarmée. Elle avait dit à Faustine qu'un inconnu équipé d'un passe-partout s'était introduit dans sa mansarde. D'où sortait-il, celui-là ? Est-ce que des flics espionnaient les rédacteurs du *Petit Journal* ?

Le fait qu'un inconnu ait pu consulter ses notes sur les crimes de la Cité la rendait nerveuse.

Mais ce qui l'inquiétait davantage, c'était que l'on découvre sa métamorphose en garçon. Après le récit de Mariette, elle avait jeté des coups d'œil affolés dans sa mansarde pour repérer le moindre signe dévoilant cette transformation.

Ne voyant rien autour d'elle qui puisse appartenir à une

jeune femme, elle fit face au miroir taché de rouille qu'elle avait récupéré dans la cour.

En se déshabillant, elle s'attendait au pire. Elle avait senti que ses seins étaient moins arrondis.

Elle ouvrit sa chemise et s'aperçut que sa poitrine était encore plus plate que ces derniers jours.

Qui était le jeune homme qui la dévisageait dans le miroir ?

Faustine était-elle devenue *lui* ?

Elle baissa son pantalon et fut rassurée de voir que dans le reflet, c'était bien une jeune femme.

Mais lorsqu'elle repensait à sa journée, elle se rendait compte que dans les rues de Paris, elle regardait à peine les hommes. C'était les femmes qui attiraient ses regards.

Les femmes lui accrochaient l'œil devant la vitrine du *Petit Journal*, sur les grands boulevards, aux terrasses des cafés. Leurs silhouettes en sablier, leurs fines tailles étranglées par des corsets, leurs mèches frisottant sous le rebord des coiffes, tout cela dansait, tournoyait dans son cerveau.

Elle se souvint qu'en entendant parler de la baronne de Saint-Supplix, elle avait eu envie de sentir son odeur, de plonger ses yeux dans les siens, de tâter le chaud ou le froid de sa main.

Jusqu'à quel point était-elle attirée par les femmes ?

Son séjour sous le Second Empire brouillait ses repères. Les habits, en couvrant toute la peau excepté le visage et les mains, exacerbaient le désir. La distinction tranchée entre hommes et femmes, reconnaissables de loin à leurs postures raides ou cambrées, donnait envie de renverser les interdits.

Cette époque n'était-elle pas étouffante ? Comme à l'intérieur d'un corset, Faustine se sentait oppressée par les règles de bienséance.

C'était peut-être pour ça qu'elle n'avait plus de poitrine !

Elle s'approcha d'un œil-de-bœuf et regarda au-dehors.

De longues fumées blanches et noires s'élevaient des toits. Dans les foyers on cuisinait, dans les usines on éteignait les fourneaux. Ce qu'on appelait « les douze heures noires », ce long tunnel de la nuit dans les rues mal éclairées, l'attirait puissamment.

Elle sentit son cœur palpiter.

Si quelqu'un, ce soir, devait se retrouver entre les griffes du monstre, si un cri jumeau de celui de Manon devait déchirer le ciel, elle ne voulait pas l'entendre de sa mansarde.

Elle voulait être dans la rue, prête à s'élancer, à empêcher un nouveau meurtre.

Tandis que Faustine s'observait dans le miroir, la petite Mariette, à l'étage au-dessous, avait feint de s'endormir.

Trompant la vigilance de ses parents, elle s'était faufilée dans le couloir, avait gratté à la porte de Faustine et attendu qu'« il » lui ouvre.

Ce garçon lui plaisait tant ! Il ne la regardait pas comme les autres, avec cet air contrarié de la trouver trop jeune.

— Faustin ? chuchota-t-elle en poussant la porte entrouverte.

Un courant d'air la fit frissonner. Le lit de Faustine était vide et Mariette, à travers la lucarne, crut deviner une chauve-souris déployant ses ailes par-dessus les toits.

*

Elle se tenait sous une lanterne triangulaire.

En chemin, arrivant par la porte Sainte-Eustache, elle avait aperçu la cage gigantesque des Halles. Elle avait contourné les hautes tiges en métal et les effluves qui s'en échappaient : odeurs mêlées de viande, de fleurs fanées, de légumes fraîchement arrachés à la terre. Ces vestiges du jour filtraient dans l'humidité du soir.

Faustine avait longé la halle à viande, emprunté la rue de la Petite-Friperie et débouché place du marché des Innocents. Une odeur de chou avait remplacé celle du lard et du persil. Elle avait trébuché, dans la pénombre, sur le bras d'une charrette inclinée. Un unique réverbère, dont la lueur était mangée par une nuée d'insectes, laissait à peine distinguer les cages en bois et les hottes des porteurs.

Après s'être égarée dans de louches ruelles, elle s'était retrouvée au milieu d'une allée. Là, sous une lanterne, elle avait frotté ses semelles contre le pavé pour en ôter la boue.

La lanterne en forme de triangle indiquait le cabaret de Paul Niquet, havre des noctambules. Il n'avait pas de nom. Cette lanterne était son signe de ralliement. Comme au fronton des portes de l'Enfer, on aurait pu inscrire : « Vous qui entrez ici, abandonnez tout espoir… » En précisant : « de sommeil ».

L'entrée du cabaret ressemblait à un hangar fermé par un vitrage translucide. Faustine pouvait voir les ombres géantes des clients s'entrechoquer avec des bruits de bouteilles et des rots à s'arracher les poumons. En guise de bienvenue, un énorme crachat parut lui être adressé. Il fusa à travers la porte et s'écrasa à ses pieds.

Elle entra.

À côté de la taverne de Niquet, *Le Griffon*, où elle avait interrogé Poitreau, faisait figure d'aimable salon de thé. Le plus étonnant était la brochette d'individus qui échouaient dans cet endroit. Forts des Halles, sergents de ville, tatoués des pieds à la tête, filles de campagne, truands du quartier, borgnesses, repris de justice, nains, éclopés, sorciers en mal de sortilèges, Polonais réchappés des mines du Nord pour venir *crounir* ici, c'est-à-dire crever sur un coin de table. Et quantité de buveurs abrutis par des mélanges répondant au doux nom de Parfait Amour ou de Petit Lait d'Henri IV, que l'on avalait à ses risques et périls.

Faustine dut jouer des coudes pour s'appuyer au comptoir en étain. Elle n'était guère alléchée par l'eau-de-vie qui coulait à flots, versée par une serveuse à nattes rousses. Mais elle ne pouvait rester ici sans boire. Elle commanda un verre d'absinthe. Elle se doutait que pour glaner un renseignement elle devrait, tôt ou tard, trinquer en poussant des grognements de cochon.

Verre et bouteille en main, elle alla s'asseoir dans une salle meublée de trois longues tables et de bancs en chêne. Maintenant qu'elle était dotée d'une voix rauque, Faustine pouvait pousser des râles de soiffard. Les haleines de ceux qui lui répondirent la firent se boucher les narines dans un sursaut horrifié. Était-il humainement possible d'avoir un souffle aussi fétide ?

Elle parvint à s'extraire de cette puanteur et choisit une table moins bruyante, où un Antillais au regard dur observait la foule sans s'y mêler.

— Bonsoir, lui adressa Faustine de sa voix éraillée.

Il la toisa comme si elle était un cafard sorti d'entre les lattes du parquet. Elle se donna trois secondes pour quitter cette tablée où on l'accueillait avec aussi peu d'enthousiasme. C'est alors qu'elle entendit, dans un renfoncement du mur :

— Il ne faut pas lui en vouloir. Il n'est libre que depuis trois ans. Refuser de saluer est son droit le plus strict.

Elle se tourna et vit un jeune homme au visage ovale, à la peau claire qui semblait tachée de suie. Ses yeux étaient d'un vert profond. Ses cheveux blonds se dressaient en épis, comme des herbes folles qu'il ramenait en arrière d'une main hésitante. Il l'avait tutoyée d'emblée.

— Je comprends, répondit Faustine. La prison ne rend pas bavard.

— Il n'était pas en prison.

— Pas en prison ?

Elle eut peur de comprendre. L'autre ajouta :

— Il était esclave à Basse-Pointe.

Interloquée, elle se tourna vers l'Antillais. Il continuait à regarder vers la salle. Peut-être était-il sourd ?

— Je croyais que l'esclavage avait été aboli, dit Faustine.

— Certains propriétaires l'ont caché à leurs esclaves. C'est ainsi que Bartholomée a subi le joug plus longtemps que quiconque.

— Quel âge a-t-il ?

L'Antillais ne détachait pas ses yeux de la salle. Il pouvait avoir quarante ans aussi bien que soixante.

— Il ne le sait pas lui-même. Hein, Barthome, que tu ignores ton âge ?

« Barthome » était son diminutif. Même appelé ainsi, il semblait peu enclin à bavarder. On aurait dit un roc de ressentiment. Faustine se trouvait pour la première fois devant un homme qui avait subi l'esclavage. Elle baissa les yeux et son attention fut attirée par une canne au pommeau sculpté, à tête de lion, que l'homme de Basse-Pointe avait appuyée sur le rebord de la table.

— Barthome…, répéta Faustine pour enregistrer le surnom.

— Et Florent, dit le jeune homme en soulevant sa chope.

Elle heurta son verre en cristal contre la chope en bois. Le verre se fendit. Florent poussa un rire.

— Désolé !

— Pas de mal. Moi, c'est Faustin.

— On ne t'a jamais vu chez Niquet. Qu'est-ce qui t'y amène ?

Elle se rappela un conseil d'Échouart : « *Ne dites à personne que vous êtes journaliste. Dans certains bouges, c'est à peine mieux perçu que d'appartenir à la police.* »

Sans hésiter, elle eut recours à ce qui était devenu un prétexte, une couverture pour circuler sans encombre dans les bas-fonds.

— Je cherche mon paternel, déclara Faustine.

Florent haussa ses minces sourcils en arcs.

— Ça alors ! D'habitude, c'est le *pater familias* qui court après sa progéniture !

— Le mien a disparu depuis…

Son front se plissa. Elle se mit à compter les jours.

— À quoi ressemble-t-il ? l'interrompit Florent. Barthome et moi, on le connaît peut-être.

— Oh, il est… (Elle allait dire « de petite taille », mais les hommes de ce siècle faisaient dix centimètres de moins que dans le sien.) De taille moyenne. Les yeux marron. Le cheveu rare.

— En voilà un signalement ! s'exclama Florent, hilare. Qu'en dis-tu, Barthome ? Notre ami a-t-il une chance de retrouver son père ?

— C'est-à-dire…, bredouilla Faustine.

Elle se sentit happée vers la table. Une force irrésistible lui écrasa la joue sur la surface en chêne. Florent avait saisi Faustine par le col et la plaquait rudement contre le bois.

Il grogna dans son oreille :

— C'est tout ce que tu as trouvé comme bobard ? J'ai connu des argousins plus habiles !

Les yeux de Faustine s'élargirent. On la prenait pour un flic. Elle dit d'une voix étranglée :

— Je ne suis pas un mouchard…

— Mon œil ! Tu es venu nous chercher des noises ! Ils auraient dû te prévenir, ces torchons de préfecture, que la lanterne de Niquet, c'est une zone franche. Pas vrai, Barthome ?

Elle prit appui sur la table et releva la tête. Elle eut juste le temps de la tourner avant que Florent ne l'immobilise à nouveau, lui plaquant l'autre joue sur le bois plein d'échardes.

Les yeux plissés, elle poussa un cri de rage que couvrit entièrement le brouhaha des buveurs.

— Laisse-le.

Faustine ouvrit les paupières et vit, au-dessus de la tête de lion, l'Antillais qui la dévisageait. Il répéta :

— Laisse, Florent. Il n'est pas ce que tu crois.

— Puisque tu le dis, maugréa le jeune homme.

Il relâcha son étreinte. Faustine retomba sur sa chaise en massant d'une main sa nuque endolorie.

Elle gardait son autre main libre pour assener un coup de poing. Elle remarqua que la table voisine s'était remplie et que plusieurs buveurs obstruaient le passage.

Elle n'avait d'autre choix que de rester attablée avec cet étrange duo.

CHAPITRE 38

Florent l'examinait, perplexe. Il ne semblait plus voir en elle un mouchard.

Comme pour s'excuser, il dit :

— On sait jamais à qui on a affaire dans cette ville. C'est le carnaval des indics, tu comprends ? (Il rapprocha d'elle le verre d'absinthe.) Tiens, bois. Plus ça macère, moins c'est goûteux.

Les joues endolories, la mine renfrognée, Faustine s'empara de son verre et l'avala cul sec. Florent et Barthome échangèrent un regard.

Faustine s'attendait à tout, mais pas à ce que l'absinthe lui brûle à ce point la gorge et l'œsophage. Cette liqueur avait de quoi réveiller un mort ! Elle toussa et cracha comme si des flammes jaillissaient dans son ventre.

Les deux compères, l'Antillais peu loquace et la brute au visage d'angelot, éclatèrent de rire.

— Toutes mes félicitations, lança Florent. Tu viens d'être baptisé à l'absinthe !

Elle lança d'une voix aigre :

— Et vous faites quoi, quand vous ne rossez pas les mouchards ?

Leurs rires diminuèrent. Florent eut un sourire mystérieux.

— Barthome est dans l'illusionnisme. Et moi, dans la cage thoracique d'une grosse bête…

— Chut ! fit l'Antillais en posant son index sur ses lèvres.

Il regardait Florent d'un air de reproche. Faustine les fixa tour à tour. Illusionnisme… Grosse bête… Quel genre de truands étaient-ils ?

Elle avait envie d'éclaircir la question, mais l'absinthe lui montait à la tête. Des brumes vertes, couleur du breuvage, se répandaient dans son cerveau.

Elle avait chaud et froid en même temps. Sa tête se mit à osciller. Voyant papillonner ses cils, Florent lui secoua l'épaule :

— Eh, gaffe… Ce n'est pas l'endroit où tourner de l'œil !

— Fais-lui boire de ton casse-poitrine, dit Barthome à Florent. Ça le remettra d'aplomb.

— N-non… Surtout pas ! s'exclama-t-elle en luttant contre le sommeil.

Un effroyable soupçon la taraudait. Ces deux brigands qui parlaient d'illusionnisme, de bête et de cage thoracique, devaient être dangereux. Qui sait ce qu'ils avaient versé dans son verre ? Trois gouttes tombées d'une fiole pouvaient suffire à la mettre dans cet état.

Elle se redressa en chancelant, heurta le verre qui se brisa au sol. Personne ne s'en étonna. Un magma de rires gras et d'injures poisseuses enflait autour. On pouvait, dans ce cabaret horrible, éventrer quelqu'un sans que cela trouble en rien l'atmosphère !

— Où vas-tu comme ça ? Reste avec nous !

Ces types, qui s'étaient montrés si méfiants, voulaient maintenant qu'elle s'en remette à eux ? Elle n'était pas si naïve ! Bien plus que *Le Griffon*, cet endroit sans nom pouvait être le repaire de l'assassin qu'elle traquait. Ne s'était-elle pas jetée dans la gueule du loup en venant s'asseoir à cette table ?

Elle n'avait qu'une idée en tête : mettre le plus de distance possible entre elle et les deux compères. Si jamais elle perdait connaissance, elle deviendrait leur proie. Ils la chargeraient sur leurs épaules, la traîneraient dans une ruelle, un coupe-gorge, et là ils auraient tout loisir de…

Elle sentit les doigts de Barthome l'agripper mais elle se dégagea et se fraya un chemin entre les soiffards, fonça vers la sortie sans regarder en arrière.

La fumée qui l'environnait, les brumes de son cerveau se dissipaient à mesure qu'elle s'approchait du vitrage.

Enfin elle fut dehors, sauve !

Elle se doutait peu de ce qui l'attendait à deux rues de là.

*

Lorsqu'elle déboucha place Sainte-Opportune, tous les volets étaient clos. Des inscriptions à peine lisibles se devinaient sur les façades des maisons. La place n'était éclairée que par une lanterne.

Faustine marcha vers l'embouchure d'une ruelle, seule issue qui s'offrait à ses pas. Il n'y avait pas âme qui vive. Derrière les volets, le sommeil devait être si lourd que personne, si elle venait à crier, ne se lèverait pour donner l'alarme.

Et pourquoi se mettrait-elle à crier ? N'avait-elle pas eu le bon réflexe en s'échappant du cabaret ?

Parvenue sous la faible lueur du gaz, elle s'arrêta, stupéfaite. Cette ruelle était une impasse ! Ayant peine à le croire, elle tourna sur elle-même. La place Sainte-Opportune ouvrait-elle sur un cul-de-sac ?

Elle revint sur ses pas qui résonnaient de plus belle, semblaient se démultiplier aux quatre coins de la place.

Alors, elle comprit qu'elle n'était plus seule.

On marchait, on convergeait sur elle sans qu'elle puisse distinguer la moindre silhouette dans ce noir absolu. Allait-elle tomber nez à nez avec des chiffonniers ? Des ivrognes ? Quels oiseaux de nuit allaient surgir de l'ombre ?

Elle recula pour revenir dans le halo de la lanterne. Son talon, l'espace d'un instant, ne trouva pas l'appui du pavé. Elle se tordit la cheville. Le cri qu'elle poussa lui revint en écho.

Les autres bruits de pas avaient cessé.

— Il y a quelqu'un ?

Elle attendit. Le halo rendait plus opaque l'ombre qui l'entourait.

— Q-qui est là ? dit-elle encore, sa voix montant dans les aigus.

Elle perçut dans son dos, à un mètre, un froissement d'habit…

Elle fit volte-face.

Les assaillants surgirent d'un bond. Quatre silhouettes déchiraient le faisceau blafard. Elle venait de tomber dans un guet-apens !

Sentant une pointe acérée lui piquer le ventre, elle se mit à hurler. Sa voix fut aussitôt couverte par les grognements de ses agresseurs. Des gouttes de sang l'éclaboussèrent.

Le choc était-il si grand qu'il l'empêchait de ressentir la moindre entaille ?

Elle tourna de l'œil sous la lanterne.

Avant de s'évanouir, elle reconnut les voix du cabaret :

— Tu aurais pu en laisser vivre un, Barthome.

— Et lui tendre mon poing pour qu'il le morde ? Tu ne connais plus les hommes, monsieur Florent, depuis que tu les regardes d'en haut.

— Tu as raison. À cinquante mètres du sol, ils paraissent tous aimables…

CHAPITRE 39

La salle de contrôle des ingé-psys était mitoyenne de la plateforme 12.

Le protocole n'établissait pas de hiérarchie entre les ingé-psys. Ils étaient placés sous l'autorité de la directrice adjointe. Mais au fil des semaines, le docteur Valeria Gelati, une psychiatre de haut vol, s'était imposée par la pertinence de ses diagnostics.

Depuis qu'elle avait désamorcé en l'espace de deux jours les paniques infantiles d'une centaine de cobayes, le docteur Gelati était consultée par les responsables de plateforme chaque fois que la santé mentale d'un cobaye était en jeu.

En l'occurrence, ce qui inquiétait l'ingénieur Paul Sprenger et sa jeune collègue Lucie Van Dinh n'était pas la fragilité psychique du cobaye FX 56 : c'était plutôt son excès de santé.

Faustine, puisque c'est d'elle qu'il s'agit, venait de déjouer le piège que Lucie Van Dinh lui avait tendu.

Ce cobaye hyper-adapté avait bénéficié de complicités totalement imprévisibles : les avatars de deux autres cobayes étaient accourus pour la soustraire à quatre agresseurs virtuels qu'ils avaient réduits en charpie.

Ces agresseurs avaient pourtant été façonnés d'après les peurs les plus intimes du cobaye FX 56. Ils étaient, selon les données dont disposait Lucie Van Dinh, les agresseurs types qui la faisaient cauchemarder.

Ces attaquants virtuels avaient à peine éraflé Faustine, alors que Lucie les avait programmés pour qu'ils lui tailladent le ventre.

Lucie avait assisté, stupéfaite, à une véritable boucherie dont FX 56 était sortie indemne, malgré une peur bleue d'avoir été embrochée.

Elle s'était évanouie lorsqu'elle avait reçu les premières gouttes de sang de ses agresseurs percés de toutes parts. Les cobayes qui lui étaient venus en aide pouvaient être des Veilleurs, mais là n'était pas la question.

La question était : que faire de FX 56 ?

— Vous pouvez commencer par rehausser sa note.

Le docteur Gelati avait dit cela d'un ton presque amusé, mais la gravité de la situation ne lui échappait pas. Lucie et Sprenger l'interrogeaient du regard, désemparés comme des collégiens qui avaient fait une bêtise.

Le docteur Gelati, vêtue d'une blouse blanche, se tenait debout dans la salle des ingé-psys.

C'était une grande pièce octogonale qui, contrairement aux salles de contrôle des plateformes, n'était pas entourée de fenêtres panoramiques. Au lieu de baies vitrées surplombant les cobayes, huit écrans à cristaux liquides affichaient une succession de données psychométriques. L'activité psychique des cinq cent cinquante-neuf cobayes était modélisée sur ces écrans, tantôt sous la forme d'électroencéphalogrammes tantôt par des séries de chiffres qui défilaient au ralenti.

Cette salle au plafond en dôme donnait l'impression de

se trouver à l'intérieur d'un planétarium, sous une voûte où les étoiles étaient des cobayes endormis. On avait pris l'habitude d'y parler à voix basse.

Lucie et Sprenger réprimèrent un sursaut lorsque Valeria, après un court silence, lança d'une voix sonore :

— Jeff, viens te joindre à nous !

Ils n'avaient pas vu entrer le jeune ingé-psy qui salua le docteur Gelati d'un hochement de tête et la rejoignit devant la console. Lucie et Sprenger avaient entendu parler de ce psychiatre venu de la côte ouest des États-Unis, mais ils le voyaient pour la première fois.

D'allure juvénile, Jeff Wilson avait une barbe de deux jours, l'œil vif derrière des lunettes cerclées de fer, et des mains qui jouaient sans cesse l'une avec l'autre. Lorsqu'il parlait, il hochait le menton par saccades comme s'il s'approuvait lui-même. Lorsqu'il écoutait, sa tête restait immobile.

— Jeff, je te présente Lucie Van Dinh et Paul Sprenger, les ingénieurs de la plateforme 9.

— Enchanté, dit l'ingé-psy.

Il parlait un français sans fautes, que son accent américain rendait plus impressionnant encore.

Gelati tourna sa chevelure grise et ses yeux en amande vers Wilson.

— Tu as tout apporté ?

Il fit pivoter son poignet et brandit, comme s'il la sortait de sa manche, une clé USB en plastique bleu. Gelati désigna la console. Wilson inséra la clé dans le port USB.

Les huit écrans s'éteignirent d'un coup, plongeant la salle dans l'obscurité. Seules les touches de la console continuaient de luire. Lorsque les panneaux se rallumèrent, ils affichaient des données relatives à FX 56. L'électroencéphalogramme en rotation au-dessus de la console était celui de Faustine.

Le docteur Gelati expliqua :

— J'ai demandé à Jeff de nous apporter l'historique du cobaye depuis ses premières minutes dans le simulacre. On pourra toujours s'y reporter en cas de doute. Mais pour ce qui me concerne…

Elle laissa sa phrase en suspens et jeta un coup d'œil sur l'un des panneaux.

— Oui ? la pressa Lucie, visiblement anxieuse.

— Je suis à peu près sûre que ce qui s'est passé place Sainte-Opportune n'est pas un incident isolé. Mais une étape supplémentaire dans la trajectoire de ce cobaye. Autrement dit…

Lucie et Sprenger étaient suspendus aux paroles de Gelati. Après un temps, elle reprit :

— Elle se rapproche de son but.

— Quel but ? demanda Lucie.

— La prise de possession du simulacre, répondit Gelati.

Lucie poussa un rire incrédule.

Comme pour corroborer ses dires, Gelati prononça :

— Jeff ?

— C'est exact, enchaîna l'ingé-psy. Elle surcompense.

— « Elle » ou « il » ? s'enquit Lucie avec humeur.

Elle semblait en vouloir personnellement à ce cobaye.

— Les deux, répondit Gelati. Tu ne t'es pas trompée en lui attribuant un code jumeau. En ce moment, elle est plus masculine que féminine. Mais l'un n'empêche pas l'autre. Elle pourrait bien, quand ça l'arrangera, reprendre son apparence féminine.

— Que voulez-vous dire par « elle surcompense » ?

La question venait de Sprenger. Cette fois, ce fut Wilson qui se tourna vers Gelati.

Glissant les mains dans les poches de sa blouse, elle dit :

— Plus l'environnement lui est hostile, plus elle trouve d'astuces pour s'en dépêtrer.

Wilson, pour une fois, approuva de la tête sans dire un mot. Gelati continua :

— Avant d'être branchée dans Cité 19, c'était une adolescente mal dans sa peau. Hantée par la perte de ses parents et encline à la dépression. Les conduites à risques l'attiraient dangereusement. Maintenant, observez-la…

Le docteur Gelati indiqua l'écran situé à sa gauche. Le ruissellement de chiffres se reflétait sur son visage.

— En trois semaines, reprit l'ingé-psy, elle s'est réinventée en garçon. Elle a pris le job qui lui convenait le mieux et s'est entourée d'alliés. Son hypersensibilité, qui la rendait vulnérable dans le réel, n'est plus un handicap depuis qu'elle se trouve dans le simulacre.

— On dirait que ses sens sont décuplés, observa Lucie.

— Et son courage, ajouta Sprenger. Comment expliquez-vous cela ?

Les ingé-psys restèrent silencieux. Ils s'apercevaient que le simulacre était aussi mystérieux pour Sprenger, qui avait contribué à sa conception, que pour eux qui étaient arrivés ensuite.

— Peut-être que *lui* se l'explique ? finit par dire Gelati.

Elle n'avait pas prononcé son nom. Elle avait levé les yeux au ciel comme s'il les regardait d'en haut, eux et les trois cents employés de C.I.T.É.

— Mais il est tout aussi probable, reprit-elle, qu'il découvre en même temps que nous les performances de ce cobaye.

— Ses « performances » ? s'exclama Lucie, excédée. Ses dégâts, oui ! Elle va finir par bousiller le simulacre. Il faut la mettre hors d'état de nuire avant…

— Qu'elle ne démasque le coupable ? l'interrompit Gelati. Pour l'instant, elle en est loin. Sprenger ?

Il était le mieux renseigné sur le volet criminel. Depuis que FX 56 mettait en surchauffe la plateforme 9, Sylvia avait chargé Sprenger de veiller au grain sur l'enquête menée par Faustine.

Il dressa un premier bilan :

— Elle possède un certain nombre d'éléments sur le tueur. Pour l'instant, tout reste à l'état de fragments : un puzzle qu'elle essaie d'assembler. Elle ignore si le criminel est un homme ou un animal. Mais elle tient une piste sérieuse avec l'écaille de tortue. Si elle la suit jusqu'au bout, et je ne la vois pas s'arrêter en si bon chemin, elle risque de tomber nez à nez avec…

Il se tut.

Gelati venait de lui décocher un regard, comme s'il en avait trop dit.

CHAPITRE 40

L'atmosphère était de plus en plus lourde dans la salle des ingé-psys. Ils n'osaient pas le reconnaître à voix haute, mais ces ingénieurs, ces psychiatres, voyaient la situation leur échapper.

Pour la première fois, ils étaient réduits à observer ce qui se déroulait dans le simulacre sans pouvoir agir dessus.

Le docteur Gelati reprit contenance et dit en parlant de Faustine :

— Bref, elle s'approche, elle brûle. À chacun de ses rêves, l'étau se referme un peu plus sur le tueur.

— Pourquoi on ne la débranche pas ? demanda Lucie.

— Trop tard, répondit Valeria. Elle compte déjà de nombreux alliés.

— Débranchons-les, elle et ses alliés ! insista Lucie.

— N'est-ce pas ce qu'il y a de mieux à faire ? approuva Sprenger.

Le docteur Gelati retira les mains des poches de sa blouse. Elle dévisageait les ingénieurs avec perplexité, comme si quelque chose leur avait échappé. Wilson, l'air gêné, haussa les sourcils en tirant les poils de sa barbe.

— *Quoi* ? fit Lucie sans comprendre.

— Je pensais que vous étiez au courant, s'étonna Gelati. Je pensais que c'était pour ça que vous veniez me voir.

— Au courant de quoi ?

— On est venus à cause de la surchauffe, enchaîna Sprenger.

— Il y a autre chose qu'une surchauffe ? demanda Lucie.

Le docteur Gelati se tourna vers la console et éjecta la clé USB. Le noir se fit, un bref instant, sur les écrans de la salle octogonale. Gelati se pencha sur un clavier, tapa une dizaine de caractères et transmit son ordre au système.

Lucie et Sprenger restèrent bouche bée pendant qu'apparaissaient sur les écrans les dix-neuf plateformes du laboratoire. Elles étaient modélisées par des diagrammes. La plateforme 9 était visible sur l'écran situé au-dessus de la console.

Les deux ingénieurs examinèrent aussitôt la capsule de sommeil du cobaye FX 56.

— Vous connaissez le logiciel transversal, dit Gelati.

Ils le connaissaient mais ne l'avaient jamais utilisé. Ils s'étaient toujours focalisés sur leurs cobayes sans éprouver le besoin de vérifier ce qui se passait sur les plateformes voisines. Après tout, le logiciel transversal était un recours à n'utiliser qu'en cas d'urgence. C'est-à-dire de bug généralisé.

— Vous voyez l'onde violette ?

Ils la voyaient. L'onde, une tache de couleur qui faisait penser à une pastille transparente, était concentrée sur la capsule de sommeil de Faustine.

— C'était il y a trois semaines, précisa Gelati.

Lucie vérifia la date de modélisation affichée en haut de l'écran.

Gelati prononça d'une voix forte :

— *Actualiser.*

Alors, la pastille qui flottait sur la capsule de Faustine se mit à grandir à vue d'œil. Ce n'était plus une tache mais une vague déferlante. Elle se propageait à toute vitesse, gagnait une à une les plateformes et y répandait la même teinte violette.

Lucie et Sprenger pivotèrent dans des directions opposées pour suivre le chemin de l'onde.

La date et l'heure de modélisation défilaient à toute allure tandis que l'onde infiltrait la quasi-totalité des diagrammes.

Lorsque l'horloge du logiciel transversal afficha l'heure et la minute actuelles, Sprenger s'exclama :

— Son rêve a pris l'ascendant sur ceux des autres cobayes !

Et Lucie, plus incrédule encore :

— Ils sont en train de rêver la même chose qu'elle !

Le docteur Gelati se tourna vers les ingénieurs.

— Alors ? fit-elle d'un ton sans réplique. On rehausse sa note à 99 ?

— Pas question !

Tous se tournèrent vers l'endroit d'où avaient jailli ces mots.

Sylvia se tenait dans l'embrasure.

*

Il y eut un long silence, rompu seulement par le claquement des talons de Sylvia qui alla s'asseoir sur le fauteuil du docteur Gelati.

Les ingé-psys, les tech-sims, les chefs de plateforme, tout le personnel de C.I.T.É. tremblait à l'approche de la directrice adjointe.

Quant à la jeune Lucie Van Dinh, qui n'avait jamais eu droit à un mot aimable de la part de Sylvia, elle lui vouait une haine toute spéciale. Fondée, pour une large part, sur un avide besoin de reconnaissance.

— Vous pouvez me dire ce qui se passe ? demanda Sylvia sans s'adresser à quelqu'un en particulier.

D'une voix étranglée, Lucie fit entendre :

— Vous avez vu la séquence de la place Sainte-Opportune ?

Elle aurait pu ajouter : « Ma lamentable tentative pour liquider FX 56 ? » Mais cet aveu était inutile. Peu de choses échappaient à sa chef.

— J'ai vu la séquence au moment où elle se déroulait, confirma Sylvia.

Elle promena ses yeux sur les écrans de la salle octogonale. Elle semblait y prendre du plaisir, comme si elle admirait un spectacle sortant de l'ordinaire.

Lucie reconnut sur le visage de sa chef l'expression intense, fébrile, qu'elle avait eue en observant l'électroencéphalogramme du cobaye initialement désigné comme FX 27.

Une semaine avait passé et ce cobaye, devenu FX 56, avait changé de statut : de simple curiosité, il s'était transformé en anomalie persistante. Et à présent, en menace appelant des mesures drastiques.

— La voilà donc, notre vedette.

Sylvia avait dit cela d'un ton posé qui ne laissait rien percevoir de ses intentions.

Elle se tourna vers Lucie et Sprenger.

— Si on mettait fin aux cachotteries ? Prenez place, ajouta-t-elle en indiquant les fauteuils vides.

Son ton était presque affable. Lucie et Sprenger restaient

sur leurs gardes. Comme Gelati et Wilson, ils s'assirent de chaque côté de Sylvia.

— Cité 19 est un protocole complexe. Je suis la première à le reconnaître. Mais c'est aussi une aventure qui nous implique tous. Ses déséquilibres, ses dysfonctionnements ne sont pas des erreurs imputables à l'un ou à l'autre d'entre nous.

Lucie se sentit visée par ces paroles. Mais les yeux de Sylvia regardaient ailleurs. Ils semblaient se perdre dans les lueurs violettes déversées par les écrans à cristaux liquides.

Sylvia se tourna vers Gelati puis vers les ingénieurs.

— Valeria, nous avons besoin de ton expertise. Et de celle de chacun d'entre vous. Ce qui est en train de se produire pourrait être ce que nous attendions depuis le début.

— Tu veux dire, articula lentement Gelati, qu'elle est celle que nous cherchons ?

— Je ne veux pas précipiter le diagnostic. Nous ignorons encore qui elle est vraiment. Lui faire prendre conscience de ses pouvoirs, lui confier dès maintenant le secret, pourrait être aussi dangereux que de la débrancher d'un seul coup.

— Le « secret » étant… ? demanda Wilson.

— Les trois lois de Cité 19, répondit Sylvia.

— Tu es sûre qu'elle n'en a pas conscience ?

Tout en disant cela, Gelati s'était tournée vers les écrans. La propagation de l'onde y était visible en temps réel. Elle semblait pour l'instant immobile. Mais quand on fixait un des diagrammes, on la voyait progresser millimètre par millimètre.

— Comment pourrait-elle connaître les lois de Cité 19 ? Elle ignore qu'elle est en train de rêver. Elle croit qu'elle voyage dans le temps.

— Excusez-moi, fit Lucie.

Ils se tournèrent vers elle. Cachant mal son agacement, la jeune fille déclara :

— Ne devrait-on pas, par mesure de précaution, limiter l'influence de FX 56 sur le simulacre ?

— Lucie propose de la débrancher, renchérit Gelati.

Sprenger vint à la rescousse de sa collègue.

— Personnellement, si elle ne s'était pas mise à enquêter sur les meurtres, je n'aurais aucun problème à la laisser évoluer dans le simulacre. Mais vu son comportement, je suis d'accord avec Lucie : non seulement FX 56 pourrait bien identifier le coupable, mais elle risque d'ouvrir une brèche vers un réveil général !

— C'est clair, reprit Lucie. Si ça ne tenait qu'à moi, je la débrancherais tout de suite…

— Ça suffit !

Tous regardèrent Sylvia, interloqués. Son visage était devenu rouge. Ses lèvres tremblaient.

Pour la première fois, elle semblait avoir perdu son sang-froid.

CHAPITRE 41

Sylvia se leva de son fauteuil. Elle fit quelques pas jusqu'au centre de la pièce, le temps de reprendre son calme.

Le dos tourné aux ingénieurs et aux psychiatres, elle parla de nouveau d'un ton posé.

— Il y a cinq cent cinquante-neuf cobayes dans le simulacre. À l'heure où je vous parle, près de deux cent cinquante sont en relation avec FX 56. C'est presque la moitié de notre effectif.

— Ce qui veut dire, poursuivit Gelati, que FX 56 alimente les rêves de la moitié des cobayes. Elle leur communique des images, des sensations, des émotions, qu'ils incorporent à leurs propres rêves.

— Comme si elle leur donnait le *la*, résuma Wilson.

— Un seul cobaye peut-il influencer à ce point tous les autres ? demanda Sprenger.

— Nous pensions… *je* pensais, reprit Sylvia en se tournant vers eux, que l'influence de FX 56 serait circonscrite à la plateforme 9. Qu'elle ne se propagerait pas au-delà, même si tous nos cobayes rêvent en réseau.

— Son androgynie aurait dû nous mettre la puce à l'oreille, observa le docteur Gelati.

— Aucun autre cobaye n'a changé de sexe en cours de protocole, confirma Wilson. FX 56 est la seule à avoir pris cette liberté.

— Ce qui indique, reprit Gelati, qu'elle est capable de tourner le simulacre à son avantage…

— « À son avantage » ? s'écria Lucie. Et qui vous dit qu'elle n'est pas, au contraire, en train de perdre les pédales ?

— Elle ne perd pas les pédales, assura Wilson. Elle joue avec son identité. Même si ses propres facilités l'inquiètent.

Sylvia écoutait cet échange avec une satisfaction visible.

Lucie, pendant ce temps, s'était approchée d'un écran. Elle collait son visage au ruissellement de chiffres. Comme si le scruter d'aussi près allait lui fournir la clé du mystère.

Le dos tourné, elle demanda :

— Et qu'est-ce qui lui donne, selon vous, autant de facilités ?

Sylvia répondit :

— Sa construction imaginaire du passé a des racines profondes en elle. D'une certaine manière, Faustine…

Le prénom avait échappé à Sylvia. Il y eut un échange de regards entre les psychiatres. Lucie se retourna.

— FX 56, reprit Sylvia sans se troubler, a toujours vécu au XIXe siècle. Ses images mentales de Paris à cette époque sont plus précises, plus puissantes que chez les autres cobayes.

— Mais c'est une gamine ! s'écria Lucie, oubliant qu'elle avait le même âge que Faustine.

Le docteur Gelati enchaîna :

— Depuis l'entrée de FX 56 dans le simulacre, nous avons constaté une recrudescence de sensations visuelles, auditives et olfactives sur toutes les plateformes. Sa seule présence rend la ville plus réelle pour les cobayes. Les rêves qu'ils font avec elle… sont aussi précis que la réalité.

— En trois semaines, ajouta Wilson, Cité 19 est passée d'un million d'habitants virtuels à un million sept cent mille. L'équivalent de quinze années de poussée démographique sous le Second Empire !

— Et c'est *elle* qui en est la cause ? interrogea Sprenger. Par la seule force de son esprit ?

Gelati approuva de la tête :

— Son imaginaire se propage à vitesse grand V. Il se transmet comme un virus de cobaye en cobaye. La plupart adoptent ses visions comme si elles étaient les leurs.

Wilson énuméra :

— On lui doit la progression rapide des travaux d'Haussmann, l'achèvement des Halles, la création du *Petit Journal*…

— Et Échouart ? demanda Lucie. Vous ne l'oubliez pas un peu vite ?

Le docteur Gelati regarda Sylvia comme si elle attendait son signal pour parler. Mais la directrice adjointe restait impassible.

— Que veux-tu dire ? demanda Sylvia.

Son ton suggérait moins le besoin d'être éclairée que le désir de tester Lucie. De vérifier ce que la jeune ingénieur avait compris du fonctionnement de Cité 19. Le simulacre, disait souvent Sylvia, était un instrument de découverte. Il se reconfigurait sans cesse, recelait autant de surprises pour les cobayes que pour ses concepteurs eux-mêmes.

Son instigateur, le cerveau de Cité 19, l'avait comparé à un Rubik's Cube. Un puzzle dont les dimensions, les couleurs, les figures variaient sans cesse entre les mains des joueurs.

Lucie reprit d'un ton assuré :

— À mon avis, FX 56 a trouvé un contradicteur de taille en la personne d'Échouart. Je n'ai pas regardé de quel cobaye il est l'avatar, mais il s'agit sans doute de quelqu'un de très intelligent et d'expérimenté : un journaliste ou un enquêteur professionnel.

— Et alors ? fit Sylvia.

Elle ne semblait pas disposée à révéler quel cobaye se rêvait en Échouart dans Cité 19. Gelati et Wilson avaient le sourire aux lèvres. Lucie se sentit encouragée.

— Eh bien, reprit-elle, je ne sais pas si vous avez remarqué, mais Échouart ne cesse de la contredire. Il lui rabat son caquet dans presque toutes les séquences. Si FX 56 a autant d'influence que ça sur les autres cobayes, avec Échouart elle m'a tout l'air d'être tombée sur un os…

Il y eut un silence. Lucie regarda tour à tour Sylvia et les deux ingé-psys. Pouvaient-ils encore soutenir que FX 56 exerçait un ascendant sur tous les cobayes de Cité 19 ?

— J'ai bien peur que notre ami Échouart n'échoue à contredire Faustine, dit Sylvia en esquissant un sourire.

Le prénom, cette fois, ne semblait pas avoir jailli par inadvertance. En voyant Sylvia soutenir leurs regards, les autres comprirent que FX 56 venait de gagner un honneur tout particulier. Peu à peu, ils se mirent tous à l'appeler par son prénom.

— Il peut lui rabattre son caquet tant qu'il veut, reprit Sylvia, il ne se mettra jamais en travers de sa route.

— Pourquoi donc ? demanda Sprenger.

— Parce que c'est Faustine qui l'a inventé.

— *Quoi* ? s'exclamèrent Sprenger et Lucie.

— Elle dit vrai, lâcha Gelati en se tournant vers eux. Échouart n'est pas l'avatar d'un cobaye. C'est un produit de son subconscient. Faustine l'a créé de toutes pièces et l'a introduit dans Cité 19 pour son usage personnel.

— Mais c'est impossible ! s'exclama Sprenger. Nous avons vu la séquence de la Morgue du point de vue de…

— Ce n'était pas le point de vue d'Échouart, le coupa Gelati. C'était celui d'un légiste.

Lucie lâcha un rire amer. Elle commençait à prendre la mesure des talents de Faustine.

— Sait-on, demanda Sprenger d'une voix hésitante, ce qu'est Échouart exactement ? Et quel usage personnel elle en fait ?

— Échouart est un ambitieux, répondit Wilson. Un mondain. Il ouvre à Faustine les portes de l'aristocratie.

— Il la pousse à choisir entre deux mondes, continua Gelati. Entre son rêve des bas-fonds, plein de menaces et de dangers… et l'autre rêve le plus partagé sous le Second Empire : celui de l'ambition et de la richesse.

— Deux rêves qui peuvent vite tourner au cauchemar, dit Sylvia d'un ton pensif. Surtout quand on a beaucoup d'imagination.

Ils se tournèrent vers l'électroencéphalogramme de Faustine.

Une phosphorescence violette indiquait qu'elle s'était remise à rêver.

CHAPITRE 42

Elle ouvrit les paupières et, à travers un brouillard de sensations douloureuses, reconnut les œils-de-bœuf de sa mansarde.

Dans la lumière pâle de l'aube se tenait, assis sur un tabouret, un homme courbé qu'elle voyait à contre-jour.

— Qu'est-ce… qu'on m'a fait ?

— Rien, curieusement.

Qui avait parlé ? Elle voulut se redresser, prendre appui sur ses coudes, mais une sensation de brûlure lui cinglait le ventre. Elle gémit.

— Enfin, presque rien, dit l'homme assis. Une égratignure.

Elle souleva la couverture pour examiner son ventre. Sa taille était ceinte d'un bandage de fortune, une tache rouge apparaissait, sur le coton, près de son nombril.

Elle avait le torse dénudé. Sa poitrine plate comme une crêpe n'était pas enserrée par le tulle.

— Qui m'a déshabillée ?

— Ah, ce n'est pas moi ! Juré, craché !

Faustine eut un instant d'hésitation, puis elle reconnut Barthome, l'Antillais rencontré au cabaret des Halles.

L'ancien esclave de Basse-Pointe tenait entre ses jambes sa canne au pommeau sculpté. En apercevant la tête de lion qui ornait la canne, Faustine revit en un éclair l'embuscade qu'on lui avait tendue place Sainte-Opportune.

Tout s'éclaircit alors : Barthome et Florent, les mystérieux buveurs près desquels elle avait failli s'évanouir chez le père Niquet, l'avaient tirée d'affaire. Ils avaient surgi place Sainte-Opportune au moment où ses assaillants allaient l'égorger. Elle se souvenait vaguement des paroles qu'ils avaient échangées tandis qu'elle tournait de l'œil.

— C'est vous qui avez fait fuir mes agresseurs ?

— Je ne les ai pas fait fuir, répondit Barthome. Je les ai embrochés comme des poulets !

— Combien étaient-ils ?

— Cinq.

Faustine sentit à nouveau la brûlure sur son ventre. Les cris d'agonie de ses assaillants lui revinrent en mémoire.

— Merci, souffla-t-elle à Barthome.

Il haussa les épaules.

— C'était un plaisir. Bang ! Bang ! fit-il en agitant son poignet. Je n'avais jamais dansé aussi bien.

— « Dansé » ?

— Pour éviter leurs lames. Agir dans l'obscurité n'est pas tout. Il faut savoir embrasser le sol et bondir en souplesse.

Ces propos intriguèrent Faustine.

— Pourquoi m'avez-vous suivie hors du cabaret ?

— Dame ! Que voulez-vous qu'il vous arrive quand vous sortez d'un cabaret, la tête lourde comme une enclume ? L'absinthe qu'ils vous ont fait boire était un préparatif pour le coupe-gorge.

— Je pensais que c'était vous et votre ami qui m'aviez droguée…

Barthome se dressa d'un bond.

— Alors ça ! Nous prendre pour des escarpes ! (Elle reconnut le mot d'argot qui désignait des assassins.) Monsieur Florent apprécierait.

— Où est-il en ce moment ?

— Il gagne sa croûte.

— À la mine ?

— Qu'est-ce qui vous fait dire ça ?

— Il parlait d'une cage…

Faustine se souvenait des mots de Florent dans la taverne : il prétendait travailler dans la cage thoracique d'une grosse bête. Elle l'avait soupçonné, à cause de ces mots énigmatiques, d'être l'assassin de la Cité.

Barthome eut un large sourire qui fit voir ses dents étincelantes.

— Si c'est une mine, elle est construite à l'envers. Pour monter au ciel !

Faustine ne se sentait pas la force de le questionner davantage.

— C'est Florent qui m'a déshabillée ? demanda-t-elle avec un tremblement dans la voix.

— Oui.

Il ne semblait pas vouloir en dire plus.

— Vous étiez là ?

— Oui.

Ils savaient donc qu'elle n'était ni tout à fait un garçon, ni tout à fait une fille.

Elle eut un soupir résigné.

Comme pour la rassurer, Barthome lui dit :

— La personne que tu es vraiment, ou celle que tu veux paraître aux yeux des autres, ça ne regarde que toi.

— Mais je ne sais même pas *qui* je suis ! s'exclama Faustine d'une voix plaintive.

C'était la première fois qu'elle confiait ses doutes à quelqu'un. Barthome, qui lui avait paru plein de ressentiment dans la taverne, lui faisait maintenant penser à un vieux sage.

— Tu es celle ou celui que tu deviendras, dit Barthome d'un ton définitif.

La couverture glissa du torse de Faustine. Elle eut la chair de poule.

Baissant les yeux, elle dit :

— Je crois que ma liberté me fait peur…

Barthome se leva et marcha vers le fond de la mansarde. Il soulevait sa canne en faisant tournoyer le pommeau. Faustine suivait des yeux cette silhouette à l'allure pensive.

Il se posta devant la fenêtre, découpant son profil sévère sur le mur lépreux.

— Bien sûr que tu as peur. La servitude est rassurante. Tandis que la liberté… À quoi ressemble-t-elle ? Nous l'ignorons. Elle est notre vraie nature, et pourtant nous n'osons pas la regarder en face.

Une question démangeait Faustine.

— Comment avez-vous su que j'habitais ici ?

Barthome désigna le sol avec le bout de sa canne.

— J'ai trouvé ce papier dans ta poche.

Près de la natte sur laquelle elle était allongée, Faustine reconnut la quittance de loyer où figuraient son nom et son adresse.

— À moi de t'interroger, dit Barthome.

Faustine voulut se lever, mais sa blessure continuait de lui faire mal. Elle chercha une autre position. L'homme s'était dirigé vers le fond de la pièce.

De là, il demanda :

— Tu apprends à écrire ?

Il désigna de sa canne le cadre en ardoise. Là où elle avait tracé les noms de Manon, Danzac et Baldaquin. Et des mots qui semblaient n'avoir aucun rapport entre eux.

Barthome n'avait rien d'un illettré. Faustine n'essaya pas de lui mentir.

Elle se redressa et répondit :

— Je traque l'assassin de la Cité.

Barthome s'appuya sur sa canne.

— Tu n'es pas la seule. On voudrait tous arrêter ce monstre.

— Il a tué mon amie, dit Faustine d'une voix sourde.

— Et tu voudrais la venger…

Faustine acquiesça. Elle ramena ses genoux sur sa poitrine et les serra contre elle. Elle n'osait dire à Barthome que son enquête était au point mort.

— « Tortue ? », prononça-t-il.

Il lisait le mot au bas de l'ardoise.

Faustine rassembla tout ce qu'elle savait à ce stade et dit :

— Le meurtrier a laissé des écailles de corette près du corps de deux de ses victimes. La corette est une tortue d'Amérique. Les derniers manches de couteau fabriqués avec cette écaille datent d'il y a trente ans…

— Des couteaux de collectionneur ? Ou un meurtrier amateur de tortues ?

Barthome fit la moue. Il ne semblait pas mieux renseigné que Faustine.

— Je ne dois négliger aucune piste, fit-elle. Pas même la plus improbable.

Elle s'abstint de préciser qu'elle penchait non pas pour un criminel ordinaire, mais pour une créature munie d'écailles de tortue. Voire un monstre surnaturel. Le bonimenteur du *Petit Journal*, avec son imagination débridée, lui semblait plus près de la vérité que les enquêteurs de la Préfecture.

— Qui sait ? dit Barthome. Peut-être trouveras-tu quelque chose en écumant les cabinets de curiosités de la capitale.

— Les cabinets de curiosités ?

— Les tortues sont très prisées par les collectionneurs. Surtout celles qui appartiennent à des espèces disparues.

Faustine n'y avait jamais songé. Les cabinets de curiosités étaient encore en vogue à Paris sous le Second Empire. C'étaient des collections privées, musées du monstrueux et du bizarre, que certains amateurs constituaient pour leur seul plaisir.

— Qui m'y donnera accès ? demanda-t-elle.

Barthome réfléchit un instant et dit :

— Tu devrais te renseigner auprès de Florent. Il connaît la moitié des ébénistes de la ville. Il pourrait leur demander qui s'est fait construire un cabinet de curiosités dans Paris ou en dehors.

C'était une piste ténue mais elle n'en avait pas d'autre pour l'instant. Et Faustine savait qu'en matière criminelle les détails sont de la plus haute importance.

— Où puis-je trouver Florent ?

— Rien de plus facile ! C'est un des ouvriers de…

Barthome s'arrêta net.

— Ouvrier de quoi ? le relança-t-elle.

Le visage de l'Antillais s'était fermé. Il esquissa un pas vers la sortie.

— Je dois d'abord lui demander...

La réaction de Barthome étonna Faustine. Qui étaient ces gens qui vous sauvaient la vie, vous veillaient jusqu'à votre réveil, puis s'éclipsaient en faisant des mystères ?

— Je peux vous rejoindre ce soir au cabaret du père Niquet, dit-elle.

Faustine se rappela soudain que le soir même, elle était invitée chez Échouart.

— Nous n'y serons pas, dit Barthome. Ce soir, je travaille au théâtre.

— Comédien ? Parfait. Je viendrai t'applaudir.

Une expression amère passa sur le visage de Barthome.

— Les Noirs ne sont pas admis sur la scène, dit-il entre ses dents. Pas plus que dans la salle.

— Oh pardon, glissa Faustine. Mais... que fais-tu, alors ?

— Je suis machiniste. Dans les cintres. Le seul avantage de ma couleur de peau, c'est qu'elle me rend invisible...

Il sortit de sa poche un tract chiffonné et le tendit à Faustine. Comme elle baissait les yeux pour le lire, Barthome se dirigea vers la porte.

— J'y serai jusqu'à minuit. Tu peux venir me retrouver. Je te dirai si Florent accepte de te renseigner.

Sans lui laisser le temps de réagir, il ferma la porte et descendit l'escalier.

Elle entendit ses pas s'éloigner tandis qu'elle approchait le tract de ses yeux.

On y voyait le dessin d'un homme en costume, tenant

d'une main une épée, de l'autre une tête coupée qu'il soulevait par les cheveux.

Et en lettres noires sur fond rouge :

Théâtre ROBERT-HOUDIN

8, boulevard des Italiens

GRAND SUCCÈS : LE DÉCAPITÉ RÉCALCITRANT

CHAPITRE 43

Dans la salle des ingé-psys, les huit écrans s'éteignirent pour se rallumer sur la même image.

Elle provenait de la Centrale. Son canal, quand il émettait dans le circuit interne, prévalait sur tous les écrans de contrôle.

C'était, en gros plan et de face, le visage sans rides d'un homme aux yeux verts, au nez aquilin et au front bombé. Il portait des lunettes rondes qui lui agrandissaient les yeux. Ses cheveux blond platine se dressaient en l'air comme sous l'effet d'un courant électrique intérieur.

Il se penchait en avant, l'air de chuchoter une confidence.

Mais ce qu'il prononça était un ordre :

— *Le séminaire de protocole débute dans quinze minutes.*

Il n'avait pas eu besoin de marteler ces mots. Son visage apparaissait huit fois dans la salle des ingé-psys et sur des centaines d'écrans de l'immense laboratoire dénommé C.I.T.É.

Cette apparition suffisait à faire passer le message. Il aurait pu ne pas parler. Il était, comme l'appelaient les tech-sims, « l'Œil dans le ciel » : invisible et obsédant. La plupart des employés s'étaient passé le mot et disaient simplement : « l'Œil ».

Son nom apparaissait en petits caractères au bas de l'écran. Non pour permettre à ses employés de l'identifier, mais parce qu'il aimait répéter que C.I.T.É. ne reposait pas entièrement sur sa personne. Même s'il pensait le contraire : C.I.T.É., c'était lui, Victor Zapruder.

Un des esprits les plus brillants de sa génération.

L'instigateur et le cerveau de Cité 19, cette gigantesque expérience de laboratoire menée entre les murs du Centre International de Technologies Électroniques.

Quand son image était apparue dans la salle des ingé-psys, toute hiérarchie entre Sylvia et les autres s'était brusquement évanouie. Ils avaient frémi en même temps, s'étaient tous sentis écrasés par l'apparition de l'Œil.

Lucie s'était étonnée de voir Sylvia se raidir comme elle. La directrice adjointe n'était-elle pas le bras droit de Zapruder ? La paranoïa qui régnait dans le labo l'avait-elle gagnée elle aussi ?

Pendant de longues secondes, les cinq occupants de la salle des ingé-psys retinrent leur souffle. Ils s'étaient figés comme si le plus petit geste risquait de trahir leur pensée. Zapruder semblait les voir. L'annonce était terminée mais l'image ne s'éteignait pas.

L'Œil s'incrustait.

Chacun s'attendait à ce que Zapruder s'adresse à lui personnellement. Ce qu'il faisait au moment où on s'y attendait le moins, et sans se préoccuper d'être entendu par l'ensemble des employés.

« *Sprenger, pourquoi le cobaye FX 44 n'a-t-il pas d'avatar ?* »

« *Docteur Gelati, réunion d'urgence des ingé-psys dans la Centrale.* »

« Vous êtes à votre poste, Lucie ? Votre fauteuil est vide depuis un quart d'heure ! »

S'attarder à la cantine ou aux toilettes pouvait vous valoir une réprimande diffusée dans tout le labo.

Sylvia était la seule à qui Zapruder ne s'adressait jamais par l'intercom.

On supposait qu'ils s'entretenaient en privé à l'issue de chaque journée. Qu'ils dressaient un bilan quotidien des dysfonctionnements et des réussites du protocole. Sylvia était là depuis le début. Sa collaboration avec Zapruder remontait à plus de douze ans : à la fondation de C.I.T.É.

La plupart auraient été surpris d'apprendre que Sylvia et Zapruder, depuis six mois, ne se parlaient quasiment plus.

Les huit Zapruder disparurent d'un coup. Les diagrammes des dix-neuf plateformes revinrent sur les écrans HD. Les plateformes étaient toujours recouvertes par l'onde violette de Faustine.

Les cinq occupants de la pièce ne purent s'empêcher de souffler en même temps.

— Bien.

Sylvia, par ce mot, clôturait la réunion.

Les personnes assises se levèrent de leur fauteuil. On se préparait à sortir pour se diriger vers l'auditorium où Zapruder tenait ses séminaires de protocole.

À cet instant, Lucie, les yeux braqués sur Sylvia, dit en haussant la voix :

— Et si elle était plus dangereuse qu'on ne le pense ?

Le mouvement qui se formait vers la porte s'interrompit.

— Pardon ?

Sylvia semblait se sentir personnellement visée.

Lucie reprit :

— Et si FX 56 provoquait quelque chose de pire qu'un réveil général ?

— On nous attend en séminaire de protocole, l'arrêta le docteur Gelati. On pourrait peut-être débattre de ça à un autre…

— Laisse-la parler, Valeria.

Sylvia laissait le champ libre à Lucie. La Générale semblait vouloir tout connaître des griefs de la jeune ingénieur envers Faustine.

— Si elle nous cachait une chose que personne n'a su déceler ?

Lucie promena sur ses interlocuteurs ses yeux perçants d'adolescente surdouée. Se sentant mis en cause, les ingé-psys dissimulaient mal leur agacement.

— Enfin, renchérit la jeune fille, on est entourés de psys et personne n'a rien vu ?

Le docteur Gelati lui adressa d'un ton las :

— Et qu'as-tu vu, Lucie, que onze ingé-psys ont loupé ?

— Son instinct de mort, voilà ce que j'ai vu, répliqua la jeune fille.

Chacun sembla tourner cette remarque dans sa tête. Wilson fut le premier à répondre :

— Il ne nous a pas échappé. Quand elle a voulu se jeter dans la Seine, nous avons fait surgir à point nommé le cobaye FX 63.

— Je ne parle pas de ça, fit Lucie en haussant les épaules. Bien plus que sa mort à elle, ce qui la fascine… c'est celle des autres !

— Amusant, dit Sylvia avec une légèreté forcée.

Lucie n'en démordait pas :

— Voilà trois semaines que je l'observe, nuit après nuit,

depuis ma console. Je me suis repassé en boucle toutes ses séquences de rêve. Elle est dangereuse, cette gamine !

— On a compris, fit Gelati. Tu lui en veux parce qu'elle a échappé au guet-apens que tu lui as tendu.

— Croyez-moi, insista Lucie, elle est accro au sang !

— Allons bon, ricana le docteur Gelati. Un vampire, maintenant !

Gelati et Lucie se tournèrent vers Sylvia, comme pour lui demander d'arbitrer leur dispute.

Sylvia n'arborait plus sa mine légère. Elle fixait le vide d'un air soucieux.

Lucie n'en avait pas terminé avec Faustine :

— Elle ne se contentera pas de livrer l'assassin à la justice… Vous l'avez entendue, non ? Elle veut lui faire subir ce que Manon a subi.

— Elle parlait devant son cadavre, rappela Gelati.

— Elle lui jurait de la venger, riposta Lucie imperturbable. Elle est prête à tout !

Sylvia restait silencieuse. Mais on la sentait bouillir intérieurement. Lucie semblait s'en réjouir.

Elle ajouta :

— Et quand c'en sera fini du tueur en série, quand elle aura compris qu'il n'est qu'un épouvantail au service du pouvoir, elle s'attaquera au pouvoir lui-même. Elle sèmera la révolte et le chaos dans Cité 19. Et le simulacre échappera à notre contrôle.

On entendait Sylvia respirer bruyamment.

L'atmosphère était à couper au couteau.

CHAPITRE 44

La directrice adjointe semblait de plus en plus rouge. C'était perceptible même sous la luminosité diffuse des écrans.

Sylvia s'était déjà tournée vers la sortie lorsque Lucie fit d'un ton agressif :

— *Il* est au courant, je suppose ?

— Au courant de quoi ? répliqua la directrice adjointe.

— Que nous tenons le cobaye FX 99.

Il y eut un silence. Lucie restait impassible.

— C'est ce que tu penses ? demanda Sylvia.

Sprenger répondit à la place de Lucie :

— C'est ce que nous pensons tous !

Cette fois, même le docteur Gelati acquiesça.

Tous étaient du même avis. Sylvia était la seule à ne pas vouloir attribuer le code FX 99 à Faustine. Si elle cédait sur ce point, les conséquences seraient incalculables. Cela revenait à livrer Faustine à Zapruder : précisément ce que Sylvia voulait éviter.

Elle se sentit cernée. Les ingénieurs et les psys préconisaient un traitement spécial pour Faustine. Lucie voulait la débrancher.

Sylvia pensa : « Si Zapruder apprend qu'on a découvert le cobaye hyper-adapté qu'il cherche depuis le début, celui qui est la raison d'être du simulacre… S'il apprend cela, quel sort réservera-t-il à Faustine ? »

— Rehaussez sa note à 89, lança Sylvia d'un ton péremptoire.

— *Seulement* ? s'exclama Gelati.

— Il est trop tôt pour focaliser le protocole sur un seul cobaye. Faustine pourrait décevoir nos attentes. Qui nous dit, d'ailleurs, qu'elle ne va pas commettre une erreur fatale et se retrouver à la Morgue comme la jeune couturière ?

— Ce serait regrettable, commenta Wilson.

— Mais pas impossible, reprit Sylvia d'un ton dur qui fit tressaillir Sprenger et les ingé-psys.

Lucie restait impassible. Mais en regardant mieux, on pouvait deviner un léger sourire sur ses lèvres.

Après avoir hoché le menton en guise d'au revoir, Sylvia sortit de la salle octogonale et gagna l'ascenseur qui desservait le sous-sol. Deux ingénieurs s'y trouvaient. Légèrement en retard, comme elle, pour le séminaire de protocole.

Dans la salle des ingé-psys, le départ de Sylvia délia les langues. Surtout celle de Lucie, qui semblait réfléchir à voix haute.

— Curieux, tout de même, cette façon de garder un cobaye pour elle toute seule…

— Comment ça ? fit Sprenger.

Une fois que tous les regards eurent convergé sur elle, Lucie déclara :

— FX 56 est sa petite protégée.

Gelati se surprit à approuver d'un signe de tête. Depuis quelques jours, elle se faisait la même réflexion.

— Elle n'a d'yeux que pour elle, ajouta l'adolescente.

— N'exagérons rien, dit Sprenger.

Lucie se tourna vers son collègue de plateforme. Les yeux de la jeune fille étaient plus bridés que d'habitude. On avait l'impression qu'elle flinguait Sprenger du regard.

— Si tu n'avais pas eu le nez dans tes mots croisés l'autre soir, tu aurais vu ce que j'ai vu.

— Qu'est-ce que tu as vu, Lucie ? demanda Gelati d'un ton pressant.

Alors, la jeune ingénieur raconta :

— C'était la nuit de vendredi à samedi. On était seuls dans la salle de contrôle, fit-elle en hochant la tête vers Sprenger. D'habitude, je suis scotchée à mes écrans, je ne fais pas attention aux cobayes dans leurs capsules de sommeil. Sauf quand je me lève pour m'étirer… C'est ce que j'ai fait à trois heures du matin, debout devant la vitre panoramique. Un poste d'observation idéal : de là, on peut voir tout ce qui passe sur la plateforme 9. Celle-ci était peu éclairée mais j'ai aperçu la silhouette d'une femme appuyée sur une capsule…

— Quelle capsule ? demanda Sprenger qui s'en doutait déjà.

— Celle du cobaye FX 56, alias Faustine. Pendant quelques secondes, j'ai cru que c'était une personne envoyée par la maintenance, mais elle ne portait pas de blouse. Je me suis assise devant ma console et j'ai allumé les écrans de surveillance. J'ai zoomé lentement jusqu'à ce que le visage envahisse l'écran : c'était Sylvia. Elle se penchait sur Faustine et lui murmurait quelque chose…

— Tu as branché les micros de plateforme ? interrogea Sprenger.

— Je les ai écoutés au casque, répondit Lucie avec un sourire en coin.

Sourire qui voulait dire : « Pour ne pas te distraire de tes activités. »

— Et alors ? demanda Gelati.

— Elle lui chantait une berceuse.

— *Quoi ?!*

Gelati et Wilson avaient poussé l'exclamation en même temps.

— Elle fredonnait quelque chose en anglais. J'ai cru entendre « *ding, dong, bell* » ou un truc dans ce genre.

— Absurde, fit Sprenger en haussant les épaules.

— C'est une comptine populaire, remarqua Wilson. Les mamans chantent ça à leurs enfants pour les endormir.

— Ce n'est pas tout, reprit Lucie. Elle lui a parlé.

— Tu as entendu Sylvia parler à un cobaye ? fit Gelati, incrédule.

Le protocole était formel : adresser la parole aux cobayes était strictement interdit. Cela valait à coup sûr une exclusion définitive du labo.

Comment Sylvia Sutton, la directrice adjointe de Cité 19, pouvait-elle se montrer aussi négligente ?

— Qu'est-ce qu'elle lui a dit ? demanda Sprenger, aussi stupéfait que Gelati.

Alors Lucie, imitant l'accent anglais de Sylvia, prononça :

— « Faustine, ma petite chérie… Tu dors ? Tu dors, mon enfant, ma voleuse d'étincelles… »

Un long silence emplit la salle octogonale. Par-dessus le murmure des machines s'éleva l'exclamation de Gelati :

— *Dezastru* !

C'était du roumain, mais personne n'eut besoin de se le faire traduire.

CHAPITRE 45

Depuis près de quinze jours, tout paraissait diablement étrange au commissaire Gontran.

Cela avait commencé par ces meurtres commis sur l'île de la Cité. Ils semblaient avoir été perpétrés par une bête féroce plutôt que par l'un des criminels récidivistes que le chef de la Sûreté avait l'habitude de traquer.

Les corps mutilés des victimes, celui du libraire Baldaquin rue de la Calandre, celui du chimiste Danzac rue des Marmousets et, les surpassant en horreur, celui de la petite couturière Manon Chabrier au milieu du Marché aux Fleurs, ces visions atroces ne cessaient de le hanter.

Que pouvaient avoir en commun un libraire, un chimiste et une couturière pour que le coupable s'en prenne à eux avec autant de rage ?

S'étaient-ils trouvés de nuit au mauvais endroit au mauvais moment ? Ou avaient-ils, dans cette grande fourmilière qu'est Paris, eu affaire au tueur pendant le jour, provoquant sa colère ou son désir de vengeance ?

Le commissaire Gontran ne partageait pas l'opinion de ses inspecteurs, qui pensaient que l'assassin frappait au hasard dans le but de semer la panique dans la ville.

En homme d'expérience, le chef de la Sûreté pressentait un mobile, un motif caché derrière cette série de meurtres. Pour lui, l'assassin visait un but précis, il prenait pour cible une certaine catégorie de victimes.

Mais à ce stade de l'enquête, ni Gontran ni les limiers qui travaillaient sous ses ordres n'arrivaient à cerner comment l'éventreur sélectionnait ses proies.

Il sursauta en entendant frapper. Il pivota, tournant le dos à la Seine qu'il avait coutume de fixer lorsqu'il réfléchissait à une enquête.

— Entrez.

C'était l'inspecteur Tixier. Gontran, le matin même, l'avait chargé de faire un tour à la Petite Roquette, la prison pour adolescents. On en apprenait parfois plus en faisant parler de jeunes délinquants incarcérés qu'en dépêchant des mouchards aux quatre coins de la ville. Les gamins supportaient mal les conditions de détention, en particulier les étroites alvéoles en bois de la chapelle où on les envoyait prier trois fois par jour. Les plus faibles d'entre eux craquaient et dénonçaient leurs complices restés à l'extérieur.

— Alors ?

— Rien de probant, commissaire. J'ai fait le tour de la prison avec l'aumônier. Les garnements sont sages comme des images en ce moment.

— La lie des gamins de Paris… sages comme des images ? Comment se fait-il ?

— Depuis que l'impératrice Eugénie a visité la prison et exigé des réformes, ils craignent tous d'être envoyés en colonie agricole.

— Tiens donc ! Évidemment qu'ils n'ont pas envie de bêcher la terre… Ils préfèrent jouer au tire-laine avec un doubleur de sorgue.

La mine de Tixier indiquait qu'il n'avait pas compris un traître mot à l'argot du commissaire.

Gontran traduisit, de guerre lasse :

— Jouer au voleur avec un complice qui opère la nuit… Combien de fois dois-je le répéter, Tixier ? L'argot doit être pour nous comme une seconde nature, sinon la racaille aura toujours une longueur d'avance !

— Oui, commissaire, fit l'inspecteur qui semblait peu convaincu de la nécessité d'apprendre ces vocables poisseux.

Tixier referma la porte et laissa Gontran seul avec son argot.

Seul, surtout, avec le sentiment que le diable s'amusait à ses dépens. Depuis la nuit précédente, les meurtres avaient repris. Une quatrième victime venait d'être découverte rue des Deux-Écus : un notaire du nom de Barnaudi. Éventré comme les autres.

Le commissaire n'avait pas encore lu le rapport d'autopsie, mais il était à peu près sûr d'y retrouver la mention des traces de brûlures sur l'abdomen. Et aussi d'un fragment de corette, seul indice en sa possession depuis le début de cette affaire.

Il envisageait de faire rechercher dans la ville tous ceux qui, de près ou de loin, avaient pu entrer en relation avec un fabriquant de couteau utilisant cette écaille de tortue.

Et si cette piste n'était pas la bonne, il irait carrément perquisitionner dans les zoos de la capitale ! Oui, il prendrait ses hommes avec lui et…

Gontran réprima ses ardeurs.

Il se rappelait qu'on essayait, en haut lieu, de lui mettre des bâtons dans les roues. Un supérieur sans visage et sans nom se mêlait de son enquête. Mais qui, et pourquoi ?

Gontran en était réduit à des suppositions. Il imaginait un Cabinet noir ou un conseiller qui intriguait dans l'ombre…

Quelques heures après la découverte de la quatrième victime, il avait reçu du cabinet du ministre de l'Intérieur un courrier lui demandant d'organiser au plus vite, devant des journalistes triés sur le volet, une « exhibition du cadavre » (c'était la formule, digne d'un macabre numéro de foire, employée dans la lettre). Cela afin de dissiper les folles rumeurs qui circulaient sur l'auteur de ces crimes.

Autrement dit, Gontran devait détromper ces messieurs de la presse : l'assassin n'était pas un fauve en liberté ni une créature monstrueuse, mais plus probablement un quidam échappé des faubourgs.

Il grommela :

— Et si je soupçonne, moi, que le meurtrier est une bête monstrueuse ?

Le commissaire se tut et regarda autour comme s'il se sentait épié.

Personne ne se trouvait avec lui dans le bureau. Pour autant, il ne se sentait pas libre d'enquêter à sa guise. Toujours cette impression étrange, désagréable, depuis qu'il avait croisé le dandy à l'œil de verre.

C'était il y a quinze jours.

Il sortait de son bureau où il venait de faire le point avec ses hommes sur les meurtres de la Cité. Ses agents l'avaient précédé dans le couloir. Sortant après eux, Gontran clôturait la réunion du ton bougon qui était sa marque de fabrique.

— Et si ces recherches ne donnent rien, je vous mettrai résolument sur la piste de la bête féroce, bon sang de bon…

Il entendit alors, tout près de son oreille :

— Tu ferais mieux d'abandonner cette piste, si tu ne veux pas tomber de très haut.

Il ouvrit des yeux ronds, se tourna en direction de la voix.

Un homme aux cheveux blonds frisés, à l'allure de dandy, s'appuyait contre la cloison en prisant du tabac. Il ne regardait même pas le commissaire.

Gontran voulut rappeler ses hommes pour qu'ils empoignent l'intrus, mais ils avaient déjà tourné dans le couloir.

— Vous êtes qui, vous ? lança Gontran à cet olibrius qui osait le tutoyer.

— Ton pire cauchemar, fit le dandy en levant les yeux.

Un frisson glacé parcourut Gontran des pieds à la tête.

Cet homme ne lui était pas étranger.

Depuis plusieurs nuits, le chef de la Sûreté faisait le même cauchemar. On lui fixait rendez-vous à minuit au pied de la tour Saint-Jacques. Là, des hommes le cernaient. Se sentant menacé, il tentait de fuir en grimpant l'escalier de la tour. Au moment où il atteignait le sommet, des mains l'agrippaient… et Gontran se réveillait en sueur.

Depuis, il gardait en mémoire, inextricablement liée à une sensation de vertige, la physionomie d'un de ceux qui le cernaient au pied de la tour : un dandy à l'œil de verre, celui qui se tenait devant lui dans le couloir.

Saisi d'effroi, Gontran se détourna pour appeler un de ses hommes. Lorsqu'il reporta les yeux sur le dandy, celui-ci avait disparu.

« Tu ferais mieux d'abandonner cette piste, si tu ne veux pas tomber de très haut. »

La phrase lui revint tandis qu'il examinait le courrier du ministère de l'Intérieur. Le cachet ne ressemblait pas à un faux. Pourquoi se mêlait-on de son enquête en haut lieu ? Le dandy était-il l'émissaire d'un Cabinet noir ? L'homme à l'œil de verre, un conseiller occulte ?

Et comment avait-il pu surgir dans ses rêves bien avant qu'il ne le rencontre dans la réalité ?

Oui, tout était étrange en ce moment. Il semblait au commissaire Gontran que son cauchemar s'immisçait dans son quotidien. En homme gouverné par la raison, il devait réagir ! En même temps, dans l'enquête qui l'occupait, la raison paraissait impuissante.

Dans la solitude de son bureau, et malgré l'avertissement du dandy, il prononça à voix haute :

— Il est encore temps d'explorer la piste de la bête féroce…

— Tt, tt.

Le commissaire fit volte-face. Dans un coin de la pièce, en dessous du portrait de l'Empereur, cadeau du Préfet lors de sa nomination comme chef de la Sûreté, Gontran reconnut le dandy.

Son sang ne fit qu'un tour.

— Nom de… ! Comment êtes-vous entré ?

— Par la plateforme 12.

Il avait dit cela d'un ton nonchalant, les yeux baissés sur ses doigts qui roulaient une cigarette.

— La plateforme 12 ? balbutia le commissaire (il suffoquait presque). De quoi parlez-vous ?

— Peu importe, répondit le dandy en léchant le papier roulé.

Tout suggérait à Gontran un homme de l'Intérieur. Le commissaire écarta le col de sa chemise et serra les mâchoires. Il n'allait tout de même pas se laisser dicter sa conduite par cet énergumène, si introduit soit-il dans les hautes sphères !

Mais le dandy, avec un sans-gêne proprement stupéfiant, se mit à lui donner des consignes :

— Demain matin, l'exhibition du cadavre aura lieu au Muséum d'histoire naturelle. Tu laisseras parler les savants, ils ont reçu des instructions. Je te conseille de placer tes hommes un peu partout pour surveiller les journalistes. Les Veilleurs tenteront sûrement de les infiltrer.

— Les Veilleurs ? Qui vous dit…

— Pose pas de questions ! Contente-toi d'obéir !

Gontran resta bouche bée devant l'aplomb de ce gringalet. Il ne faisait même pas la moitié de sa carrure !

— Les Veilleurs ne sont pas ma priorité en ce moment, rétorqua le chef de la Sûreté.

Gontran avait eu vent de cette société secrète, mais il la jugeait bien moins dangereuse que d'autres bandes tels les Vengeurs, qu'il venait de démanteler, ou les Invisibles, qui disaient du mal de l'Empire et mûrissaient un complot révolutionnaire.

— Dorénavant, reprit le dandy, tu es prié de faire des Veilleurs ta priorité absolue.

Gontran s'étonna :

— Au-dessus de l'assassin de la Cité ?

— Au-dessus de tout…

Le commissaire croyait voir sa silhouette rapetissée et tremblante dans l'œil figé du dandy.

L'homme avait allumé sa cigarette et s'était approché. La lumière qui pénétrait par les hautes fenêtres éclairait le côté gauche de son visage, celui de l'œil mort. L'autre côté demeurait dans l'ombre où brasillait sa cigarette.

— Sache que si tu t'acquittes bien de ta mission, tu pourras monter en grade et prendre la place de Lagrange.

Gontran hocha imperceptiblement la tête. Non parce qu'il convoitait le poste de chef de la police politique, bien plus lucratif que le sien, mais parce que les paroles du dandy confirmaient ses soupçons.

Un vague sourire se dessina sur les lèvres du commissaire.

— C'est le baron qui t'envoie ?

Haussmann était de ceux qui chuchotaient à l'oreille de l'Empereur. Un des hommes puissants de la capitale. N'avait-il pas entrepris le plus gros chantier de l'histoire de Paris ?

— Plus haut que ça, répondit le dandy en tapotant ses cendres sur le bureau.

« Plus haut ? » s'étonna le commissaire.

Il attendit quelques secondes avant de glisser :

— L'Empereur ?

— Plus haut encore.

Une exclamation de stupeur échappa au policier.

— Qui donc est plus haut que l'Empereur ?

Le dandy vint se placer au milieu de la pièce et, soufflant sa fumée à la figure de Gontran, il murmura :

— Celui qui nous voit et nous entend partout.

CHAPITRE 46

Lorsque Morgane reprit connaissance, elle ne se trouvait pas dans le tunnel de la station Cité mais dans la rue.

Il faisait jour. Des gouttes de pluie éparses s'écrasaient sur le pavé.

Combien d'heures était-elle restée dans les vapes ?

Ses paupières battaient comme des ailes de papillon. Sa nuque était tout endolorie. Elle voulut se relever mais ses jambes flageolaient.

« Fuck… »

Elle décida de rester accroupie. Pourquoi ses paupières ne s'ouvraient-elles pas une bonne fois pour toutes ? Hormis le pavé mouillé par la pluie, elle ne distinguait pas grand-chose.

Ce qui lui parvenait surtout, c'était des sons et des odeurs.

« On dirait du crottin de cheval… »

Elle perçut alors, accompagnés d'une vibration dans le sol, le roulement d'une charrette, des clopinements de sabots et des hennissements.

Un claquement de fouet retentit dans l'air. Morgane se sentit en danger.

Comme sous l'effet d'une décharge, ses forces lui revinrent. Elle se releva d'un coup, ouvrit de grands yeux et poussa un hurlement.

Une paire de naseaux fumants s'était arrêtée à quelques centimètres de son front.

— Elle fait quoi, la dinde, au milieu du pavé ? Elle vend des crevettes ou elle crie la rose ?

C'était le cocher qui, par-dessus les crinières, avait éructé ces mots.

Morgane comprit qu'elle ne devait pas rester plantée là.

Elle monta sur le trottoir et remarqua que le cocher portait une vieille casquette en cuir et des sabots.

« Je me suis réveillée chez les ploucs ou quoi ? »

La charrette s'était remise en marche. Morgane se tourna vers les maisons. Des bâtisses entassées les unes sur les autres, comme des cubes mal emboîtés, s'élevaient sur deux étages, au-dessus d'une très vieille boutique dont l'enseigne indiquait : « COMMERCE DE VINS ET DE LIQUEURS ».

Elle s'approcha de la vitrine. Tout compte fait, la boutique n'était pas si vieille, elle était même parfaitement conservée.

« C'est quoi, un marché aux puces ? »

Elle entendit au loin, dans une rue adjacente :

— Remmmpailleuse de chaises !

Morgane se dit qu'elle avait probablement atterri dans un village à la campagne. Elle sentit une appréhension la gagner. Pourquoi Vikram n'était-il pas avec elle ? Son cœur se mit à battre de plus en plus vite, elle avait l'impression de manquer d'air.

À cet instant des voix d'enfants, sans doute un chœur de jeunes filles, lui parvinrent depuis l'autre côté de la rue. Peut-être pourrait-on la renseigner ? Sur la chaussée, pas d'autre charrette de bouseux. Elle traversa en trois enjambées.

Une fois sur le trottoir, elle distingua, gravé sur une plaque en pierre : « CONGRÉGATION DU SAINT-ESPRIT ».

Morgane se demanda si elle ne se trouvait pas dans une bourgade de la France profonde, en Lozère ou dans le Cantal. Elle n'avait jamais mis le pied dans ces départements mais c'était à peu près comme ça qu'elle se les représentait.

À travers la fenêtre elle plongea son regard dans la salle d'où provenait le chant.

Ce qui la surprit d'emblée, c'est qu'il n'y avait que des petites filles blanches et blondes. Pas une enfant à la peau foncée. Elle trouva cela vaguement inquiétant, d'autant que les fillettes, qui se tenaient bien droites sur leurs bancs, portaient toutes l'uniforme.

D'où elle se trouvait, Morgane ne pouvait voir leur enseignante. Elle imaginait une vieille institutrice un peu pincée, peut-être même une bonne sœur.

Promenant son regard au fond de la salle, elle eut un mouvement de recul. Elle venait de lire, inscrit à la craie sur le grand tableau noir : « DIEU VOUS VOIT ET VOUS ENTEND PARTOUT. »

— Mais c'est horrible ! On leur lave le cerveau…

Elle tourna le dos à l'école. Les voix angéliques commençaient à lui vriller les tympans. Elle s'éloigna en se bouchant les oreilles.

Quelques mètres plus loin, Morgane se figea.

Elle venait d'apercevoir son reflet dans une vitre. Trop occupée à scruter les jeunes filles, elle n'y avait pas prêté attention la minute d'avant. Sa silhouette lui réservait pourtant une surprise.

« On m'a fait enfiler un costume ! »

Elle baissa les yeux et fit glisser ses mains sur ses habits : une chemise à carreaux aux manches en accordéon, une jupe bouffante qui descendait jusqu'à des bottines en cuir. Elle entrouvrit le haut de sa chemise et aperçut les bretelles d'un corset qui lui serrait la poitrine.

Tâtant ses cheveux, elle sentit qu'ils étaient ramenés en chignon au-dessus de sa tête. La pluie les avait recouverts d'une fine pellicule d'eau.

Elle se mit à pleurer à chaudes larmes.

Elle avait l'impression d'être retombée dans la petite enfance, à l'âge de trois ou quatre ans, dans un de ces moments où tout paraît incompréhensible et hostile.

La chorale reprenait sa chanson avec entrain et Morgane, privée de repères, crut devenir folle.

C'est alors qu'une dame bien mise, coiffée d'un chapeau noir à aigrette jaune et tenant un parapluie, s'approcha d'elle.

— Vous êtes perdue, mademoiselle ?

Elle devait avoir la cinquantaine. Ses larges sourcils, son menton protubérant et son regard vif rappelèrent à Morgane ces parents d'élèves qui se mêlent de tout et viennent engueuler les profs à la sortie des classes.

Morgane essuya ses larmes d'un geste furtif. Sous le parapluie qui les abritait toutes les deux, la voix douce et réconfortante de la dame réchauffa le cœur de Morgane. Il n'y avait donc pas que des arriérés dans ce village !

— Je… Je ne sais pas comment je me suis retrouvée ici, dit-elle d'une voix dont elle croyait s'être débarrassée à la puberté. Hier soir, j'étais encore à Paris dans le tunnel de…

La dame à l'aigrette posa sa main sur l'épaule de Morgane. Une main puissante et ferme qui voulait l'empêcher de tomber.

— Mais vous *êtes* à Paris, mademoiselle.

— À… Paris ?

La dame souleva son parapluie et désigna un coin d'immeuble.

— Rue Neuve-Sainte-Geneviève, dit-elle d'un ton rieur. Vous êtes dans le quartier du Val-de-Grâce.

Morgane lut l'inscription sur la façade : la rue s'appelait bien ainsi. Elle n'osa pas dire qu'elle ne connaissait aucune rue de ce nom dans la capitale.

Tandis que Morgane jetait autour d'elle des regards inquiets, la quinquagénaire la relança :

— Vous parliez d'un tunnel ?

— Oui, le tunnel de la station de métro…

— *Métro* ?

À la façon dont la dame à l'aigrette avait répété ce mot, comme s'il était en langue étrangère, elle ne put réprimer un rire.

Retrouvant sa prolixité habituelle, Morgane reprit :

— Vous savez quoi ? Non mais c'est trop ! Je veux dire, c'est hal-lu-ci-nant. Depuis vingt minutes que je suis ici, j'ai l'impression de me promener un siècle en arrière… Vous voyez le truc ?

— Un siècle en arrière ! s'écria la dame. (Elle eut un rire cristallin.) Mon Dieu, heureusement que non. Cela ne m'aurait pas du tout plu, à moi, de vivre sous l'Ancien Régime.

Morgane partagea pendant quelques secondes l'hilarité de la dame à l'aigrette.

Puis, d'une voix étranglée :

— L'Ancien Régime ?

*

Il se réveilla sur un coup de grisou.

« Le tunnel a explosé... »

Ce fut sa première pensée lorsqu'il reprit connaissance.

Vikram crut que le tunnel de la station Cité s'était effondré sur sa tête. Il avait joint les mains au-dessus de son crâne, protection dérisoire contre la pluie de cailloux qui déferlait.

Il n'osait ouvrir les yeux pour chercher Morgane. L'éboulement se poursuivait, le sol se désagrégeait sous ses genoux.

Il roula sur le côté et se cogna contre un rail.

Aussitôt, la scène de l'agression lui revint : le dandy qui fredonnait dans le tunnel, Morgane qui s'éloignait en courant et, pour finir, le coup de massue qu'il recevait sur le crâne.

Ses agresseurs étaient-ils là ? Morgane, étendue près de lui ? Blessée, peut-être.

Il lui sembla que la pluie de cailloux diminuait. Ses paupières s'entrouvrirent. Une poussière suffocante et humide lui brouillait la vue.

Une clarté qui ressemblait étrangement à celle du dehors creusa des brèches entre deux taches de poussière.

Comment le jour pouvait-il percer aussi profondément dans un souterrain ? Ses genoux, son torse, ses mains quittaient la pénombre.

Sa main gauche serrait machinalement quelque chose. Il baissa les yeux et ouvrit la paume. La gourmette de Faustine, avec la photo de sa mère en médaillon, n'y était plus.

— Merde ! fit-il en crachant de la poussière.

La gourmette était la preuve que Faustine était descendue dans ce tunnel. La preuve qu'on l'avait kidnappée. Vikram voulait retrouver cette gourmette, il en oubliait presque le sort de Morgane et ses propres blessures.

Dans l'angoisse qui l'étreignait, la panique d'être enterré vivant sous les gravats, une seule pensée lui redonnait du courage : « Faustine. »

Celle qu'il aimait plus que tout.

Vikram l'avait compris depuis sa disparition. Depuis que la fille aux mitaines en dentelle était sortie de sa vie. S'il voulait la retrouver à tout prix, c'était autant parce qu'il s'inquiétait de son sort que parce qu'il ne pouvait envisager l'avenir sans elle.

La pensée de Faustine lui redonnait des forces, elle le galvanisait.

Il se releva.

À cet instant, à travers le bourdonnement de ses tympans, il entendit :

— Eh ben mon vieux, tu l'as échappé belle !

Le nuage de poussière et de cendre se dissipait. Vikram pouvait maintenant distinguer des silhouettes qui s'approchaient avec précaution. Leurs formes grises et noires se détachaient du brouillard.

Un peu plus loin, au-dessus d'un monticule, quelqu'un demanda :

— C'est qui ? C'est Boquillart ?

— Je crois pas, répondit la première voix. On dirait…

— Mais c'est Jaspin ! Il est tout nègre !

« Nègre ? »

Vikram, encore groggy, remuait les lèvres sans pouvoir articuler un mot.

— Jaspin, qu'esse-tu fous là ? À pioncer dans les fondations !

— Au moment où on fait tout sauter, c'est ballot…

Vikram essayait de se débarrasser de l'épaisse couche de cendre qui lui couvrait le visage et lui enflammait les yeux. Sa bouche, sa gorge, ses bronches étaient sèches comme du parchemin.

— De l'eau…, essaya-t-il de dire. S'il vous plaît, donnez-moi de…

Alors, comme les silhouettes étaient venues tout près, il entendit :

— C'est pas Jaspin !

— Ni Boquillart !

— On dirait un de ces sauvages qu'ils ont fait venir au Jardin d'acclimatation…

— Il s'est échappé de sa tribu !

Ces phrases étaient parvenues jusqu'aux oreilles de Vikram, mais un spectacle sidérant l'empêcha d'y prêter attention.

En levant les yeux vers le ciel, il venait de découvrir l'endroit où il se trouvait.

« Ça ne peut pas être réel… »

La façade de l'église Notre-Dame, avec ses tours, sa flèche et son immense rosace, se dressait au-dessus de lui.

Il la contemplait depuis une gigantesque excavation creusée dans le sol, profonde d'une dizaine de mètres et quadrillée d'échelles, de passerelles et d'étais.

Les rails à ses pieds n'étaient pas ceux du métro : ils servaient à faire rouler des chariots remplis de gravats.

Les hommes qui le regardaient comme une bête curieuse avaient abandonné leurs outils pour l'examiner de près.

Vikram eut l'impression de s'être matérialisé dans une de ces photos du vieux Paris qu'il avait montrées un jour à Faustine.

Sauf que cette photo-là n'était pas en noir et blanc.

Elle était devenue réalité ! Une réalité qui le faisait tousser, crachoter et répéter les mêmes paroles devant ces hommes aux mines de plus en plus goguenardes.

— Je… m'appelle Vikram… Je vous en supplie, donnez-moi de l'eau…

— Z'avez entendu, les gars ? Il veut retourner dans son bassin avec les crocodiles !

Plus haut, sur le monticule, deux hommes tentaient d'élever le débat.

— C'est pitié, tout de même. Ces sauvages qui prennent nos façons de parler mais qui peuvent pas changer de couleur.

— Heureusement, dis donc. Manquerait plus qu'on les confonde avec nous !

Il fut saisi par les aisselles et soulevé sans ménagement.

*

Depuis un moment, Morgane ne pouvait détacher ses yeux de la robe bouffante, une crinoline bleue qui laissait échapper des flots de dentelle, que portait la dame à l'aigrette comme une seconde peau.

La pluie avait cessé et la dame avait refermé son parapluie. Ses traits, en sortant de l'ombre, avaient paru à Morgane plus durs qu'au premier abord. Les commissures de ses lèvres retombaient vers le bas en formant une expression de dédain.

Cependant la dame continuait de se montrer aimable, interrogeant Morgane sur les grimaces qu'elle faisait par moments.

— C'est… à cause de ce truc que je porte, dit Morgane en écartant le haut de sa chemise. Un habit qu'on m'a refilé, je sais même pas qui, d'ailleurs…

— Votre corset ? Vous pourriez le délacer.

— Le délacer comment ?

— Un corset peut aussi se porter « à la paresseuse ». Mais pas sur la voie publique, ajouta la dame en jetant alentour des regards furtifs.

Tout en marchant, Morgane s'était mise à tripoter les bretelles pour les desserrer. Elle en oublia, pendant quelques secondes, de se demander ce qu'elle faisait dans une époque qui n'était pas la sienne, aux côtés d'une dame en crinoline qui lui prodiguait des conseils vestimentaires dans un langage châtié.

— Putain de bordel ! grommela Morgane qui n'arrivait pas à défaire les nœuds.

Elle fut surprise de voir que la dame s'était arrêtée.

Comme elle l'interrogeait du regard, la dame à l'aigrette jaune répondit :

— Vous ne rêvez pas mieux, vraiment ?

— Mieux que quoi ? fit Morgane sans comprendre.

L'autre resta quelques secondes à la dévisager.

Morgane, qui se sentait examinée sous toutes les coutures, émit un petit rire gêné.

D'un ton soudain abrupt, la dame à l'aigrette dit alors :

— Dans ce cas, tu es bien tombée !

Et elle ferma sa main comme une serre sur le poignet de Morgane.

CHAPITRE 47

Il était près de vingt heures lorsque Faustine arriva au 79 rue du Temple.

C'était là qu'habitait Échouart, ou plus exactement son épouse, la baronne Costé Dumesnil de Saint-Supplix.

À la rédaction du journal, Faustine avait trouvé un gros ouvrage intitulé *Biographie française*. À la lettre C, elle était tombée sur une notice consacrée à la famille de la baronne. Sa lignée remontait au XIIIe siècle et comptait de nombreuses filles qui par leur mariage avaient apporté terre après terre, domaine après domaine.

Faustine en avait déduit que ces gens-là, comme on le dirait un siècle et demi plus tard, étaient *pétés de thunes*. Elle avait donc couru chez un tailleur se trouver un habit de soirée qui ne ferait pas trop froncer les sourcils des Saint-Supplix.

Vêtue d'une redingote d'homme, elle entra dans la cour de l'hôtel particulier sans y rencontrer de concierge. Un fiacre roula sur le pavé et déposa devant les marches un couple que Faustine suivit des yeux. L'homme portait un haut-de-forme qu'il ôta en descendant du véhicule. La femme balançait sa silhouette au bas de jupe évasé.

Elle les laissa disparaître avec le majordome et patienta dans la cour.

C'est alors qu'elle entendit une voix.

Un chant envoûtant résonnait au dernier étage. Faustine regarda en l'air. Accompagnant la voix, des gammes de piano montaient par octaves.

Sans attendre le retour du majordome, Faustine franchit hardiment le seuil et se trouva dans un vestibule orné de miroirs. Elle eut un sursaut en apercevant, démultipliée par les glaces, sa propre silhouette : celle d'un élégant jeune homme.

La pièce était éclairée par trois chandeliers. L'un était suspendu au plafond, les autres coiffaient des colonnes en bronze. Faustine était éclairée par la lueur des chandelles. Était-elle vraiment ce garçon aux yeux de braise, au charme vénéneux, qu'elle apercevait dans le miroir ?

— Monsieur ?

Elle se tourna. Le majordome était là.

— Faustin Treussart, prononça-t-elle lorsqu'elle comprit qu'il attendait son nom.

— Je vous en prie, dit-il en faisant virevolter sa main gantée de blanc.

Elle emprunta le couloir en espérant qu'il ne lui collerait pas au train.

Tandis qu'elle passait de pièce en pièce, de corridor en corridor, Faustine, toujours accompagnée du majordome dont les souliers vernis claquaient sur les dalles, ouvrait des yeux de plus en plus ronds.

On aurait dit que cet hôtel était le temple qui donnait son nom à la rue. Ses portes étaient grandes ouvertes comme dans un lieu de culte. De nombreux paravents et tentures enflammaient l'imagination, laissant deviner d'autres pièces : plus grandes pour accueillir un bal ou plus petites pour servir de boudoir.

Sous les lueurs dansantes des bougies, de nouveaux objets se présentaient sans cesse à sa vue : meubles laqués bleu, coupes en bronze incrusté d'ivoire, récipients en verre soufflé.

Au lieu d'être heurtée par cet étalage de richesses, Faustine éprouvait une sensation vivifiante. Elle se sentait flattée d'être introduite dans ce palais parisien.

À travers la porte devant laquelle le majordome s'était arrêté, des effluves de vin lui parvenaient. Ce n'était pas la vinasse des estaminets où elle avait fait halte, ni la boisson trop pétillante du *Café de la Rotonde*. Faustine n'eut qu'une hâte : tremper ses lèvres dans ce nectar.

Elle se projeta en avant. Le majordome, habitué à ces élans mal réprimés, lui barra le passage d'un geste de la main.

— Permettez. Je dois vous annoncer.

Faustine se figea, rougissant d'avoir enfreint les règles de bonne conduite.

Le domestique se racla la gorge et, ouvrant la porte d'un mouvement fluide, lança d'une voix de stentor :

— Monsieur Faustin de la Treussardière !

Faustine écarquilla les yeux en entendant ce patronyme. Quelle mouche avait piqué le majordome ? Elle allait lui demander de rectifier mais il se pencha vers elle pour dire à voix basse :

— « Treussart » vous aurait mené aux écuries ou aux cuisines. Gardez la particule si vous voulez monter à l'étage.

Faustine se doutait qu'il appliquait les consignes d'Échouart. Elle ne broncha pas et se tourna vers le salon qu'on venait de lui ouvrir.

L'annonce du majordome n'avait pas eu le moindre effet sur l'assistance. Tandis que la porte se refermait derrière elle, Faustine vit que tous les regards étaient tournés vers le centre de la pièce.

Objet de toutes ces attentions, une femme qui n'avait pas trente ans se tenait assise sur un tabouret Empire.

Son corps délicat semblait à peine effleurer l'épais coussin brodé d'or. Sous une jupe dont le drapé évoquait une divinité antique, on distinguait ses fines jambes couplées en diagonale.

Autour d'elle on riait, on murmurait, on lâchait des exclamations admiratives ou incrédules. Quelques femmes élégamment vêtues tapaient discrètement des mains. Tous s'enchantaient de voir la parure incongrue qui frémissait au-dessus de la jeune femme.

C'était un feu d'artifice de plumes de paon. Certaines étaient courtes et effilées comme des roseaux teints en bleu. D'autres, jaune et rouge, jaillissaient en éventail, piquées d'ocelles turquoise qui vous fixaient comme des yeux sans paupières.

L'assemblée se délectait :

— Charlotte, allez-vous vraiment porter cette couronne de froufrous ?

— A-t-on jamais vu une baronne dans un tel accoutrement ?

— Qui vous l'a rapporté ? A-t-on décapité un Sioux ?

La jeune femme pencha légèrement la tête et prononça du bout des lèvres :

— Pas un Sioux, un Huron.

Un immense éclat de rire souleva les torses et les poitrines.

La jeune femme, qui ne voulait pas abîmer sa parure, pivota lentement vers la gauche.

— Monsieur le Ministre, vous qui connaissez la géographie, parlez-nous des Hurons.

— Les Hurons sont nos amis, dit un homme qui se tenait debout et dont la voix résonna dans toute la pièce.

Il portait une barbe en collier et de nombreuses décorations sur le torse. Sa main droite tenait un cigare éteint. Faustine l'examina d'un œil attentif. Sans doute un Ministre des Colonies ou de la Marine.

— N'allez pas dire que nous en avons tué, ajouta-t-il. Et surtout pas pour vous ramener ces plumes ! Nous serions aussitôt en guerre avec les États-Unis…

— La baronne de Saint-Supplix vaut bien une guerre ! s'exclama une voix d'homme.

Ce bon mot fit frétiller l'assistance. Faustine avait du mal à détacher ses yeux de la jeune femme qui trônait au milieu du salon.

Ses plumes bigarrées ne parvenaient même pas à la rendre ridicule. Au contraire, elles lui donnaient davantage d'éclat.

Ses lèvres formèrent une moue boudeuse, de petite fille contrariée.

— Justin, promettez-moi…

Faustine sentit, aux regards échangés par les invités, que la baronne était la seule à pouvoir appeler le Ministre par son prénom.

À cet instant, un domestique vêtu de la même livrée que le premier présenta à Faustine un plateau en argent. Elle y prit une coupe. Comme par magie, un troisième domestique apparut et lui versa le vin qui embaumait le salon. Avant qu'il ne l'emporte, elle eut le temps de lire sur l'étiquette : « *Puligny-Montrachet 1782* ». Le vin datait d'avant la Révolution !

Faustine se demanda si en entrant dans ces lieux elle n'avait pas fait un bond supplémentaire dans le passé.

La baronne poursuivait :

— Promettez-moi qu'au bal des Cinq Parties du Monde, l'Impératrice ne portera pas la coiffe des Hurons. Ou de n'importe quelle autre tribu.

— Je ne peux rien vous promettre, Charlotte. C'est un risque à courir.

La baronne détourna brusquement le visage. Faustine vit saillir un muscle au cou de la jeune femme. Elle en fut aussi surprise que si elle voyait une poupée montrer subitement des veines et des tendons.

— Alors je n'irai pas !

Trois jeunes femmes, assises sur un canapé à motifs fleuris, poussèrent des cris d'orfraie.

— Charlotte, tu ne peux pas nous faire ça !

— Pour rien au monde nous ne voulons manquer ce bal !

La conversation prenant un tour strictement féminin, les hommes s'éloignèrent pour former des conciliabules.

Faustine entendit le Ministre dire d'une voix bougonne :

— Avec de telles préoccupations, je ne sais pas si nous allons rayonner longtemps sur les cinq parties du monde !

Se touchant presque du front, la baronne et ses amies parlaient à voix basse.

Faustine entendit quelqu'un chuchoter à son oreille :

— Et vous, quel sera votre déguisement ?

Elle tourna la tête. C'était Échouart.

Depuis combien de temps se tenait-il là ? S'était-il posté derrière Faustine pour l'observer à loisir ?

Elle lui sourit comme à un camarade qu'on a plaisir à retrouver.

Il leva sa coupe à la hauteur de ses yeux et examina son jeune collègue au travers, comme s'il l'observait à la loupe. La taille de Faustine devait tremper dans la robe vermeille du Puligny-Montrachet.

— Savez-vous que vous feriez une jeune femme tout à fait crédible ? Je peux demander à Charlotte de vous prêter une crinoline, si le cœur vous en dit…

Faustine se demanda combien de coupes il avait bues. Son col était légèrement défait et il semblait passablement éméché.

— Pourquoi voulez-vous que je me déguise en femme ? dit Faustine en fronçant les sourcils.

Elle but nerveusement une lampée du vin qu'on lui avait servi.

— Pour le bal, pardi ! Le bal des Cinq Parties du Monde ! s'exclama Échouart.

Faustine fronça le nez : son haleine était chargée d'alcool. Elle se pencha en arrière.

— Avez-vous aperçu mon épouse ? L'ensorcelante baronne de Saint-Supplix ?

Sa paupière gauche se fermait à demi. Il donna un léger coup de coude à Faustine.

— À faire damner un saint, n'est-ce pas ? Et moi, pendant ce temps, trop occupé par les crimes, j'en oublie le devoir conjugal. Notez bien : je ne crois pas que la baronne s'en soucie. Hé, hé ! « La baronne Sans Souci. » Elle est bonne, celle-là !

Faustine dévisagea Échouart. Une expression amère déformait ses traits. Ses yeux étaient parcourus de reflets écarlates.

Il était l'époux de la baronne et pourtant Faustine semblait être la seule à s'apercevoir de sa présence. Depuis un moment, elle constatait que personne ne leur adressait le moindre regard. Comme si Échouart était invisible pour ses invités.

Il vida le fond de sa coupe.

— À côté de Charlotte, je suis transparent. Regardez son bracelet, fit-il en hochant la tête.

Faustine jeta un coup d'œil discret à la baronne. Un somptueux bracelet de perles étincelait à son poignet.

— Les perles sont en corail rouge. La pomponne est en agate : une pierre qui a appartenu à Joséphine.

— *La* Joséphine ?

— Celle de Napoléon, oui. Coquette et dépensière, comme Charlotte. Cette pierre est peut-être chargée de maléfices !

Faustine regarda Échouart pour s'assurer qu'il plaisantait. Il n'en avait pas l'air. Les dents serrées, il déclara :

— De quoi expliquer… ma transparence.

Faustine ne put s'empêcher de pouffer. Échouart la regarda dans le blanc des yeux. Elle fut troublée par l'éclat noir de ses prunelles.

— Vous ne me croyez pas ? Mais tâtez, Faustin ! Tâtez-moi l'estomac !

Il lui prit la main et la fit passer rapidement sur son ventre.

Faustine eut un soupir d'effroi.

Elle avait vu, distinctement, ses doigts s'enfoncer dans le corps d'Échouart sans rencontrer de résistance.

Ils étaient passés au travers de lui comme s'il n'était qu'un fantôme !

CHAPITRE 48

« Les trois lois sont entrées en vigueur, les trois lois sont entrées en vigueur… »

Dans l'ascenseur qui descendait au sous-sol, Sylvia se répétait cette phrase telle une formule fatidique.

Les trois lois lui avaient longtemps paru un pur fantasme, une hypothèse invérifiable émise par Zapruder.

« Il avait vu juste », se dit Sylvia en sortant de l'ascenseur, sans un regard pour les deux tech-sims qui lui avaient cédé le passage. Elle posa le pied sur le trottoir roulant du sous-sol et se laissa emmener à vive allure.

« Il avait prédit cela. Personne ne comprend le simulacre aussi bien que lui. »

C'est ce qui inquiétait Sylvia : Zapruder avait toujours une longueur d'avance sur les ingénieurs de C.I.T.É.

Il n'avait pas construit le simulacre mais il en détenait les clés. Il le comprenait mieux que les ingénieurs qui l'avaient conçu. Elle avait l'impression, parfois, que Cité 19 était une excroissance du cerveau de Zapruder.

Sa créature.

« La sienne et pas la mienne », se dit Sylvia dans une

bouffée de panique. « Ma progéniture, mon enfant, c'est Faustine. Faustine et pas le simulacre... »

Des larmes lui montaient aux yeux. Elle avait l'impression de se réveiller d'un long sommeil. Elle avait dormi, ou vécu en somnambule, pendant douze longues années. Douze années d'errance, de folie absurde, et c'était seulement maintenant qu'elle reprenait ses esprits !

Pour mesurer l'étendue du désastre.

« Sa folie et pas la mienne... »

Elle avait beau essayer de se dissocier de Zapruder, Sylvia ne pouvait se cacher qu'elle avait été sa complice. Elle avait même partagé son rêve de toute-puissance.

« Sa folie *était* la mienne... »

Les douze années qu'elle avait passées dans le laboratoire de Cité 19 lui apparaissaient aujourd'hui comme un séjour en prison. L'amour qu'elle portait à son geôlier l'avait empêchée de discerner les barreaux, les murs qui l'entouraient.

« Tu n'es pas humaine, Sylvia. Quand il t'a vue pour la première fois, il l'a compris. Et il t'a piégée. »

Zapruder avait trouvé la collaboratrice idéale. Celle qui allait se dévouer corps et âme à sa folle entreprise. Sur le trottoir roulant, elle eut l'impression de revivre en un éclair l'après-midi de leur rencontre.

Elle était au musée d'Orsay et traversait la galerie des impressionnistes. Devant *Le Moulin de la Galette*, ce tableau de Renoir où les reflets du soleil tournent avec les danseurs, elle s'était arrêtée pour regarder la copie qu'en faisait un jeune homme. Le musée autorisait parfois les étudiants à poser leur chevalet dans une salle pour copier un tableau. Cela piquait la curiosité des visiteurs qui pouvaient comparer les pâles couleurs de la copie à celles, perpétuellement vivantes, d'un chef-d'œuvre peint plus d'un siècle auparavant.

Au moment de quitter la salle, Sylvia avait entendu :

— Cela pourrait être tellement mieux !

Elle avait tourné la tête et interrogé du regard l'homme qui avait prononcé ces mots. Il pouvait avoir quarante ans. Sous ses cheveux blond platine, son visage était étrangement dépourvu de rides. Il portait des habits élégants mais ce qui frappait surtout, c'était l'assurance qui émanait de lui.

Sans regarder Sylvia, il avait ajouté :

— Pourquoi la copie ne serait-elle pas meilleure que l'original ?

— Précisément parce qu'elle est une copie, avait lâché Sylvia.

Les yeux de l'homme s'étaient posés sur son visage. Elle avait aussitôt éprouvé une brûlure.

D'une voix douce et chaude, il lui avait demandé :

— Vous êtes anglaise ?

Quelques minutes après, ils étaient assis l'un en face de l'autre dans la cafétéria du musée. Il s'appelait Victor. Quand elle lui avait demandé sa profession, il avait répondu de manière évasive :

— Je suis dans les sciences.

Il avait précisé ensuite : « intelligence artificielle » et « cybernétique ».

Il ne lui avait pas dit d'emblée : « Je dirige un programme scientifique international visant à évaluer les capacités de centaines de cobayes plongés dans un simulacre de Paris au XIXe siècle. »

Au moment de leur rencontre, Cité 19 n'était encore qu'un projet, une étincelle dans les yeux de Victor Zapruder. Mais cette étincelle avait suffi à enflammer Sylvia.

Ce jour-là, dans la cafétéria du musée, elle devint la première recrue de Zapruder.

Douze ans plus tard, elle était directrice adjointe d'une expérience scientifique sans précédent dans l'histoire de l'humanité.

C.I.T.É., le laboratoire de recherche dirigé par le docteur Zapruder, comptait trois cent sept employés et cinq cent cinquante-neuf cobayes.

Et parmi ces cobayes se trouvait Faustine, la propre fille de Sylvia.

À cette pensée, elle sentit ses jambes flageoler. Elle dut s'appuyer à la rampe du trottoir roulant pour ne pas s'écrouler sous le poids d'une responsabilité terrible : elle avait fait entrer sa fille dans le simulacre.

Elle les avait fait kidnapper, elle et son père, pour les avoir auprès d'elle.

Sylvia s'en voulait terriblement de les avoir abandonnés, douze ans plus tôt, pour devenir l'âme damnée de Zapruder. Elle croyait, au début, les avoir quittés pour quelques semaines. Ces semaines étaient devenues des mois. Puis des années. Le simulacre avait fini par l'absorber tout entière.

Elle avait atteint il y a six mois le point de non-retour. Elle avait compris qu'elle ne pourrait plus s'échapper du laboratoire sans mettre sa vie en danger ou avoir à répondre de ses actes devant la justice.

Alors Sylvia avait commis une ultime folie.

Elle avait décidé de plonger sa fille dans le Paris du Second Empire.

Qu'espérait-elle en faisant cela ? Reconstituer sa famille, rapprocher d'elle Faustine et son père par un acte de bravoure, un geste désespéré ?

« Qu'est-ce qui m'a pris ? Mais qu'est-ce qui m'a pris ? » se disait-elle à présent.

À l'insu de Zapruder, elle avait donné l'ordre d'enlever Louis, puis, sept jours plus tard, Faustine. Sans dévoiler à aucun des employés de C.I.T.É. que ces deux cobayes étaient son mari et sa fille.

Tout au fond d'elle-même, Sylvia nourrissait l'espoir qu'en séjournant dans le simulacre, en faisant l'expérience de Cité 19, Faustine et Louis la jugeraient moins sévèrement. Ils ne l'excuseraient sans doute pas, pour cela il était trop tard, mais peut-être la comprendraient-ils mieux. Allongés avec les autres cobayes, ne toucheraient-ils pas du doigt le rêve auquel elle s'était vouée tout entière ?

Une rêve qui n'en finissait pas de tourner au cauchemar.

Plus d'une fois, Sylvia s'était dit que si on la surprenait, si l'un des ingénieurs ou Zapruder en personne découvrait que Faustine et son père faisaient partie des cobayes, leurs vies seraient en danger…

Oui, que pourrait Sylvia face à Zapruder s'il découvrait la vérité ?

Et voilà que Faustine, sa propre enfant qu'elle voulait à tout prix tenir cachée, dissimulée dans le simulacre, se révélait être le cobaye FX 99 !

Ce cobaye d'exception que Cité 19 devait servir à repérer.

« Les trois lois sont entrées en vigueur et Faustine les tourne à son avantage… »

Le plus étrange, se disait Sylvia tandis qu'elle parvenait au seuil de l'auditorium, était le sentiment de fierté qu'elle éprouvait.

Sa fille était le cobaye le plus performant du simulacre.

« La plus douée d'entre tous. »

CHAPITRE 49

Dans l'hôtel particulier de la baronne de Saint-Supplix, Faustine regardait avec stupeur ses doigts qu'elle venait de retirer du ventre d'Échouart.

Elle s'attendait à les voir ensanglantés. Tout plutôt que d'accepter l'évidence de ses yeux : Échouart était véritablement transparent !

Lui ne semblait pas surpris par cette révélation : n'était-ce pas Échouart qui avait incité son jeune collègue à enfoncer sa main dans son estomac ?

Croyant perdre la raison, Faustine se mit à suer à grosses gouttes. Autour d'elle, personne ne semblait avoir vu son geste ni perçu son effroi. Échouart s'était éloigné pour faire remplir sa coupe. Sans qu'aucun des invités le salue ni fasse attention à lui.

Tous les regards convergeaient vers Charlotte de Saint-Supplix.

Elle avait abandonné ses escarpins mais pas sa coiffe huronne. Du tabouret sur lequel elle venait de grimper, elle s'adressa à ses invités comme du haut d'un balcon qui surplombe la foule.

Ses petites mains tapaient l'une contre l'autre.

— Il n'est pas temps d'aller manger ! Le potage à la tortue peut attendre. Mais celle qui n'attend pas, la Taffanel en personne, est en ce moment dans le salon de musique ! Oui, ceux d'entre vous qui n'ont pu l'entendre aux Bouffes-Parisiens vont se trouver ce soir à quelques coudées de la Taffanel… Autrement dit, mes amis, tenez-vous la bride !

L'assemblée frémit délicieusement.

Charlotte bondit au sol et, sans enfiler ses escarpins, traversa le salon en entraînant à sa suite une cohorte de visages échauffés.

— Par ici ! Laissez vos verres, nous en trouverons d'autres en chemin !

Faustine n'eut pas le temps de s'écarter : la baronne était parvenue à sa hauteur.

— Pardon, balbutia-t-elle en lui cédant le passage.

Charlotte, qui s'était arrêtée, considéra un instant ce jeune dandy. Elle inclina légèrement le front et sourit. Moins pour le remercier que pour exprimer une approbation muette, qu'on aurait pu traduire par : « Voilà un fringant jeune homme qu'il me plairait de dévorer tout cru ! »

C'est du moins ce que Faustine crut lire dans son regard.

La baronne remit son masque mondain et passa dans le couloir. Son trio de coquettes lui emboîtait le pas. Faustine fut bousculée par l'homme au cigare qui fit entendre des borborygmes.

Bientôt elle se retrouva seule avec Échouart.

Dans le salon vidé de sa faune d'invités, il ne semblait pas reprendre corps. Faustine se demanda un instant si sa transparence n'était pas due à une illusion d'optique favorisée par la lueur vacillante des bougies.

Elle se rappela qu'il devait la présenter à son épouse et n'en avait rien fait. La baronne était passée à quelques centimètres de lui comme si elle croisait le dernier de ses valets.

Faustine sentit monter en elle une bouffée de panique.

— Échouart, demanda-t-elle d'un ton urgent. Quelle est la date exacte ? La date d'aujourd'hui ?

Il s'était assis sur un fauteuil. Il tenait une bouteille et se resservait du vin.

— La date exacte ? Vous me demandez ça avec tout ce que j'ai bu depuis…

— J'ai besoin de savoir ! s'écria Faustine. Je pensais que la date était sans importance. Qu'il était bon d'oublier les heures, le passage du temps… Mais je crois de plus en plus qu'on *cherche* à me les faire oublier !

— Qu'est-ce qui vous prend, Faustin ?

Elle avait saisi le journaliste par les épaules.

— Sommes-nous en 1863 ou en 1870 ? Sommes-nous à la veille de la guerre ou bien… ?

— Mais lâchez-moi, vous avez bu !

Il tenta en vain de se libérer. La coupe lui échappa des mains et se renversa sur le tapis persan.

Faustine, pour en avoir le cœur net, prit du recul et décocha un violent coup de poing dans le visage d'Échouart.

Mais il s'était baissé pour ramasser sa coupe. Se relevant, il ne semblait même pas s'être aperçu du geste de Faustine.

Il posa sa coupe sur une table basse et s'exclama :

— Si vous êtes aussi émotif que ça, Faustin, je ne risque pas de vous envoyer à ma place au Muséum !

— Quel Muséum ?

— Il n'y en a qu'un. Celui d'histoire naturelle.

— Qu'est-ce que j'irais y faire ?

Il la scrutait, éberlué. Des applaudissements leur parvenaient depuis une pièce voisine. Échouart ne se laissa pas troubler.

— Je pensais que vous étiez au courant. Vous n'êtes pas allé au journal cet après-midi ?

— Non. Je me suis réveillée dans les vapes... Je veux dire : j'étais malade.

Échouart hocha la tête. Il avait repris un peu de son ascendant sur Faustine.

— Mais je me sens beaucoup mieux, maintenant.

Les applaudissements s'estompèrent.

— Tant mieux, fit Échouart. Vous irez donc demain pour votre article. Un conseil : ne mangez rien avant.

Elle avait peur de comprendre. Elle pencha la tête et demanda :

— Qu'y aura-t-il, au Muséum ?

— La quatrième victime.

— Mon Dieu !

— Comme vous dites. Un notaire, cette fois. On l'a retrouvé à l'aube rue des Deux-Écus. Éventré comme les autres.

Des notes de piano s'échappaient du salon de musique. Un chant mélodieux, assourdi par les cloisons, montait dans l'aigu.

— Mais, demanda Faustine, quel rapport entre ce nouveau meurtre et le Muséum d'histoire naturelle ?

— Aucun, justement.

— Je ne vous suis pas.

Elle était troublée par la chanson, dont les notes perlées roulaient jusqu'à ses tympans.

— Vous m'écoutez, Faustin ?

— Pardonnez-moi. Cette musique...

— Quelle musique ? s'étonna Échouart.

Comment pouvait-il rester sourd à cette voix envoûtante ?

— Le chant de la cantatrice, répondit-elle.

Mais Échouart reprit le fil de sa pensée.

— La Préfecture veut mettre fin à la rumeur selon laquelle une bête monstrueuse se promène librement dans la capitale de l'Empire. Bref, le commissaire Gontran va nous servir un cadavre tout frais : un homme mort depuis vingt-quatre heures à peine. L'endroit choisi pour ça est le Muséum d'histoire naturelle. Quoi de mieux qu'une armée de savants pour démontrer, scalpel en main, que l'assassin n'est pas une créature surnaturelle ? La presse est convoquée le matin à neuf heures. N'oubliez pas de prendre des notes. Nous publierons votre article le jour même.

Cette dernière phrase fut à peine audible pour Faustine. La voix de la cantatrice déferlait dans le salon comme si les cloisons avaient été abattues. Elle se tourna pour regarder dans le couloir.

Presque aussitôt, elle sentit la main d'Échouart tapoter son dos.

— En attendant, Faustin, allez goûter les plaisirs de la maison Saint-Supplix. Vous avez besoin de vous remplumer.

— Vous ne m'accompagnez pas ?

— Inutile. Vos charmes ont déjà conquis la maîtresse de maison.

Faustine hésitait à sortir pour se diriger vers le salon de musique.

Échouart lui semblait de moins en moins réel. Le fait qu'il n'ait pas répondu à ses questions sur la date ravivait ses inquiétudes.

On cherchait à la distraire, à lui faire oublier le temps.

Quelqu'un voulait lui faire baisser la garde.

Mais qui ?

Elle se sentait autant en danger dans les salons lambrissés de l'aristocratie que dans les ruelles obscures de la Cité.

CHAPITRE 50

« La plus douée, oui.

La première à pressentir que la date est un enjeu d'importance dans le simulacre.

La première à deviner, confusément, que son rêve n'est pas la réalité.

Et qu'elle doit résister aux tentatives incessantes faites pour endormir sa vigilance… »

En abandonnant sa fille, Sylvia s'était privée de la joie de la voir grandir. Elle ne savait pas grand-chose de l'éducation de Faustine, ni des capacités que l'adolescente avait développées.

Aussi, quand elle s'était rendu compte que l'onde d'origine psychique envahissant plateforme après plateforme était celle de sa fille, elle n'en avait pas cru ses yeux.

En ordonnant qu'on rehausse la note de Faustine à 89, Sylvia s'était donné un sursis. Sitôt qu'un code cobaye atteignait 90, l'individu concerné changeait de statut. Il devenait l'hôte de marque du simulacre, une sorte de VIP. L'attention des ingénieurs se focalisait sur lui et tous les écrans de Zapruder se branchaient sur les rêves de ce cobaye émérite.

Cela ne s'était produit qu'une fois, lorsqu'un cobaye s'était fait passer de manière si convaincante pour Napoléon III qu'on avait fini par lui ouvrir les portes du Palais des Tuileries.

Parvenu dans le bureau de l'Empereur, il était tombé nez à nez avec son sosie, qu'il n'avait pas réussi à faire passer pour un imposteur.

Dans Cité 19, tous étaient des imposteurs. Les avatars qui réussissaient le mieux, ceux qui emportaient la conviction de leurs semblables, étaient ceux qui avaient l'air un peu moins faux que les autres. Le cobaye FX 90, rétrogradé à FX 12, croupissait maintenant dans un cachot pour usurpation de signes réservés à l'autorité publique.

Sylvia disposait d'une semaine au maximum avant que Faustine ne dépasse la barre fatidique des 90.

Après cela, tous les regards se fixeraient sur elle. Comme ils se fixaient en ce moment sur Zapruder seul au centre de la scène.

L'auditorium était un des fleurons du laboratoire. Il semblait découpé dans une immense plaque en métal ondulé. Même les gradins étaient courbés comme s'ils se reflétaient dans un miroir déformant. Les couleurs, bleu, rouge, violet, donnaient une touche de fantaisie à ce lieu qui, sans cela, aurait été d'une froideur oppressante.

Cet endroit était à l'image de Zapruder : une rigueur glaciale, tranchante, d'où jaillissaient des fulgurances. Un esprit qui s'autorisait tout, ne tenait rien pour impossible. Les idées les plus folles semblaient même avoir sa préférence.

Devant l'écran géant qui formait le fond de la scène, Zapruder se tenait debout face à ses employés.

Les séminaires de protocole servaient autant à familiariser

les équipes avec le fonctionnement de Cité 19 qu'à créer un esprit de corps, à souder les employés.

Usant d'un ton tantôt ironique et tantôt exalté, Zapruder donnait l'impression que le simulacre avait été conçu non pas pour le satisfaire lui, mais pour que ses employés puissent s'épanouir, se dépasser. Cité 19 n'existait que pour les révéler à eux-mêmes.

Zapruder prétendait n'être qu'un passeur.

Sylvia, comme à son habitude, s'était assise au premier rang. Malgré le fossé qui la séparait chaque jour un peu plus de son ancien mentor, elle n'osait pas fissurer la façade à laquelle Zapruder tenait tant : l'état-major de Cité 19 devait montrer un front uni. Lors des séminaires de protocole, elle ne laissait rien voir de sa haine grandissante envers Zapruder. Elle applaudissait à tout rompre, comme les autres. Parfois même avant eux.

Sur l'écran géant était affiché :

CITÉ 19
J + 122

Le simulacre était opérationnel depuis cent vingt-deux jours. Sylvia frémit en songeant que sa descente aux enfers durait depuis six mois.

« Comment tout cela va finir ? »

Les yeux de Zapruder, derrière ses verres grossissants, glissèrent sur elle sans s'arrêter. Ils montèrent vers les gradins du haut.

« Mal, se disait Sylvia, terriblement mal… »

— Le secret, prononça Zapruder d'une voix retentissante. Comment préserver le secret ?

Il se tourna vers l'écran et appuya, d'un geste à peine

perceptible, sur la télécommande qu'il tenait dans sa main droite.

Le chiffre 122 s'estompa et l'on vit apparaître, trait après trait, le quai d'une station de métro. Les lettres de C.I.T.É. se fondirent dans celles, blanches sur fond bleu, de la station du même nom.

Zapruder reprit :

— Les seuils, les passages, sont des lieux perméables. Il serait absurde de les croire étanches. Aussi absurde que de les laisser ouverts à tous vents. Cela reviendrait à échanger un malheur pour un autre. Alors que faut-il faire ?

Sans attendre la réponse, il pianota sur la télécommande. Au milieu du quai de la station Cité apparut, assise sur un des fauteuils en plastique bleu, une petite dame âgée à la peau noire. Sanglée dans son imper gris, un chapeau rond vissé sur la tête, elle lançait des regards de chaque côté.

— Elle s'appelle Félicité, dit Zapruder, presque attendri. Elle a soixante-treize ans et elle est habilleuse. Nuit après nuit, Félicité fait la fermeture de la station Cité. Elle veut qu'on la kidnappe. Elle veut être enlevée et précipitée dans le simulacre. Comment a-t-elle su ? Qui lui a parlé de nous ? Je l'ignore. Elle a dû lire un de nos tracts. « Les Illuministes vous feront voyager dans le temps… » Félicité nous a pris au mot. Et qui d'entre nous lui donnerait tort ?

Une salve de rires monta des gradins. Sylvia regarda derrière elle pour évaluer le nombre de spectateurs. Ils étaient près de deux cents, soit les deux tiers des employés de Cité 19. Une de ces salles bien remplies qui mettaient Zapruder en verve.

— Félicité, prononça-t-il comme s'il parlait d'une vieille connaissance.

L'image la montrait en gros plan. Filmée à son insu, elle

guettait d'un air pathétique les guides qui devaient la mener de l'autre côté mais qui n'apparaissaient pas. On pouvait lire ces questions muettes dans ses yeux : « Pourquoi ne viennent-ils pas ? Je n'ai pas le droit d'être enlevée, moi aussi ? » Quand des agents du métro s'approchaient, elle tendait l'oreille, les suivait du regard comme s'ils étaient des passeurs déguisés.

— La présence de Félicité, continua Zapruder, indique que le secret de Cité 19 n'est pas si bien gardé. Si nous tenons à poursuivre nos expériences dans un but scientifique désintéressé, si nous voulons éviter que le simulacre ne soit instrumentalisé, détourné de ses fins pour servir des intérêts privés, nous devons être vigilants…

À cet instant, le visage de Félicité fut encadré par deux silhouettes qui se penchaient sur elle et, avec des gestes décidés, sans brusquerie, la soulevaient de son fauteuil. Elle n'offrait pas de résistance. Une expression de soulagement, d'abandon, envahissait ses traits.

Un frisson parcourut les gradins. Sylvia ne put s'empêcher de regarder derrière elle. Allaient-ils protester, se révolter contre le sort qui attendait la vieille dame ? Étaient-ils si soumis à l'autorité de Zapruder qu'ils n'osaient critiquer ses méthodes ? Les employés de Cité 19 étaient-ils des moutons ? Elle crut même déceler, sur certains visages, l'attente malsaine d'une exécution.

— Félicité ne peut être laissée dans le monde extérieur…

« Le monde extérieur. » Zapruder désignait ainsi la réalité qui s'arrêtait aux portes du laboratoire. Passé ce seuil, une autre réalité commençait : l'univers hermétiquement clos de C.I.T.É.

Cet univers que Sylvia voyait se fissurer de tous côtés. Elle aurait voulu le briser comme une cloche de verre. Mais elle se trouvait à l'intérieur avec les employés et les cobayes. Alors elle attendait son heure. Celle de la révolte.

Sur l'écran, les sbires de Zapruder emmenaient Félicité vers le tunnel.

— Elle n'a plus sa place parmi les hommes. Et puisque son instinct la pousse à les quitter…

L'image se modifia : une capsule de sommeil apparut. Le crâne rasé et piqué d'électrodes, vêtue de la blouse réglementaire bleu pâle, Félicité était allongée dans la capsule et dormait profondément. Un air de plénitude se lisait sur son visage. Elle nageait dans une joie sereine, longtemps désirée, enfin obtenue.

— Bienvenue, Félicité. Bienvenue dans Cité 19.

Ces mots de Zapruder soulevèrent l'enthousiasme de la salle. Poussant des exclamations réjouies et des rires, les employés se mettaient debout l'un après l'autre et applaudissaient.

Sylvia avait toutes les peines du monde à afficher un sourire. Ses traits tombaient comme s'ils étaient lestés de plomb. Elle dut se faire violence pour se lever comme les autres, donner l'impression qu'elle se joignait à la foule en liesse.

Elle se sentait observée. Zapruder pourtant ne lui accordait pas un regard. Elle parcourut nerveusement des yeux les premiers rangs des gradins. C'est seulement lorsqu'elle plongea son regard au loin, sur l'aile gauche de l'auditorium, qu'elle aperçut Lucie en train de la dévisager. On aurait dit que l'adolescente aux yeux bridés scrutait chaque repli de son visage, attendait que la directrice adjointe se trahisse.

Mais l'expression de Sylvia était trop habilement feinte.

Lucie finit par détourner le regard, gênée par l'air supérieur que sa chef arborait.

Zapruder dut s'y reprendre à deux fois pour se faire entendre par-dessus le tonnerre d'applaudissements.

— Voilà ce que nous faisons… Voilà ce que nous faisons pour préserver le secret de C.I.T.É. Nous laissons entrer… au compte-gouttes. Ceux qui souhaitent mener une vie en accord avec leurs rêves ont toute leur place ici. Pourquoi la leur refuser ? Jeune ou moins jeune, pourquoi dénier au talent le droit de s'exprimer ?

Sylvia grinça des dents à la façon perverse dont Zapruder décrivait le simulacre comme un endroit désirable pour les cobayes.

— Et Félicité, je m'en suis très vite aperçu, a du talent à revendre. Regardez…

Il pressa la télécommande et fit apparaître une séquence de rêve. Sylvia reconnut le passage des Panoramas tel qu'on le rêvait fréquemment sur la plateforme 5. Les avatars semblaient mieux habillés que d'habitude. Un groupe de femmes traversait la galerie marchande en balançant derrière elles un fouillis d'étoffes.

— Vous ne rêvez pas… (Une bordée de rires salua la formule de Zapruder. Il sourit, content de son effet.) Ou plutôt, vous voyez bien ce qu'elles rêvent : les robes ont pris de l'ampleur. Les crinolines, ces armatures qui font bouffer les jupes, n'ont jamais été aussi souples et légères. Quant aux corsets, on ne les a jamais vu serrer aussi puissamment les tailles. Industrie ? Magie ? Les deux, bien sûr. Sans les données techniques que nous injectons sans cesse, Cité 19 ressemblerait à une jeune fille mal peignée et mal fagotée. Mais l'information, les simples données ne suffisent pas. Ce rêve a besoin d'une vision. Il requiert un *liant* particulier. Une main sûre pour nouer la ficelle qui soulève l'étoffe… C'est ici que Félicité intervient.

L'image se scinda pour montrer d'un côté le défilé de crinolines, et de l'autre les paupières de Félicité agitées par des mouvements oculaires rapides.

Sylvia avait beau être habituée à ce spectacle, elle ne pouvait s'empêcher d'être fascinée par la puissance du simulacre.

— Notre habilleuse, reprit Zapruder, a fait sien l'un des idéaux de cette époque : « Ce qu'il y a de moins à la mode, en ce moment, c'est la ligne droite. » En d'autres termes, Félicité était faite pour habiller l'année 1865. Elle était faite pour Cité 19. (Le *split screen* se décomposa en trois images qui montraient la dormeuse sous trois angles différents.) Bienvenue, FX 83.

Des applaudissements nourris saluèrent ce baptême. Zapruder les accueillit en éteignant l'écran.

CHAPITRE 51

La porte entrebâillée lui avait seulement permis de voir les dos des invités. Une fois à l'intérieur, Faustine fut clouée sur le seuil par le regard de la cantatrice.

Elle était entrée dans le champ de vision de la Taffanel comme on entre dans un incendie.

Ses yeux irradiaient. Elle ne détachait plus son regard de Faustine qui n'osait bouger. Avancer d'un pas supplémentaire, s'asseoir au dernier rang sur l'unique siège inoccupé : qui oserait un pareil affront ?

Puisque la Taffanel dardait ses prunelles enflammées sur le jeune dandy qui entrait au milieu d'une aria à contretemps, elle le mettait au défi de faire le moindre geste, de rompre le charme qui émanait d'elle.

Voilà ce que Faustine ressentit en entrant dans le salon de musique : sa liberté de mouvement était suspendue à la note que tenait la chanteuse.

Et la note durait, durait, elle n'en finissait plus, gagnait en amplitude, en volume, en velours. Elle transperçait Faustine comme une flèche.

Les auditeurs fixaient la cantatrice. Assise devant son

clavier, l'accompagnatrice était absorbée dans sa partition. Seules à se regarder, Faustine et la Taffanel nouaient un lien secret dans ce lieu public. Faustine sentit son cœur battre plus fort. Une rougeur lui monta au visage.

Elle avait pénétré dans un champ magnétique où crépitaient la musique, le désir, une infinité de possibles.

Elle se sentit soudain faible, chancela, finit par s'asseoir.

Jamais elle n'avait eu à ce point la sensation qu'un regard lui disait « tu ».

Les applaudissements lui firent reprendre ses esprits.

Quelques minutes après, Faustine était assise à une table ovale avec vingt-trois autres convives.

Elle ne se souvenait pas d'être passée du salon de musique à la salle à manger. Elle se rappelait seulement qu'une odeur de musc avait cédé la place à des fumets de poisson et de viande. Sous ses yeux, reproduit vingt-quatre fois à l'identique, un disque verdâtre orné d'un brin de persil : c'était le potage à la tortue promis par la baronne de Saint-Supplix.

Les couverts en argent, le vin de Bordeaux qui empourprait les coupes et le ballet de serviettes virevoltant aux mains des convives, tout cela entraînait Faustine dans un tourbillon de couleurs.

Les conversations s'agençaient comme autant de petits orchestres : duo, trio, quatuor, et même un quintette de rires épars. En arrière-fond un domestique annonçait les plats d'une voix de stentor, plusieurs secondes avant qu'on ne les apporte. Certains dîneurs protestèrent que ces secondes étaient de trop, mettaient à la torture, affamaient tout le monde. Et Charlotte, qui présidait, affirma que c'était bien le but recherché.

La litanie des mets donnait l'eau à la bouche : « Punch

à l'ananas… Quenelles de rougets au velouté… Noisettes de chevreuils aux truffes… Caisses de homards au beurre d'écrevisses… »

Les liaisons étaient prononcées avec emphase, pour mieux souligner que les volailles, alouettes, sauces et asperges étaient servies à profusion.

Faustine chercha des yeux la cantatrice. Elle n'était pas autour de la table. À la pensée qu'elle ne la reverrait plus, son visage s'assombrit. Un homme assis à sa gauche le remarqua.

Il devait avoir une cinquantaine d'années. Son regard était affligé d'un léger strabisme et une houppe de cheveux blancs ondulait au-dessus de son front bombé.

— Vous ne buvez pas votre potage ? demanda-t-il.

Il semblait lorgner le sien. Voulait-il que Faustine lui passe son assiette ? Ou était-ce sa manière d'engager la conversation ?

— Le meilleur potage à la tortue de Paris. Vous seriez fou de passer à côté !

Faustine se dit qu'il pourrait la renseigner sur la cantatrice.

— C'est le potage qui vous a fait venir ? demanda-t-elle d'un ton trivial. Ou la musique ?

— Non, ce sont mes affaires, dit-il entre deux cuillerées. Je n'aime pas m'éloigner du Creusot. Ma seule consolation quand je viens à Paris, c'est le potage qu'on déguste à cette table.

— Eugène, lança la baronne, n'assommez pas ce jeune homme avec vos histoires de canons !

Le voisin de Faustine se tourna vers son hôtesse.

— Rassurez-vous, Charlotte. Nous causons de potage.

Cela fit beaucoup rire les dîneurs. Faustine, elle, resta

sans voix. Elle venait de se rendre compte que son voisin de table était Eugène Schneider, le maître des aciéries du Creusot. Autrement dit, le fondateur d'une des plus grandes dynasties industrielles du siècle.

— Que faites-vous dans la vie ? lui demanda-t-il comme l'attention des convives se focalisait ailleurs.

— Je suis journaliste.

La réponse de Faustine ne devait pas être la bonne. L'industriel, en entendant cela, détourna son visage et n'adressa plus la parole au jeune homme.

À ce moment, elle se rappela les paroles d'Échouart sur le savoir-vivre : « Le savoir-vivre dans cette ville est un autre mot pour le savoir-mentir… » Et Faustine n'était pas douée pour le mensonge.

Elle étouffait. Le potage à la tortue avait beau être délicieux, tout comme le saumon sauce hollandaise ou encore la croustade de nouilles aux truffes, ce qui lui montait à la tête n'était pas ce défilé de saveurs mais le souvenir de la Taffanel.

Où était-elle ?

Le héraut de cuisine annonça soudain :

— Consommé aux profiteroles, sorbets à l'italienne, suédoise de pommes à l'anisette !

Ce fut un signal. À l'exception de Faustine, éberluée, tous les convives se levèrent et échangèrent leurs places comme au jeu des chaises musicales. Elle ignorait la coutume qui voulait qu'on change de voisin pour le dessert.

Elle était toujours assise au même endroit lorsqu'elle vit apparaître Échouart qui se penchait sur son épaule.

— Alors, vous lui avez parlé ?

— À Eugène ? dit familièrement Faustine. J'aurais mieux

fait de la boucler. Quand il a appris que j'étais journaliste, il s'est détourné de moi comme d'un cafard.

— Ce n'est pas de lui que je vous parle. Mais de Lagrange.

— Lagrange ?

— Le chef de la police politique. Il était assis à votre droite. Ne me dites pas que vous ne l'avez pas remarqué !

Faustine devint aussi rouge qu'une gelée de framboises. Elle regarda de l'autre côté de la table et reconnut Lagrange, l'homme aux moustaches blanches qui avait parlé à Échouart au *Café de la Rotonde*.

L'homme dont dépendait le sort de tant d'individus à Paris mangeait à cet instant précis des profiteroles en chuchotant à la baronne quelque chose qui la fit pouffer.

— De telles occasions ne se présentent pas deux fois. Vous devez les saisir au vol, Faustin. Un viveur n'est rien sans le sens du calcul.

— Ah oui ? Et si je vous disais que je ne trouve pas mon compte dans vos calculs mondains ?

Échouart jeta un coup d'œil à la coupe de Faustine. Maintenant qu'il était sobre, c'était lui qui s'inquiétait de la voir soûle.

Elle plaqua sa main sur sa bouche. Qu'est-ce qui lui passait par la tête ? Échouart tentait de lui mettre le pied à l'étrier et elle lui renvoyait ses conseils à la figure !

Elle ne savait plus quel parti prendre. Échouart avait tout brouillé en l'invitant à cette fête.

— E-Excusez-moi, fit-elle en se levant.

Elle ressentait le besoin de se passer de l'eau sur la figure.

Elle jeta sa serviette sur le bord de la table, et tandis qu'elle marchait vers le couloir, elle eut l'impression qu'une multitude de regards la transperçaient.

Le domestique lui ouvrit la porte sans la regarder.

Lorsque le battant se referma, atténuant les tintements des couverts et les murmures des dîneurs, Faustine put enfin souffler.

Elle ralentit devant un portrait de femme éclairé par deux flambeaux. Elle reconnut Charlotte Costé Dumesnil de Saint-Supplix dans une pose nonchalante. Le peintre l'avait représentée assise sur un canapé aux coussins bleu pâle, le corps moulé dans un négligé blanc.

— Pst !

Faustine fit volte-face. Ce sifflement était sorti de l'ombre.

Ses yeux s'habituant à l'obscurité, elle distingua une porte entrebâillée.

Elle s'approcha. Un froissement d'habit, suivi d'un bref soupir, lui parvint.

Elle regarda derrière elle pour s'assurer qu'il n'y avait personne dans le couloir. Puis elle se glissa dans l'embrasure.

À peine avait-elle franchi le seuil qu'une poigne d'acier se ferma sur son avant-bras.

Elle eut juste le temps d'aspirer un peu d'air avant qu'une main s'écrase sur sa bouche.

CHAPITRE 52

— Cinq cent soixante. Vous avez bien entendu. Cinq cent soixante cobayes en comptant Félicité, notre habilleuse qui n'aime pas les lignes droites.

Il n'avait pas besoin de micro. La prodigieuse acoustique de l'auditorium donnait l'impression, où que vous soyez, que Zapruder vous parlait à l'oreille.

— À quoi rêve un demi-millier de personnes hantées par le XIXe siècle ? Les rêves ont une fonction réparatrice. Ils nous consolent de ce que nous n'avons pu obtenir en état de veille. Oui, les rêves nous conduisent aux portes du désir, comme les cauchemars nous mènent aux portes de la peur. Le *désir* et la *peur*…

À l'instant où il les martelait, ces mots s'affichaient derrière lui. « DÉSIR » et « PEUR », en lettres capitales, ondulaient comme à travers une eau trouble.

— Plusieurs d'entre vous sont venus me demander : « Pourquoi avoir plongé les cobayes dans le Paris du XIXe siècle ? Pourquoi pas une Cité 18 antérieure à la Révolution ? Ou une Cité 21 identique à notre présent ? » Ma réponse est toujours la même : ce n'est pas moi qui ai choisi cette ville et cette époque ! Ce sont les cobayes qui l'ont élue à une majorité écrasante.

« Menteur ! » gronda intérieurement Sylvia. « Il n'y a rien dans le simulacre qui n'ait été pensé, voulu, calculé par toi. »

Elle ignorait pourquoi Zapruder avait établi le simulacre sous le Second Empire mais elle se doutait qu'il en attendait un profit particulier.

Le but scientifique désintéressé dont il se targuait n'était qu'une façade, un leurre. Elle s'en voulait de ne pas l'avoir deviné plus tôt.

Qui sait ce que Zapruder avait en tête, et quel sort il allait réserver aux cobayes ?

— Ce sont les cobayes qui, dès les premières séquences de rêve, nous ont emmenés à Paris sous le Second Empire : ce tourbillon de luxe et de pauvreté, cette fête somptueuse qui se déroule à deux pas de la misère la plus noire. Cette ville où l'égoïsme semble être la passion dominante.

« Et maintenant… », prononça intérieurement Sylvia.

— Et maintenant…, dit Zapruder comme si elle le lui avait soufflé.

Elle connaissait par cœur le scénario de ses séminaires. Plusieurs fois, elle avait été à ses côtés lorsqu'il les rédigeait. Penchée par-dessus son épaule, caressant ses cheveux tandis qu'il y apportait la dernière touche.

C'était le moment où il leur révélait les trois lois.

Celles que Sylvia avait longtemps crues invérifiables, voire fantaisistes.

Ces lois que la trajectoire de Faustine, depuis trois semaines, semblait corroborer rêve après rêve.

Si les trois lois se vérifiaient, si sa fille en démontrait la validité, alors Sylvia n'aurait plus le choix : elle devrait aller au bout de la tâche qu'elle s'était fixée.

Même si les risques encourus par Faustine étaient incalculables.

Même si elle mettait sa propre fille en danger de mort.

— Les trois lois de Cité 19. Les avez-vous devinées ?

Zapruder laissa planer un silence. Aucun employé ne se sentait autorisé à répondre. Ceux qui connaissaient les lois se taisaient, ménageant l'effet de surprise pour ceux qui allaient les découvrir.

— Vous les voyez sans les voir... Elles opèrent dans le simulacre, mais vous devez ajuster vos lentilles pour pouvoir les discerner.

L'écran de l'auditorium s'anima. Des ombres couraient sur sa surface. On voyait apparaître peu à peu des lettres floues.

Leur contour se précisa et, en même temps que le docteur Zapruder édictait à voix haute la première loi, tous pouvaient lire :

Loi n° 1 : UN COBAYE NE PEUT RÊVER À LA PLACE DES AUTRES, IL PEUT SEULEMENT INFLUENCER LEURS RÊVES.

Sylvia ne fut guère surprise du silence qui s'ensuivit. Il l'avait prévu dans son scénario : « Silence solennel ici. »

Les employés de Cité 19, y compris ceux qui connaissaient la première loi, étaient médusés.

Zapruder pouvait maintenant décrire le fonctionnement interne du simulacre.

— Un cobaye est aisément influençable. Il peut grimper dans l'omnibus qu'on arrête sous ses yeux, conter fleurette à la limonadière qu'on introduit dans son champ de vision ou se mêler à des émeutiers. Mais ce sera toujours de son propre chef. Parce que sa raison ou son instinct l'y ont poussé. Nos cobayes sont libres et égaux en rêves. Et donc libres de s'engager ou pas dans les rêves des autres cobayes.

Des murmures s'élevaient dans les gradins. Un tech-sim se penchait vers un ingé-psy. Un chef de plateforme écoutait la description faite par un ingé-ville. Chacun illustrait à sa façon la première loi du simulacre.

— Loi n° 2… *Loi n° 2*, répéta Zapruder en haussant le ton, ce qui mit fin aux murmures.

Loi n° 2 : UN RÊVE PEUT INFLUENCER LES AUTRES À CONDITION D'ÊTRE PLUS CONVAINCANT.

Des exclamations de surprise jaillissaient dans la salle. Mais la plupart des ingé-psys savaient que certains rêves prévalaient sur les autres.

— Cité 19 nous a appris que le rêve imite cruellement la réalité. Notre simulacre n'est pas découpé en cinq cent soixante rêves d'autorité égale. Au contraire, il semble que plus le protocole avance, plus les rêveurs figurants sont nombreux. J'appelle « figurants » les rêveurs qui traversent un rêve comme on traverse un décor. Ils ont beau s'y incruster, y prendre racine, l'habiter selon leurs désirs, ce rêve reste celui d'un autre dont ils ne sont que les faire-valoir. Oui, ce rêve qui les absorbe tout entiers n'est pas le leur. On dirait qu'ils se plient au désir d'un cobaye dont l'imagination est plus puissante, plus convaincante que tout ce qu'ils pourront jamais rêver pour eux-mêmes. J'entends des rires au fond de la salle…

En effet, cette description de certains rêveurs en « figurants » ou en « faire-valoir » n'avait pas manqué de soulever l'hilarité d'une poignée d'ingénieurs.

Zapruder s'empressa de leur lancer :

— Et vous, dans la réalité, *de qui êtes-vous le faire-valoir* ?

Les rires cessèrent abruptement tandis que l'un songeait à sa femme, l'autre à son mari, un autre encore à son collègue.

Sylvia constatait qu'à nouveau Zapruder parvenait à leur faire oublier qu'ils étaient tous, avant toute chose, les faire-valoir de son projet démentiel.

— Mais revenons au simulacre. Voici nos rêveurs figurants occupés à rêver ce qu'un rêveur principal leur suggère. Incapables de le contredire, ravis de lui emboîter le pas…

Ce n'étaient plus des rires, cette fois, mais un brouhaha indescriptible qui se propageait dans les gradins. Les liens complexes entre rêve accessoire et rêve principal suscitaient d'interminables débats entre les tech-sims, les ingé-psys et les responsables de plateforme. Les avis divergeaient sur la question.

Zapruder leva les mains en signe d'apaisement.

— Je sais… je sais…, fit-il visiblement amusé par l'agitation de la salle. Mon analyse ne fait pas l'unanimité parmi vous. Certains voudraient que Cité 19 soit une démocratie parfaite…

À cet instant, l'Œil jeta vers Sylvia un regard qui la glaça. Aucune expression hostile, aucun signe de défiance ni de reproche.

Non, ce qui la troublait dans ce coup d'œil furtif, c'est qu'il ne traduisait rien de l'état actuel de leur relation.

« Le même regard qu'il y a cinq ou dix ans ! »

Chaleureux, complice, attendri même. C'était le Zapruder qui l'avait subjuguée devant *Le Moulin de la Galette*.

Voulait-il la reconquérir ? Ou bien était-ce un autre de ses masques ?

Zapruder poursuivait :

— Et après tout, pourquoi la démocratie parfaite n'existerait pas ? Je veux dire : au moins en rêve, dans ce grand rêve collectif qu'est Cité 19 ? Précisément parce que la loi n° 2 s'y oppose. Dans Cité 19, c'est la volonté d'un seul qui prévaut. Un rêveur principal est caché dans le simulacre. Il entraîne les autres à sa suite.

« Oui et ce que tu ne sais pas, c'est que ce rêveur s'appelle Faustine… »

— Qui est ce rêveur plus convaincant que les autres ? Son avatar est-il Napoléon III ? Est-il le baron Haussmann ? Ou Lagrange, le chef de la police politique ? (Des photographies en noir et blanc montraient les visages, orgueilleux et fiers, de ces trois hommes ivres de pouvoir.) Dans cet empire de faux-semblants qu'est Cité 19, qui tire les ficelles ? Pour l'instant, je l'ignore. D'après les données les plus récentes, les ondes psychogéniques de ce trio se disputent le simulacre. Tous trois sont également puissants, également redoutés. Une chose est sûre : un seul rêve finira par prévaloir…

« Il ne sait pas que l'onde psychogénique de Faustine est en voie de surpasser ces trois-là. Comment éviter qu'il ne le découvre ? »

— Une seule vision s'imposera… Mais à quel prix ?

La photo de Lagrange, dont on devinait le sourire matois sous la moustache, s'effaça pour révéler la troisième loi de Cité 19.

Loi n° 3 : UNE FOIS QU'UN RÊVE EST APPROUVÉ PAR LE PLUS GRAND NOMBRE, LA CONTESTATION S'ENSUIT. ET INÉLUCTABLEMENT, LA GUERRE.

— La guerre, prononça Zapruder d'un ton lugubre. Vous comprenez maintenant pourquoi il m'arrive de décrire Cité 19 comme un monde en réduction, un échantillon du réel.

Sur l'écran, la loi n° 3 s'estompait sous un nuage de fumée. Peu à peu, la fumée se dissipait et l'on voyait apparaître des hommes et des femmes aux visages frottés de suie. Ils armaient leurs fusils en s'abritant derrière une barricade de la Commune de Paris.

C'était l'année 1871. Ces révoltés luttaient pour obtenir ce qu'ils appelaient « le gouvernement du peuple par le peuple ». La guerre civile avait déchiré la capitale durant des mois et transformé la Seine en un fleuve de sang. Les troupes gouvernementales avaient écrasé les communards. Vingt mille morts et davantage de prisonniers, déportés, exilés : tel fut le prix sanglant payé par la Commune de Paris.

— Devons-nous, impuissants, laisser l'Histoire entraîner nos cobayes dans cette danse de mort ?

Profitant du silence embarrassé de la salle, il promena son regard dans les gradins. La gêne grandissait parmi les employés : l'idée que le simulacre puisse connaître un destin identique à celui du Second Empire, le désastre et la chute, ne les avait pas effleurés. En écoutant Zapruder, ils prenaient la mesure du danger.

Le poids de l'Histoire, son mouvement inéluctable, menaçait de mettre Cité 19 à feu et à sang.

— Ce *bis repetita*, ajouta Zapruder, comment l'éviter ?

Il se tourna vers l'écran. Sylvia éprouva un frisson lorsqu'elle vit se découper en lettres noires sur fond blanc :

FX 99

Le visage endormi de Faustine, s'il était apparu à la place de ce code cobaye, n'aurait pas causé plus d'angoisse à Sylvia.

L'étau se resserrait autour de Faustine.

« J'ai pourtant tout fait pour qu'on la maintienne en dessous de 90… En dessous du radar de Zapruder ! »

Sous le code cobaye émergeaient les contours imprécis d'une capsule de sommeil.

Le « F » clignotait en alternance avec un « M ». Ce cobaye pouvait être féminin, masculin… ou les deux !

« Mon Dieu, faites que ce ne soit pas Faustine… Faites qu'il ne l'ait pas déjà repérée ! »

Tournant le dos à l'auditoire, Zapruder s'avança vers l'écran en pointant son index sur l'image floue d'un cobaye en train de rêver.

Sylvia dut se cramponner aux accoudoirs de son fauteuil pour ne pas se lever d'un bond et hurler : « Laisse-la tranquille ! »

Mais c'était elle qui avait fait kidnapper Faustine.

Elle qui l'avait précipitée dans la gueule du loup.

CHAPITRE 53

Faustine voulait secouer la tête, se débattre, lever le poing pour repousser l'assaut, lorsqu'elle sentit l'étreinte à son bras s'amollir.

La paume qui lui couvrait la bouche glissa vers son menton. Les doigts passèrent sur ses lèvres dans un geste caressant.

Un souffle parfumé, doux et chaud, roula sur ses paupières, son front. Dressée sur la pointe des pieds, une silhouette l'enlaçait.

C'était la Taffanel.

La poitrine de la jeune femme se pressait contre la sienne. La bouche de la cantatrice laissait échapper une haleine sucrée.

— Comment oses-tu ? souffla-t-elle en couvrant de baisers sa jeune proie. Me faire languir, moi ! Tu ne savais donc pas que je t'attendais ?

— P-personne ne me l'a dit…

À ces mots, la cantatrice suspendit son feu nourri de baisers et poussa un gloussement. Sa main serpenta dans le dos de Faustine. Puis, toujours dans le noir, elle monta sur sa nuque en l'ébouriffant.

« Quel démon l'a piquée ? » s'interrogeait Faustine.

Même si la cantatrice lui avait tapé dans l'œil, elle n'était pas du genre à se laisser faire. Elle se mit à tâtonner sur la cloison à la recherche d'un interrupteur, oubliant que l'électricité n'était pas encore apparue dans les maisons.

La Taffanel profita de la posture de Faustine pour l'éloigner de la porte. Elles tournoyèrent ensemble avant de heurter une bibliothèque.

Un instant, Faustine crut s'être délivrée de la jeune femme. Elle entendit un crépitement. Sur un secrétaire, une lampe à pétrole s'alluma. La Taffanel semblait se repérer dans cette pièce comme si elle l'avait meublée elle-même.

Faustine fit un pas en avant, résolue à gifler la cantatrice pour la dégriser.

Mais elle se ravisa en voyant la jeune femme. La flamme l'éclairait par en dessous, faisant trembler sur sa chair une lueur orangée. Son visage était modelé par les ombres qui s'étiraient autour de ses pommettes rondes, au-dessus de ses longs sourcils, sur ses cheveux noués en tresses.

Faustine croyait voir une déesse antique. La cantatrice était d'une beauté saisissante.

— Gifle-moi si tu veux ! Tu allais le faire, je l'ai vu dans ton regard.

— Pas question, rétorqua Faustine.

— Fais ce que tu veux de moi.

— Pourquoi vous ferais-je du mal ?

— Pauvre enfant !

Faustine haussa les sourcils. Il ne lui semblait pas que la cantatrice était beaucoup plus âgée qu'elle.

— Pauvre enfant, répéta la Taffanel en s'avançant. Tu ne sais rien du désir que tu éveilles. Tu n'en as pas la moindre idée...

— Désolée, répondit Faustine.

— Cela t'oblige à réparation.

— Réparation ?

— Ta dette est immense, déclara la *prima donna.* Mais je t'aiderai à t'en acquitter.

Elle se tenait à quelques centimètres à peine. Son souffle sucré était à nouveau perceptible. Faustine avait la gorge sèche.

Comme si elle lisait dans ses pensées, la Taffanel se jeta dans ses bras en murmurant :

— Bois à mes lèvres, bois jusqu'à satiété !

Et elle imprima sa bouche sur celle de Faustine.

Cette fois, Faustine n'opposa pas de résistance. Elle eut la même sensation délicieuse entre les bras de cette jeune femme que lorsqu'elle goûtait, dix minutes plus tôt, la suédoise de pommes à l'anisette.

Combien de temps dura ce baiser ? Elle n'aurait su le dire. Le temps s'était arrêté.

Au moment où la Taffanel l'attirait au sol, Faustine se redressa épouvantée.

Comment pouvait-elle laisser la cantatrice dans l'ignorance ?

— Qu'as-tu ? demanda la Taffanel l'air contrariée. Nous n'avons rien fait, tu ne m'as donné qu'un avant-goût !

— Vous ne savez pas qui je suis, dit Faustine.

La Taffanel se releva d'un bond aussi gracieux qu'impatienté. Elle était plus haute que Faustine et laissa tomber sur elle un regard despotique.

— Qu'importe la noblesse ? Ici, c'est moi qui donne les titres.

— Il ne s'agit pas de ça. Je… Je ne suis pas un homme.

La cantatrice se figea. Faustine plissa les paupières. Elle s'attendait à recevoir une gifle monumentale.

La Taffanel resta silencieuse.

— Je suis une fille, dit Faustine pour dissiper tout malentendu.

Elle s'étonnait de ne pas lire une once de colère sur les traits de la jeune femme.

— Et tu crois que je ne le savais pas ?

Faustine écarquilla les yeux. La cantatrice ajouta avec un sourire gourmand :

— Enfant innocente !

— Ça ne vous embête pas que je sois une fille ?

— C'est la condition pour me plaire, déclara la jeune femme.

— Mais... À quoi l'avez-vous deviné ? À quoi voit-on que je suis une fille ?

— À tes yeux d'amour, répondit la cantatrice. Les garçons n'ont pas ces yeux-là.

— Des yeux d'amour, moi ?

Faustine fit un pas en arrière. Son coude heurta un vase en albâtre qui vacilla. Elle l'immobilisa sur son socle et leva vers la cantatrice un regard rempli d'effroi.

Elle venait de comprendre qu'elle n'était pas libre de choisir. Puisqu'elle avait l'apparence d'un garçon, Faustine ne pouvait aimer un garçon dans l'époque où elle se trouvait. Cet amour-là était passible de prison.

— Comment peut-on se sentir libre dans cette ville ? demanda-t-elle à voix haute.

— Il suffit de tout faire en cachette, dit la Taffanel. Tu devrais essayer.

Faustine secoua la tête, regarda autour d'elle d'un air désemparé.

— Je ne sais plus où j'en suis… Je ne sais plus *qui* je suis… Ni même *quand*…

— Veux-tu que j'appelle une femme de chambre ?

Faustine secoua la tête en signe de dénégation.

Se raccrochant à ce qu'elle savait, à la poignée de certitudes qui ne lui avait pas encore filé entre les doigts, elle balbutia :

— Mon nom est Faustine, je… Je suis née dans cent cinquante ans !

La Taffanel étouffa un cri.

Faustine ne pouvait soutenir ce regard, ces yeux horrifiés.

Elle se précipita dans le couloir.

CHAPITRE 54

Sur l'écran de l'auditorium, l'image restait floue. Sous le code FX 99, on ne pouvait distinguer les traits du cobaye.

Sylvia comprit que Zapruder ne tenait pas encore sa proie.

Debout devant l'écran, il semblait avoir rapetissé sous les caractères géants qui y étaient affichés.

— C'est lui, c'est elle que nous voulons, dit-il en hochant la tête vers l'écran. Le cobaye le plus susceptible d'influencer les autres. Cité 19 a été conçue pour le révéler. Qui sait s'il ne faudra pas mille cobayes plutôt que cinq cents pour le voir se détacher du lot ?

L'écran redevenait une page blanche. Zapruder regagna son pupitre.

Sylvia ne pouvait s'empêcher d'admirer le déroulement parfait du séminaire. En moins de quarante minutes, Zapruder avait captivé, attendri, cajolé et effrayé tour à tour.

Il pouvait à présent conclure.

— Comme vous, je scrute le simulacre à la recherche de ce cobaye hyper-adapté. Car mon rêve est identique au vôtre. Je veux croire que ce cobaye existe. Et qu'il pourra nous éclairer non seulement sur la psychologie des masses mais sur celle des individus d'exception. (Il baissa la tête.) Notre quête…

Il semblait avoir perdu le fil.

Sylvia se demanda si cette interruption était due à la fatigue. Et s'en voulut aussitôt d'avoir pu croire qu'il faiblissait : Zapruder était aussi alerte qu'au début du séminaire. Il marquait une pause pour graver le mot dans l'esprit de ses employés.

— Notre quête… dépasse les finalités médicales du laboratoire. Certes, les essais cliniques que nous menons restent une source importante de revenus. Cité 19 ne pourrait fonctionner sans les brevets innombrables que nous avons déposés en recherche pharmaceutique, imagerie médicale et technologie de pointe dans les domaines de l'anesthésie, du sommeil végétatif et de la science des rêves. Les agences gouvernementales qui financent nos recherches n'ont aucune raison de se plaindre. Encore moins de réduire nos crédits.

« Si elles savaient… Si ces agences gouvernementales apprenaient ce que tu fais de leur argent ! »

Sylvia secouait imperceptiblement la tête en écoutant Zapruder.

— Et tant mieux si nous avons révolutionné l'usage du Ketalar, cet anesthésiant qui, soit dit en passant, n'a pas fini de nous étonner. Tant mieux si nous avons découvert les effets de certaines drogues sur les rêves des humains ou des animaux…

Quelques gloussements suivirent ce rappel. Sylvia se souvint de la période d'expérimentation sur des souris et des chats. Elle aurait voulu ne jamais passer à l'étape ultérieure : l'expérimentation sur les humains.

— Tant mieux si l'insertion de données numériques dans le cerveau n'a plus de mystère pour nous. Tout cela, nous l'avons rêvé et nous l'avons fait. Mais permettez-moi, pour finir, de poser la question suivante : votre rêve à vous s'est-il réalisé ?

Le souffle de la salle semblait s'être suspendu. Zapruder attendit. Au bout de quelques instants, il reprit :

— Vous ne dites rien. Serait-ce parce que vous n'êtes pas sûrs que déposer des brevets à tour de bras suffit à vous satisfaire sur un plan personnel ? Même si, comme moi, vous ne dédaignez pas les royalties…

Cette note légère fit mouche. On se mit à rire autant pour le cynisme de l'aveu que parce qu'il permettait d'alléger la pensée que le but ultime, lui, restait hors de portée.

— Notre rêve, celui de tout être humain, ne s'est pas réalisé. Pour cette raison il nous taraude, il ne nous laisse pas en paix. Quel est ce rêve ?

Sylvia sentit un bourdonnement, une montée de chaleur dans son dos.

Lorsqu'elle se tourna, elle vit que les deux cents employés s'étaient levés.

Comme dans une église.

— CONTRIBUER, PERSUADER, RÉUNIR. Oui, vous m'avez entendu : contribuer… persuader… réunir… Il ne s'agit pas de trois buts distincts mais d'un seul et même rêve.

Sur l'écran, les trois verbes se superposaient aux trois lois de Cité 19.

— *Contribuer* à façonner la Cité, *persuader* ceux qui peuvent y contribuer, *réunir* opposants et alliés par-delà les dissensions. Tant que nous n'aurons pas trouvé le cobaye qui réalise ce rêve, nous pourrons déposer autant de brevets que nous voudrons, l'humanité n'aura pas avancé d'un pouce. Et Cité 19 n'aura été qu'une fumerie d'opium avec un peu plus de câbles.

Sur cette image peu flatteuse de sa propre entreprise, Zapruder, soudain renfrogné, se détourna de son pupitre et marcha vers la coulisse.

Il venait de tromper les attentes de son auditoire, de dégonfler comme une baudruche les promesses qu'il avait mises dans le simulacre.

Pour ne pas donner l'impression qu'elle se rebellait, Sylvia s'était mise debout comme les autres employés.

« Tu es content, n'est-ce pas ? Tu leur as donné envie de se dépasser. Non pas pour toi, mais pour eux. Tu les as mobilisés autour d'un objectif que personne n'oserait remettre en cause : le bien de l'humanité. »

Mais Zapruder n'en avait pas terminé. À mi-chemin, il s'arrêta et se retourna. Interrompant les applaudissements épars qui accompagnaient sa sortie, il déclara :

— Une chose encore... Plusieurs d'entre vous m'ont demandé : « À quelle date se situe le simulacre ? Quelle année sont-ils en train de rêver ? »

Le faux oubli de Zapruder faisait partie intégrante du séminaire. « Tout contrôler du début à la fin, y compris l'imprévu », avait-il dit un jour à Sylvia. « Ménager une part d'improvisation pour avoir l'air faillible, c'est-à-dire humain. »

— Quatre-vingts pour cent des données que nous introduisons dans le simulacre proviennent d'une courte période qui va de 1863 à 1870. Disons, de l'achèvement des Halles à la défaite de Sedan. La Commune de Paris, ce soulèvement du peuple qui s'est achevé dans un bain de sang, ne fait pas partie de notre chronologie. J'ai préféré l'occulter. Comme d'ailleurs des décennies de programmes scolaires qui en font une échauffourée localisée à Belleville. Or nous avons constaté… un frémissement. Une poussée de fièvre. Un certain nombre d'agitateurs, qui se font appeler les Veilleurs, veulent introduire de force la Commune dans notre cité idéale. En provoquant des bugs, en accélérant le passage du temps dans le simulacre, en y faisant surgir des anachronismes, ils cherchent à rapprocher Cité 19 de la « Semaine sanglante » de 1871. Notre cellule d'écologie temporelle fait son possible pour éradiquer ces bugs. Jour après jour, elle veille à ce qu'aucune date précise ne soit arrêtée dans l'esprit des cobayes.

Des images silencieuses furent projetées sur l'écran. Elles montraient les opérations quotidiennes de la cellule d'écologie temporelle : dans leur salle du deuxième sous-sol, des tech-sims effaçaient la décennie sur tous les documents officiels, journaux et calendriers qui étaient téléchargés dans le simulacre.

— Après tout, qu'est-ce qu'une révolution, sinon la décision collective, brusque et inexorable, de fixer toutes les horloges sur la même heure ? Comme on se rassemble devant une porte pour entrer dans l'avenir.

Il se tut, avant d'enchaîner sur un ton menaçant :

— Nous ne devons pas laisser le choix de la date à une poignée d'agitateurs. L'année où se déroule Cité 19 doit rester éternellement trouble, flottante, indécise. Si la maîtrise du temps nous était arrachée, si elle était rendue aux cobayes, ce serait la porte ouverte à…

— L'avenir !

La tête de Zapruder pivota brusquement.

Il cherchait des yeux qui avait eu l'audace de retourner sa phrase comme un gant, de lui faire dire autre chose que ce qu'il voulait.

Sylvia se tourna vers les gradins. En voyant que tous les regards étaient braqués sur sa personne, elle se rendit compte avec horreur que c'était elle qui avait prononcé ce mot.

Pour la première fois en douze ans, la première fois depuis qu'elle avait abandonné sa fille, Sylvia eut l'impression qu'elle allait fondre en larmes.

Pas tant à cause de ce cri qui lui avait échappé. D'ailleurs, Zapruder s'en amusait déjà. Il en tirait parti pour conclure son séminaire. Non, ce qui lui donnait envie de pleurer, c'est qu'elle prenait conscience de son isolement.

Ce sentiment violent, insoutenable, l'avait enserrée comme un étau tandis qu'elle se sentait dévisagée d'un côté par Zapruder, de l'autre par la foule dressée dans l'auditorium.

Sylvia n'avait d'alliés que dans le simulacre. Dans la réalité, elle était seule, livrée à elle-même et à ces regards qui la déshabillaient.

— Notre directrice adjointe, reprit Zapruder d'un ton trivial, a l'esprit de contradiction. C'est pour cela que je la paie. (Ce trait d'esprit déclencha quelques rires.) L'avenir n'a pas droit de cité dans le simulacre, ajouta-t-il dans un jeu de mots qui, cette fois, ne fit rire personne.

Il recula de quelques pas, comme s'il voulait faire entrer dans son champ de vision tous ceux qui étaient rassemblés devant lui.

D'où elle se trouvait, Sylvia pouvait entendre son souffle et, presque, le sentir sur son visage.

— S'il y a un avenir, il est dans la mission que je vous

donne : traquez le cobaye X 99, dénichez-le avant que l'étincelle de la révolte ne s'allume dans Cité 19. Une fois que nous tiendrons ce cobaye, l'Histoire pourra se répéter autant de fois qu'elle le voudra. À ce moment-là, elle ne nous concernera plus. Nous aurons débranché X 99 pour l'emmener vers d'autres horizons.

Sylvia fut l'une des premières à applaudir. Confirmant ainsi, aux yeux de tous, que son intervention n'était pas une flèche décochée à Zapruder mais une relance concertée avec lui.

Un vacarme chaleureux et complice salua sa sortie de scène.

Durant ces acclamations, d'autant plus longues qu'elles étaient censées ramener Zapruder pour un ou deux rappels, Sylvia rumina la gravité de la situation.

Elle était arrivée trop tard dans la salle des ingé-psys. Elle n'avait pu empêcher le docteur Gelati de révéler que l'onde psychogénique de Faustine s'était propagée sur toutes les plateformes. Sylvia avait tenté de limiter les dégâts en brandissant le code 89, mais cela n'avait trompé personne. Dans très peu de temps, Faustine serait identifiée comme le cobaye FX 99 et les mille yeux du laboratoire se dirigeraient sur elle.

Ce n'était plus d'une semaine que Sylvia disposait, mais de quelques heures à peine.

En même temps qu'elle découvrait la validité des trois lois de Cité 19, Sylvia les voyait coller à sa fille dans un crescendo terrifiant.

Loi n° 1 : Faustine influence les cobayes à tel point qu'ils se mobilisent autour de son rêve.

Loi n° 2 : Le rêve fait par Faustine est si convaincant qu'il prévaut sur tous les autres.

Loi n° 3 : Faustine est en symbiose avec deux cent cinquante cobayes qui risquent de l'entraîner dans...

« Je ne veux pas que ma fille soit mêlée à la Commune ! »

Ce cri d'angoisse avait jailli de son cœur, venant contredire tout ce qu'elle avait entrepris depuis un mois.

Comme elle avait été naïve ! Pensait-elle que le simulacre serait une promenade de santé pour Faustine ? Certainement pas ! Mais jamais elle n'avait pensé qu'une adolescente puisse prendre un pareil ascendant sur les autres cobayes. Jamais elle n'avait pensé que sa fille puisse être dotée d'une telle force psychique.

Preuve qu'elle la connaissait mal.

En même temps qu'elle voulait la protéger, dans un regain de sentiment maternel longtemps étouffé, Sylvia ressentait une fierté indicible. Mêlée d'une émotion trouble et sauvage : le désir de voir Faustine détruire le simulacre.

« Détruire Cité 19. »

Faustine était l'instrument de la destruction.

Son instinct de mort pouvait être dirigé contre les desseins machiavéliques de Zapruder.

Il parlait de faire progresser l'humanité. Mais ce qu'il voulait vraiment, c'était l'asservir. Comme il avait asservi un demi-millier de cobayes et dupé trois cents employés qui croyaient œuvrer pour la recherche biomédicale.

Elle fixa son regard sur les ingénieurs, les psychiatres et les responsables de plateforme qui continuaient d'applaudir. Zapruder n'était pas réapparu. Sans doute avait-il regagné son Panoptique.

« Pauvres naïfs... Il vous a piégés et vous l'applaudissez. »

Prenant conscience qu'elle applaudissait avec eux, elle

interrompit son geste. Elle serra ses paumes l'une contre l'autre, regarda ses doigts qui s'étaient mis à trembler.

Et pleine de rage, elle se répéta dans le secret de son cœur :

« Détruire ! »

FIN DU LIVRE 1

Découvrez dès maintenant
la suite des aventures de Faustine dans

Cité 19
Livre 2. Zone blanche

Parution en février 2016

CHAPITRE 1

Il était près de minuit lorsque Faustine quitta l'hôtel particulier de la baronne de Saint-Supplix.

En dévalant les marches du perron, elle se sentit fouettée par l'air vif du dehors. L'atmosphère étouffante de la haute société, les effluves envoûtants de la Taffanel lui avaient fait perdre tous ses repères. Elle franchit le porche de l'hôtel et se jeta dans la rue du Temple.

En mettant le plus de distance possible entre elle et le grand monde, celui où Échouart avait voulu l'introduire, Faustine avait l'impression de fuir un vilain reflet d'elle-même. Tout, dans ce monde-là, était fait pour exacerber les désirs et les satisfaire au plus vite.

Elle franchit sans encombre les ruelles obscures et tortueuses du Marais et se retrouva dans un Paris flambant neuf : la ville assainie, percée de larges avenues, voulue par l'Empereur et le baron.

La foule y affluait jusqu'aux heures tardives. Le regard de Faustine fut attiré par les devantures aux miroirs réfléchissants, les globes illuminés qui accrochaient de petites lunes sur les façades.

Le boulevard du Temple fourmillait de bateleurs qui

essayaient d'attirer le chaland vers un numéro d'acrobate ou une pantomime.

Sous les porches des immeubles, on dressait des tréteaux à la va-vite, entre un marchand de sucres d'orge et une vendeuse de parapluies.

— Lanterrrne magique, merrrveilles de la nature !

Faustine aperçut un petit homme à la barbe mal taillée. Il n'était pas plus haut qu'un garçon de dix ans. Sa redingote et son chapeau melon lui donnaient une allure élégante, mais uniquement parce qu'il se tenait dans l'ombre d'un porche. Près de lui, une pancarte montrait la nacelle d'une montgolfière survolant Paris.

Elle se souvint que c'était l'époque des premières photographies prises du ciel. Les voyait-on alors dans les spectacles de lanterne magique ? Elle s'arrêta devant le bateleur. Il n'en fallut pas plus pour qu'il la prenne par le coude et l'attire sous le porche.

En même temps, il continuait de crier à tue-tête :

— Ne manquez pas l'occasion de voir Paris d'en haut ! Paris à vol d'oiseau ! On paie d'avance, fit-il à voix basse.

D'un geste d'escamoteur, il prit le sou que lui tendait Faustine.

Au fond du porche, un drap blanc était déployé sur un mur. Une quinzaine de badauds se tenaient là. Les silhouettes indiquaient des hommes et des femmes de tous âges et une jeune fille d'une dizaine d'années qui essayait de se faufiler parmi eux.

Le nabot disparut derrière l'appareil et la projection commença.

Faustine était si captivée par la lanterne qu'elle en oubliait de regarder la toile. Ce n'était pas une de ces lanternes magiques faites de bric et de broc et qui évoquent un tuyau de chaudière, mais un splendide appareil empilant trois boîtiers, d'où jaillissaient des lunettes télescopiques.

— Pousse-toi du cercle, tu gâtes la féerie !

Faustine se tourna vers les spectateurs. Le bonnet blanc d'une femme recevait une partie de l'image projetée. Elle s'écarta et l'image apparut sur l'écran improvisé.

C'était une vue de Paris. Faustine reconnut la rive droite. Au-dessus d'un fouillis de façades charbonneuses, décrépies, s'élevaient les combles des immeubles haussmanniens. Faustine se rappela la peinture qu'elle avait vue lorsqu'elle s'était réveillée dans le panorama : une ville assoupie que ne sillonnaient pas encore les chemins de fer. Cette photo montrait la réalité nouvelle : une cité où le progrès déferle à la vitesse d'une locomotive, dans un fracas hurlant de vapeur et d'acier.

Elle s'étonna de ne pas entendre les badauds. Ils restaient étrangement immobiles, comme si le spectacle n'avait pas encore commencé.

C'est alors que l'image se modifia.

Faustine resta bouche bée en voyant un zoom avant sur les toits de la capitale. Elle croyait se rappeler que le téléobjectif était une invention du XXe siècle. Comment pouvait-on, avec les moyens de l'époque, donner l'illusion d'un zoom ?

Plutôt que de se retourner vers la lanterne, elle continua de regarder l'image.

La focale se rapprochait du nord de la ville. On voyait les percées, les avenues qui filaient droit, flanquées d'échafaudages et d'amas de gravier. Puis c'était les limites de la ville, les barrières où l'on devait naguère s'acquitter d'un droit de douane.

Elle aperçut bientôt les anciennes pompes funèbres, un

immense hangar sous une verrière situé à Aubervilliers. La charpente luisait d'un éclat sombre. La focale se rapprochait toujours plus, montrant la verrière translucide comme si on atterrissait sur le toit de l'édifice.

Elle vit apparaître une phrase énigmatique :

USINE À RÊVES

À travers la verrière se dessinaient des formes floues, des silhouettes imprécises. Une nouvelle inscription se substitua à la première :

TU N'ES QU'UN AVATAR

Faustine cligna des paupières. Elle croyait avoir mal lu.

Quel sens avaient ces mots projetés au milieu d'une séance de lanterne magique ?

Les silhouettes étaient révélées peu à peu, on traversait la verrière. Et l'on pouvait voir, non pas des morts allongés dans des cercueils, mais des dormeurs dont la poitrine se soulevait et retombait au gré de leur respiration…

Faustine croyait visionner un film.

« Un film projeté plus de trente ans avant l'invention du cinématographe ! »

Les dormeurs étaient allongés dans des cuvettes d'un blanc étincelant. Ils avaient le crâne rasé et quantité de fils s'entortillaient sur leur tête.

Son cœur se mit à battre de plus en plus fort. Elle éprouvait la même bouffée de panique que lorsqu'elle était sortie, hagarde, du panorama des Tuileries. Une idée terrifiante s'empara d'elle.

« Je n'ai peut-être jamais voyagé dans le temps… »

Elle voulut se tourner vers les spectateurs pour les questionner, mais son élan fut coupé par une nouvelle phrase :

ZAPRUDER TE VOIT

Faustine, cette fois, ne pouvait garder ses interrogations pour elle. D'une voix audible par tous, elle s'écria :

— Zapruder ? Qui est Zapruder ?

Elle se tourna vers le projectionniste et reçut le faisceau en pleine figure. Elle pouvait deviner les contours du petit homme derrière le halo de la lanterne.

— D'où viennent ces images ? Qui sont ces dormeurs ? C'est quoi, un avatar ?

Pour toute réponse, elle entendit :

— Eh, je ne fais qu'allumer la lanterne, moi !

— De quand datent ces images ? insista Faustine.

— C'est à eux qu'il faut le demander.

— Eux ?

Il avait hoché le menton vers les badauds.

— Ce sont les mêmes qui viennent ici jour après jour.

Elle se tourna vers la quinzaine de spectateurs et poussa un cri d'effroi. Ils s'étaient retournés et la dévisageaient. La jeune fille aussi la regardait comme une bête curieuse.

Leurs visages éclairés par le faisceau de la lanterne avaient quelque chose de glaçant. On aurait dit qu'ils étaient déjà au courant. Que les mots projetés par la lanterne ne leur apprenaient rien.

Ils observaient Faustine avec des visages renfrognés, des mines pleines d'angoisse et de détresse. Elle crut percevoir des sanglots, des pleurs étouffés.

Elle bredouilla :

— Vous le savez, vous, d'où viennent ces images ?

Elle entendit une voix qui ne lui était pas inconnue.

— Tu pourrais nous rejoindre !

La jeune fille avait dit cela d'un ton engageant et rude à la fois. Faustine reconnut Mouillette, la gamine qui lui avait lancé *Le Petit Journal* lorsqu'elle avait débarqué dans cette ville.

Mouillette était la première à lui avoir parlé des travaux d'Haussmann. Le « baron Pioche ».

Faustine voulut demander à Mouillette si elle se souvenait d'elle, mais d'autres voix prirent le relais.

— Alors, on l'accepte ou pas ?

— Elle, parmi les Veilleurs ? Faut voir !

Ils parlaient d'elle en sa présence, sans lui demander son avis.

— Non ! grogna un moustachu d'une voix bougonne. Elle n'est qu'une Dormeuse et elle le restera jusqu'au bout !

— Je ne suis pas... une dormeuse, dit Faustine sans savoir ce qu'il entendait par là.

Le mot « dormeuse », dans la bouche de cet homme, ressemblait à la pire des insultes.

— Une Dormeuse, répéta goguenard le nabot derrière sa lanterne.

Et il rit, d'un rire moqueur qui parut terriblement cruel à Faustine.

Les autres ricanèrent. En même temps ils gardaient leur air méfiant, même Mouillette, qui ne semblait plus si engageante.

Faustine prit peur. Sur le drap tendu, les phrases avaient disparu. Mais on voyait toujours les dormeurs au crâne rasé, prisonniers de leurs cuvettes et environnés de câbles. L'image continuait de zoomer et elle crut reconnaître...

Son propre visage !

Ses lèvres semblaient remuer, prononcer les mots qu'elle disait en ce moment-même.

— N-non ! C'est impossible... C'est un cauchemar !

Les badauds s'approchaient d'elle. On aurait dit qu'ils voulaient l'empoigner. Elle sentit des mains la frôler, la palper.

Elle recula, buta contre la lanterne et fit trembler le faisceau.

— Dis donc ! gronda le nabot.

Il protégeait l'appareil de ses bras, comme si Faustine avait voulu le détruire.

— La laissez pas faire ! cria le moustachu.

Il la désignait comme une femme. Les autres non plus n'étaient pas dupes...

Ils semblaient prendre leur élan pour l'écharper.

Elle n'attendit pas une seconde de plus. Terrifiée par la horde qui se mouvait, Faustine fit volte-face et s'élança vers le boulevard.

Tandis qu'elle bousculait les passants l'un après l'autre, elle se sentait traquée par une volonté cachée, sournoise.

Des yeux, un esprit qu'elle sentait partout présent, invisible, menaçant, la poursuivaient à travers la nuit.

REMERCIEMENTS

J'ai commencé à écrire *Cité 19* dans le cadre d'une résidence au lycée George-Brassens de Villeneuve-le-Roi (Val-de-Marne). Je remercie les lycéens et leurs enseignantes, Aurélie Balay et Sylvette Dufour, qui m'ont permis d'emmener Faustine par des chemins de traverse, d'une classe de français à un atelier d'arts plastiques. La bourse que m'a attribuée la Région Île-de-France m'a permis de poursuivre l'écriture bien au-delà du temps de la résidence. Je remercie également Gérard Noiret, écrivain, et Marjolaine Noiret, lorsqu'elle œuvrait à l'Ami littéraire, de m'avoir mis sur la voie des rencontres à l'école.

Pendant l'écriture du roman, j'ai pu adapter *Cité 19* en feuilleton radio grâce à une commande de France Culture. Je remercie Blandine Masson, conseillère de programmes pour la fiction, et les Chantiers Nomades qui nous ont ouvert les portes du Centquatre (les anciennes pompes funèbres de la ville de Paris) pour y enregistrer notre feuilleton. Le réalisateur Cédric Aussir, la bruiteuse Sophie Bissantz et les quinze comédiens stagiaires ont donné à *Cité 19* une vie sonore encore plus belle que ce que j'imaginais.

Enfin, ce roman n'aurait pu voir le jour sans l'équipe de Pocket Jeunesse. La patience et le suivi de mon éditeur, Xavier d'Almeida, ont fait le reste. Merci, Xavier, pour la délicatesse et la magie.

Ouvrage composé par
PCA – 44400 Rezé

Cet ouvrage a été imprimé
en Allemagne par

GGP Media GmbH
à Pößneck

Dépôt légal : octobre 2015

MIXTE
Papier issu de
sources responsables
FSC® C003309

Pocket Jeunesse, une marque d'Univers Poche,
est un éditeur qui s'engage pour
la préservation de son environnement
et qui utilise du papier fabriqué à partir
de bois provenant de forêts gérées
de manière responsable.

PKJ• www.pocketjeunesse.fr
POCKET JEUNESSE

12, avenue d'Italie – 75627 PARIS Cedex 13